군(軍)과 교단(敎壇)에서의 40년

민경대
자전에세이

군(軍)과 교단(敎壇)에서의 40년

ⓒ 민경대, 2017

1판 1쇄 인쇄_2017년 9월 20일
1판 1쇄 발행_2017년 9월 30일

지은이_민경대
발행인_이종엽

발행처_글모아출판
　　　등 록_제324-2005-42호

공급처_(주)글로벌콘텐츠출판그룹
　　　대 표_홍정표
　　　디자인_김미미
　　　편 집_노경민
　　　주 소_서울특별시 강동구 천중로 196 정일빌딩 401호
　　　전 화_02-488-3280
　　　팩 스_02-488-3281
　　　홈페이지_www.gcbook.co.kr

값 15,000원
ISBN 978-89-94626-51-1 03810

군軍과
교단敎壇에서의
40년

민경대 지음

글모아출판

〈아내와 둘이서〉

사랑하는 나의 아내 노 젬마에게

여보!

우리가 결혼한 지도 벌써 40년이 훌쩍 넘어섰구려.

1976년 당신과 백년해로를 맺었으니 웃고 울며, 사랑하고 미워하며 지낸 지난날들이 기억에서조차 잊힐 만한 세월이 지났구려. 하지만 잊히기는커녕 나날이 새로운 기억 속에서 새로운 당신을 보는 것 같은 느낌이 드는 것은 그동안 당신이 나에게 보여 준 희생 덕분이 아닌가 하오.

꽃다운 나이에 나를 처음 만난 당신은 염전을 하면서 소금 도·소매를 하는 장인어르신과 장모님을 대신해서 처갓집 살림을 도맡아 하고 있는 사람이었소. 그런 당신의 부지런하고 근면함에 반해서 기꺼이 당신과 결혼을 하게 되었고, 당신은 외아들인 내게 시집와서 시부모님 모시고 그분들에게는 항상 마음에 쏙 드는 며느리로, 내게는 더 바랄 것 없는 아내로, 아들에게는 최고의 엄마로 있어주었소. 하지만 나는 당신에게 남편으로서 해준 것이 아무것도 없다는 것이 안타깝기 그지없소. 아버님 돌아가시기 일주일 전에 결혼식을 올리고 신혼여행도 가지 못한 채, 성남의 학교 옆 여관에서 신혼 첫날을 보낸 그때부터 지금까지 고생만 시킨 것 같아서 미안한 마음뿐이오.

아버님 돌아가시고 어머님 모시느라, 우리 아들 키우느라, 지금은 손자 뒷바라지하느라 평생 일만 해온 당신과 이렇다 할 여행 한번 못 하고 세월만 보냈다는 생각이오. 어느덧 내 나이 칠십이니 당신도 예순일곱 적지 않은 나이가 되었건만 그동안 당신에게 해준 것이라고는 고작 결혼식 때 손에 끼워준 가락지가 전부였던 것 같소이다. 마음은 항상 당신 곁에 있으면서도 사랑한다는 말 한 마디 제대로 해주지 못 한 내가 어떤 때는 스스로 못마땅하지만, 우리 나이의 사내들이 그렇듯이 사랑하는 것은 마음으로만 사랑할 뿐 내색하지 않는다는 것을 당신도 알고 이해해 주리라 믿소이다.

여보!

세상의 많은 사람들이 부부는 정으로 사는 것이라고 흔히들 말하고 있소. 살다 보면 미운 정 고운 정 다 들게 마련이고 그 미운 정과 고운 정이 뒤섞이면서 콘크리트처럼 굳어져서 부부라는 둘만의 성을 더 단단하게 굳도록 만든다는 것이오. 다만 미운 마음이 들 때 그것을 정으로 승화하지 못하면 대박이 나게 싸우거나 심하면 이혼도 불사하는 것인데 다행히도 우리는 대박이 나게 싸운 적도 없으니, 모름지기 당신이 나를 잘 이해해 주고 내가 미운 짓을 해도 그것을 정으로 승화시켜 주었던 것 같소이다. 솔직히 나는 당신에게 불만을 가질 여유도 없었고, 또 당신은 내가 불만을 가질 어떤 행동도 해 본 적이 없다는 것만은 확실하니 당신에게 미운 정이 들 까닭이 없소. 오로지 나와 가족을 위해서 모든 것을 바쳐서 희생하는 당신의 모습만 보고 살아온 나로서는 그저 안타깝고 미안하기만 했었소. 그렇게 희생하는 당신에게 무언가 해주고 싶으면서도, 설령 큰 것이 아니더라도 사랑한다고 따뜻한 말이라도 한마디 해주고 싶으면서도, 막상 말을 꺼내려면 왠지 쑥스러워 제대로 말 한마디 못했던 것이 전부였소. 이 글을 통해서 내 마음의 모든 것을 밝히면서 '여보! 사랑해!'라고 크게 한마디 소리치는 바요.

여보!
내가 1978년 동성고등학교에서 세례를 받자, 당신은 세례 받은 나를 따라 하느님의 은총을 함께 받겠노라고, 세례를 받겠다며 8년 후인 1986년 7월 13일 젬마라는 세례명으로 세례를 받았지요. 그 후 우리는 부부가 함께 성당에 다니며 하느님의 품 안에서 서로를 위로하며 살았고 앞으로도 그렇게 살 것이라고 재차 다짐하는 바이오. 이제 남은 삶이 얼마인지는 우리 스스로는 모르겠지만 남은 삶 동안도 당신이 싫어하는 행동을 하지 않는 남편이 될 것을 약속합니다.
남자는 나이를 먹어도 어린아이라더니 나 역시 당신 앞에서는 그럴 수밖에 없구려. 대한민국의 육군 장교로 4년, 대한민국의 교사로 36년을 근무하여 도합 40년이라는 세월을 공직에 몸담아 떳떳한 대한민국의 국민으로 살아왔건만, 아직도 당신 앞에서는 어리광 섞인 투정부터 부리게 되니 말이오. 그러나 당신은 지금도 나를 잘 이해하며 항상 토닥여 주니 정말 고맙기 그지없소이다.

여보!

나도 나이 칠십이 되어 이제는 한 번쯤 살아온 발걸음을 뒤돌아볼 때가 된 것 같아 졸필이나마 책 한 권을 내는데 가장 먼저 떠오르는 것이 당신이었고, 그래서 책 머리말을 대신해서 당신에게 이렇게 편지 한 통을 쓰고 있는 것이라오.

다시 한 번 그동안 나와 집안을 사랑으로 감싸 희생과 봉사로 살아온 당신을 진심으로 사랑한다는 것을 밝히면서, 내 70년 삶을 돌아보며 적어 내려간 이 책을 감히 당신에게 드리는 바요.

2017년 9월.
귀뚜라미 울음소리가 들리는 이 밤.
당신의 사랑 민경대 발렌티노.

목차

제2부 군과 교단에서의 추억

삶과 추억_117

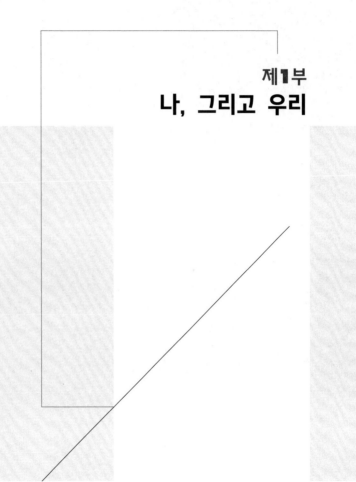

제**1**부
나, 그리고 우리

나

우리는 누구나 나 자신을 사랑한다.

스페인의 대문호 우나무노(Miguel de Unamuno)처럼 '죽어도 죽을 수 없을 정도로' 자신을 사랑하고 안 하고의 정도에는 다소 차이가 있을지 모르지만, 누구든 자신을 사랑하기에 세상에 존재하고 있는 것이다. 물론 가끔은 자신이 미워지기도 하지만 말이다.

시인 윤동주가 일본에 유학하기 위해 어쩔 수 없이 창씨개명을 하고 난 후, 그의 시 「자화상(自畵像)」에서 "산모퉁이를 돌아 논가 외딴 우물을 홀로 찾아가서 가만히 들여다보면 한 사나이가 있고, 어쩐지 그 사나이가 미워져 돌아가다 생각하니 그 사나이가 가엾어지고, 다시 그 사나이가 미워져 돌아가다 생각하니 그 사나이가 그리워진다."고 읊었듯 우리가 보는 자신의 모습은 사랑하고 미워하기를 반복하는 모습일 것이다.

자신을 사랑하면서 미워도 하고, 자신이 자랑스럽다가도 원망스럽기도 하다. 하지만 그 모든 것이 '나'라는 존재에 대한 미움이나 원망이라기보다는 내가 저지른 잘못이나 잘못 판단한 사실에 대한 원망이나 미움일 뿐 근본적으로 '나'라는 존재는 사랑하기 때문에 내가 이 세상에 존재하는 것이라고 믿는다.

나 또한 '나'를 사랑한다.

그렇다고 내가 내린 결정이나 취한 행동들이 모두 옳기 때문에 나 자신에 대해 미워하거나 원망하지 않은 채 나를 사랑하는 것은 아니다. 나 역시 사람이다 보니 잘하는 일이 있는가 하면 실수를 저지르기도 하고, 정확한 판단으로 스스로 만족하는가 하면 판단을 잘못해서 후회하기도 하는 등 끊임없이 나 자신에 대한 자부심과 질책을 이어 가며 나를 사랑하는 것이다. "얼룩말이 아름다운 것은 흰 줄과 검은 줄이 함께 어우러져 있기 때문"이라고 한다. 흰색이면 흰 말이고 검은색이면 검은 말이지만 얼룩말은 두 가지 색이 적절하게 조화되어 있어서 아름답다는 것이다. 마찬가지로 우리네 삶 역시 좋은 일과 나쁜 일, 잘한 일과 잘못한 일이 어우러져 삶이 돋보인다는 말이 아닌가 싶다. 항상 좋고 기쁜 일만 있으면 나쁜 일이 무엇인지 모르기에 좋은 일에 대한 가치를 모를 것이다. 반대로 항상 나쁘고 고통스러운 일만 있다면 좋은 일을 모르니 기쁨을 알 수 없을 것이다. 우리네 인생이야말로 얼룩말처럼 좋고 나쁜 일이 잘 어우러져 행복이 무엇인지 알 수 있는 것이리라. 마찬가지로 나 역시 잘하고 잘못하고가 반복되는 사람이기에 내가 나를 더 사랑할 수 있는 것은 아닌가 하는 생각을 하면서 나는 '나'를 사랑한다.

사람이 자기 자신을 스스로 사랑할 수 없으면 아무것도 사랑할 수 없다고 한다. 그도 그럴 것이 자신을 사랑하지 않으면 존재감을 느낄 수 없어 무력감에 빠질 것이고 존재감을 잃은 내가 다른 것을 사랑할 수 없다는 것이 당연한 일이 아닌가 싶다.

서설을 장황하게 펼치니 무슨 대단한 말이라도 할 성싶은데 실상은 그렇지 못하다.

내 인생 올해 칠순을 맞으면서 그저 그동안 살아온 내 발자취를 솔직한 심정으로 더듬어 보고 싶어서다. 지나온 인생을 더함도 뺌도 없이 더듬어 보면서, 하느님께서 나에게 얼마나 더 많은 시간을 주실지 모르겠지만, 앞으로 허락되는 삶을 보다 가치 있게 사는 발판으로 삼고자 한다. 내 삶을 돌아본다는 것이 대단한 삶을 살아서도 아니요, 그렇다고 부끄러운 삶을 살아서도 아니다. 칠순이라는 나이가 그냥 한 번쯤은 되돌아보고 남은 생을 더 보람되게 살기 위한 밑거름으로 삼아야 할 정도의 나이라는 생각에서이다.

1. 어린 시절

　나는 1948년 11월 18일 전라남도 해남군 마산면 화내리에서 아버지 민기순(閔基順)과 어머니 윤분임 사이에서, 여흥민씨(驪興閔氏) 시조이신 민칭도(閔稱道) 할아버지의 32세손이자 외아들로 태어났다. 화내리는 충정공파(忠貞公派) 13세손이신 민신(閔伸) 할아버지께서 정착하신 후 여흥민씨가 대를 이어 살고 있는 자자일촌 마을이다.

　나에게 있어서의 고향이라는 기억은 초등학교 4학년을 마치고 아버지를 따라서 상경한 기억이 전부인지라, 그리 많은 추억이 있는 곳은 아니다. 다만 누구라도 그렇듯이 고향이라는 단어가 주는 푸근하면서도 안락한 기억일 뿐이다. 다만 지금도 기억나는 것이 있다면 예닐곱 살 때, 그러니까 초등학교에 입학도 하기 전의 일이다.

고향에는 은적사라는 절이 있다. 금강산 자락에 있는 절로 불교 조계종 대둔사의 말사라고 한다. 말사란 불교에서 본사에 속한 작은 절을 일컫는 말이니 그리 큰 절은 아니라고 보는 것이 옳을 것이다. 그곳에는 고려 중기 이후 조성된 곳으로 추정되는 3층 석탑이 약사전 앞에 자리하고 있다.

솔직히 말하자면 그 시절 우리는 이런 것에 대해서 전혀 몰랐다. 당연히 그때는 은적사가 멀게 만 느껴져서 가 보지 못했던 것도 사실이다. 초등학교에 입학하지도 않았던 나이이니 당연한 일이다. 다만 훗날 그곳에 가 보고 나서야 정말 경치도 좋고 아름다울 뿐만 아니라 유서 깊은 사찰이라고 느꼈다는 것이 솔직한 표현이다. 그 은적사 아래에 물이 넘치거나 하여 들어오는 것을 방지하기 위해서 만들어 놓은 방죽(防築)이 있었다. 그리고 그 방죽에서 흐르는 물이 우리 동네 앞을 흐르는 바람에 동네로 진입하는 다리가 놓여 있었다. 그 다리는 지금의 서울 한강 다리 같은 것이 아니라, 다리 밑에 커다란 수문 두 개가 있는 좁은 다리로 흐르는 물은 수문을 통해서 흘러 나가고 위는 덮개를 붙여 놓은 형태로 사람들이 다니도록 만들어 놓은 다리다.

우리들이 어렸던 시절의 놀이라는 것은 지금처럼 장난감이 많거나 놀이할 시설이 있던 것도 아니고, 어딘가에 가 보고 싶어도 교통이 불편하니 갈 엄두도 못 내고 그저 동네 친구들과 어울려 노는 것이 전부였던 시절이다. 비가 많이 내렸던 어느 여름날, 나는 아직 입학 전이라 개념이 없었지만 동네 형뻘 되는 이들이 함께 우르르 어울려 들로 산으로 다니며 술래잡기도 하고 잠자리도 잡고, 신나게 한 판 뛰어놀고 돌아오는 길이어서 방죽에서 흘러 내려오는 시원한 물을 그냥 지나칠 리가 없다는 것이 당연하게 받아들여졌다. 우리는 그 유혹을 견디지 못 하고 들어갈까 고민하고 있는데 누군지는 모르겠지만, 수문으로 빠져 나가느라고 물이 많이 고여 있는 냇가로 뛰어들었다. 나는 그 모습을 보자 그저 덥다는 생각에 내가 저 물 흐름을 감당할 수 있을까를 판단 못하고 물속으로 뛰어들었다. 그런데 문제는 거기서 생기고 말았다. 같이 물에 뛰어든 아이들 중에서 가장 나이가 어렸던 나에게 냇물이 너무 빨랐던 것인지 수문을 통해서 흐르는 물줄기를 감당하지 못 하고 내가 수문으로 빨려 들어가고 있었다. 물에 뛰어 들어가야 하는지를 고민하며 아직 물에 들어오지 않은 아이들, 말이 아이들이지 그들은 이미 말한 바와 같이 형뻘 되는 이들로 나보다는 덩치도 훨씬 큰 사람들인데 그들이 '어, 어' 하며 걱정하는 소리가 들렸다. 순간 어린 나이에도 살아남으려면 수문을 잡고 버텨야 한다는 생각이 들었다. 그때 누군가가 소리쳤다.

"뚜갱아! 수문 잡아. 꼭 잡아야 돼."

뚜갱이는 내가 어릴 때 동네에서 나를 부르던 호칭이다. 아이를 낳을 때 솥뚜껑에 낳으면 운수가 좋다고 해서, 어머니께서 나를 해산하실 때 솥뚜껑에 낳았다고 붙여진 호칭으로 고향 동네에서는 모두가 나를 그렇게 불렀다. 이유가 무엇인지는 모르지만 여러 가지로 환경이 열악했던 당시 솥뚜껑에 아이를 낳으면 배는 곯지 않고 장수한다는 속설을 믿으시고 그리 했던 것 같다.

어쨌든 수문을 잡으라는 말이 정말 누군가가 소리를 친 것인지 아니면 내가 나 스스로에게 소리친 것인지는 모르겠지만, 나는 수문을 잡아야겠다는 생각만 들었다. 만일 물에 휩쓸려 수문으로 들어가는 날에는, 물이 떨어지는 곳이 깊게 파이는 것을 막기 위해서 큰 돌들로 채워 놓은 상태라 부딪혀 죽을 거라는 생각이 들었다. 나는 몸부림치듯이 최선의 노력을 다해서 손을 뻗쳐 시멘트로 된 수문 위를 잡았다. 그리고 버티기 시작했다. 다행히 아직 물속에 뛰어들지 않았던 일행들이 그 모습을 보고 급히 마을로 달려가서 둘째 큰어머니를 모시고 오는 바람에 무사히 구조되었다. 구조된 후에 들여다본 내 양쪽 허벅지는 수문의 시멘트에 긁혀 벌겋게 부어 있었다.

내가 수문을 잡고 있던 시간이 얼마나 오래 되었는지는 모르겠지만, 정말이지 그 시간은 내 일생 중에서 아주 길었던 시간 중의 하나로 지금도 기억되고 있다.

아주 어린 시절의 기억이지만 아무리 위급한 상황이 닥칠지라도 정신만 바짝 차리면 해결 방안이 있다는 아주 좋은 교훈을 내게 남겨 준 사건이었다.

은적사 이야기를 하다가 생각나는 이 이야기 자체가 부끄럽기는 하지만 그 시절에는 잘 몰라서 저질렀던 일이고, 또한 지난 70년의 나를 돌아보는 지금 이 시점에서는 해야 할 것 같아서 밝히고자 한다.

내가 나이를 먹고 이미 결혼도 하고 난 후의 일이다.

40대 초반 시절인 것으로 기억하는데 한동안 나는 분재에 흠뻑 취해 있었다. 사실 분재가 무엇인지도 모르면서 그저 화분에 작은 나무를 심어서 집 안에서 가꾸는 그 자체가 너무 좋았다. 아마도 그때는 내가 서울에서 교직에 몸담고 있을 때이니 그 옛날 고향에서 들로 산으로 뛰어다니며 자연과 벗하고 지내던 시절이 그리웠던 것인지도 모른다. 그래서 나무를 집 안에서 키운다는 그 자체에 이미 흠뻑 빠져 있었던 것이리라.

이유가 무엇이라고 꼬집을 수는 없지만, 분재에 흠뻑 빠진 나는 그 당시 주변에서 분재를 하고자 하는 사람들 서넛이 어울려서 이미 서너 차례 분재를 만든답시고, 주말이면 포천 등지로 나무를 찾아다닐 때의 일이다. 솔직히 당시에는 분재가 무엇인지도 모르고 그저 작고 예쁜 나무는 분재라고 생각하고 캐서 화분에 곱게 심어 모시던 때다. 분재를 팔아서 돈을 벌자는 것도 아니고 그저 집에서 키우자는 생각이었기 때문에 내 눈에 예쁘게 보이면 선택했던 것이다. 그러나 분재에 대한 지식이 워낙 없던 터인지는 모르지만 웬만한 산에 가서는 마음에 드는 분재를 캔다는 것이 쉽지 않았다.

그렇게 서너 군데를 돌아보고 났을 때 문득 생각난 곳이 내 고향에 있는 은적사 골짜기였다. 그곳에 동백꽃이 많다는 것을 알고 있던 터였다. 대학을 졸업하고 군 생활을 마친 후에 교직에 몸담으면서 방학에는 고향에 가서 자주 쉬곤 했기에 잘 알고 있던 터였다.

"내가 잘 아는 곳이 있는데 그곳에 동백꽃이 많거든? 그런데 동백꽃도 분재가 되나?"

"분재가 안 되는 게 있겠어? 나무 크기만 적당하고 예쁘면 되는 거 아닌가? 게다가 동백꽃처럼 예쁜 꽃이 펴 준다면 더 좋은 것 아니겠어?"

"동백꽃? 글쎄 그걸 분재하는 것인지는 모르지만 가 보자고. 어차피 주말에 놀러 다닐 겸하는 일인데 한 번 가 보지."

내가 은적사 동백꽃 이야기를 하자 함께 분재를 하러 다니던 사람이 대답했다.

이미 밝힌 바와 같이 그 시절에 같이 분재를 하러 다니던 사람들은 분재 전문가나 상인들이 아니라, 그저 취미로 하자고 했던 사람들이었기에 서로 시간이 맞는 주말에 가끔 삼겹살을 사 가지고 야외로 나가서 구워 먹으면서 즐기고, 분재도 한다는 개념이 더 컸기 때문에 우리는 쉽게 의견을 모아 다음 번 목적지는 은적사로 정했다.

그리고 한참 후 약속된 날, 다시 만났을 때, 먼 거리 여행이기에 준비를 많이 해서 은적사로 향했다. 그것도 1박 2일이라 힘들 수도 있다는 생각에 여름방학을 택해서였다.

도착한 날은 그냥 쉬고 다음 날 은적사를 향했다. 그리고 내가 아는 골짜기로 들어가서 분재가 될 만한 나무를 찾다가 이거다 싶은 동백나무가 눈에 띄기에 얼른 하나를 캤다. 그리고 마르거나 죽지 않게 하려고 비닐봉지에 근처의 흙을 파서 잘 담고 거기에 나무를 심어서 물까지 살짝 끼얹어 준 후 다시 한 그루만 더 수집할 목적으로 나무를 물색하기 시작했다. 당시 나까지 네 명이 함께 갔는데 나머지 세 사람 중 두 명은 한 뿌리씩 수집을 했고 한 사람은 아직 적당한 것을 찾지 못했다고 하는 바람에, 그 사람 것을 찾아 주든 아니면 우리가 한 뿌리씩 더 수집을 하든, 함께 동백꽃 분재 하나를 더 찾으려고 노력하던 중이었다.

"거사님들은 예서 뭐 하시우?"

분재를 찾는다고 허리를 굽혀 찾는 중이라 누가 다가오는 것 같았지만 그건 같이 온 일행이겠지 하는데 갑자기 낯선 목소리가 들려왔다. 깜짝 놀라서 쳐다보니 스님 한 분이 우리들을 바라보면서 묻고 계셨다. 그때만 해도 내가 분재를 한다는 것이 그리 큰 잘못이라고 생각하지 않았던 터라 나는 약간 굽혔던 허리를 똑바로 하고 스님을 쳐다보면서 있는 그대로 대답했다.

"아, 예. 분재할 만한 동백나무를 찾고 있습니다."

"분재할 동백이라? 그건 뭐하시게?"

"집에서 키우려고요."

태연스럽게 대답하는 내가 한심했는지 아니면 상습범이라 태연스럽게 대답한다고 생각했는지는 모르겠지만, 스님은 빙긋이 웃음까지 지으며 한 말씀하셨다.

"지금 남의 재산을 손괴하고 있으며 자연을 훼손하고 있다는 것을 모르실 만한 분들은 아닌 것 같은데요?"

스님이 빙긋이 웃으며 말씀하시기에 나는 별것 아니라고 생각하고 말씀하시는 줄 알고 나 역시 약간 웃음까지 섞어 가면서 대답했다.

"한 그루는 취했으니까 한 그루만 더 하려고요."

그러자 스님의 얼굴에 노기가 서리며 목소리가 굳었다.

"거사님은 지금 소승이 하는 말이 들리지 않으시오? 이미 거사님들은 은적사의 재산을 남몰래 절도하신 것이며 자연을 훼손하고 계시다는 말씀입니다. 거사님들이 분재 한 그루를 취한다고 하면서 얼마나 많은 자연을 짓밟고 훼손했는지 모르는 일 아닙니까? 그런데 이미 한 그루를 취하고도 한 그루 더 취하려고 한다며 그리 태연하시니 도대체 무얼 믿고 그리 행동하시는 게요?"

순간 나와 일행은 뭔가 잘못됐다는 것을 느낄 수 있었다.

"이리들 나오시오. 우리 절 사무실로 갑시다. 가서 주지스님께 보고드리고 조치를 취해야겠습니다."

"조치라니요? 이깟 동백나무 분재 한 그루 가지고…."

"이깟 동백나무 한 그루라니요? 거사님에게는 이깟 동백나무 한 그루일지 모르지만 우리 절에는 소중한 자산일 뿐만 아니라 거사님 같은 분 한 사람이 한 그루씩 뽑아 가는 날에는 절에 동백이 하나도 남아나지 않을 것이오. 그러니 어서 앞장서시오."

스님은 전혀 노기가 가시지 않았다. 특히 같이 동행했던 일행 중 한 사람이 자신도 모르게 표현한 '이깟'이라는 말 한마디에 노기가 더한 것 같았다.

"아니, 스님. 그러지 마시고 제 말씀 좀 들어 보세요. 저 친구가 '이깟'이라고 한 것은 동백나무가 가치가 없다는 말씀도 아니고, 또 이게 은적사의 자산이라는 것을 몰라서 그런 것도 아닙니다. 제 고향이 저 아래 마을이라 방학을 맞아 친구들과 고향에 왔던 김에 서울 가서도 키울 수 있는 분재 하나 만들려고 한 그루 취한 것뿐이라는 말씀을 그리 드렸던 것입니다. 노기를 거두시고 이해해 주십시오.

그리고 정 분재를 가져가서는 안 되는 것이라면 저희가 캤던 자리에 그대로 심어 놓겠습니다. 그러니 이해해 주십시오."

스님의 노기를 보고 사태가 심각해진 것을 느낀 나는 부랴부랴 진정에 나섰다. 그러나 스님은 요지부동이었다.

"소승이 은적사에서 맡은 임무가 바로 이렇게 우리 사찰의 재산인 자연을 훼손하고 도둑질하는 것을 적발하는 일입니다. 그런데 소승이 이런 현장을 보았는데 이해해 달라고 하시는 말씀은 소승에게 소승의 의무를 저버리라는 말씀이나 다름이 없는 것입니다. 그러니 어서 앞장서시고 이해를 구하시려면 주지스님께 구하십시오. 소승의 임무는 거사님들을 우리 절의 사무실로 안내하는 일입니다."

스님의 단호한 거절에 조금 전 '이깟'이라는 표현을 했던 일행이 나섰다.

"스님, 죄송합니다. 제가 이깟 동백나무라고 해서 노하신 것 같은데 그건 저 친구가 말한 바와 같이 동백나무가 가치가 없다는 말씀도 아니고 그렇다고 저희들이 이것을 가져다가 팔거나 죽여 버릴 것도 아니고 저 많은 동백나무 중에서 분재 한 그루 갖고 싶어서 저지른 짓이라는 의미였습니다. 그러니 제발 노여움을 푸시고 저희들에게 어떻게 조치하라고 명령만 해 주십시오. 다시 심어 놓으라면 잘 심어 놓을 것입니다."

그러나 스님은 표정하나 변하지 않고 단호하게 말했다.

"소승이 드릴 말씀은 지금 손에 들고 계신 그 동백들이 다치지 않게 잘 드시고, 앞장서서 저희 절 사무실로 가자는 말씀밖에 드릴 것이 없습니다."

더 이상 방법이 없을 것 같았다. 우리들은 서로 눈짓을 통해 스님이 하는 말에 따르자고 동의한 후 앞장서서 절을 향했다.

한여름임에도 골짜기에서 나와 은적사 사무실에 도달하기까지는 더위도 물러간 듯 청정한 공기에 시원함마저 감돌았다.

은적사 사무실에 들어서자 스님은 우리에게 한쪽에 있는 의자에 앉을 것을 권하더니, 그곳에 있던 스님에게 사건을 대충 설명하고는 주지스님을 청하자 그곳에 있던 젊은 스님이 밖으로 나갔다. 정말 주지스님을 부르는 것으로 보아서 일이 쉽게 마무리 될 것 같지 않았다. 우리 일행은 작은 소리로 대책을 협의했다. 공연히 경찰에 신고라도 하고 법석 떠는 날에는 이게 웬 망신살 뻗치는 일이냐고 하면서 어떻게든 일이 잘 해결되기를 바라지만, 정 안 되면 동백나무값 이상으로 시주라도 한다고 용서를 구하자고 서로 의견을 모으며 궁리를 하였다. 그렇게 삼십여 분이 지났을 때 주지스님처럼 보이는 분이 들어서셨다. 나이가 지긋이 들어 보이고 얼굴에는 기품이 서려서 보통 분은 아닌 것처럼 보였다. 우리는 이미 서로 약속한 바와 같이 의자에서 일어나 깊숙이 머리를 숙이며 작은 소리로 아주 미안한 듯이 인사드렸다.

"죄송합니다. 드릴 말씀이 없습니다. 한 번만 용서해 주십시오."

"용서라니요? 소승이 누구를 용서하고 말고 할 자격이 되나요?"

합장을 하고 우리 인사를 받으면서 남긴 저 말이 무슨 말인지 알아들을 수가 없었다. 용서를 하겠다는 말인지 아닌지조차 감이 오지를 않았다. 그래서 이미 상의한 바와 같이 내친

김에 내가 입을 열며 앞으로 나섰다.

"스님. 사실은 제가 바로 저 아랫마을이 고향이고 서울에서 교사를 하고 있는데, 방학을 맞아 친구들과 함께 휴가 겸해서 고향에 들리러 왔다가 이곳 동백꽃이 아름답다고 했더니 분재를 할 수 없냐고 해서, 제가 분재를 하자고 한 장본인입니다. 여기 이 친구들은 잘못이 없고 모든 것이 제 잘못입니다. 그러니 이 친구들을 용서해 주시고 저를 꾸짖어 주십시오. 그리고 만일 저희들이 분재하려고 취한 동백을 제자리에 원상 복구하라고 하시면 그리 할 것입니다. 아니 다른 일로라도 죗값을 받으라면 받겠습니다. 그리고 이건 죄송한 말씀이기는 하지만 용서해 주신다면 동백값을 드리는 것이 아니라 저희 잘못을 뉘우치는 시주를 하는 것이라고 생각하고 시주를 하겠습니다. 하오니 제발 한 번만 자비를 베풀어 주십시오."

그러자 주지스님은 나를 홀낏 한 번 쳐다보시고는 입을 여셨다.

"선생님이라고 하셨습니까?"

"예. 교직에 몸담고 있습니다."

"그럼 더 안 되겠네요. 학생들이 이런 짓을 할 때 그런 짓을 못 하게 막아야 될 선생님이 자신이 나서서 자연을 훼손하고 남의 것을 불법으로 취하면서 학생들에게 무어라고 가르치실 겁니까? 나도 중이라고 내가 꼭 부처님 앞에서 떳떳해서 설법을 하는 것은 아닙니다만 그래도 노력을 해야지요. 나도 모르게 저지르는 잘못이야 어찌하겠습니까만 이렇게 빤히 잘못이라는 것이 드러나는 일까지 그래서야….

경찰서에 연락해 드릴 테니 그곳에 가서 해결하시지요. 요즘에는 워낙 동백을 노리고 오는 도적들이 많다 보니 누구를 믿고 놓아 주고 누구는 경찰에 고발하고 할 판단이 서지를 않습니다. 여름 겨울 할 것 없이 계절도 안 가리고 캐 가려고 합니다. 이러다가는 우리 은적사 동백이 한 그루도 남아나지 않을 것 같아요. 다행히 거사님들은 분재한다고 작은 것들을 세 그루 취하셨지만, 마음먹고 도적질하러 오는 이들은 아예 저 밑에 화물차를 대어 놓고 큰 나무를 서너 그루씩이나 취해 가지고 도망을 하다가 잡히기도 해요.

그뿐인 줄 아십니까?

분재로 팔아먹으려고 작은 나무를 취했다가 막상 마음에 안 들면 그냥 버리고 가는 사람들도 있습니다. 다행히 우리 눈에 띄면 빨리 다시 심어 주지만 그렇지 않고 말라 죽는 어린 것들도 있습니다. 어린 나무라고 무조건 분재가 되는 것이 아니라는 것을 알고 하는 짓이니 더 밉지요.

그러니 나무의 크고 작음과 누구를 믿고 말고가 없습니다.”

아차 싶었다. 걸려도 더럽게 재수 없게 걸렸다는 생각이 들었다. 하필이면 동백나무 도적들이 설쳐대는 시기에 분재를 한답시고 은적사까지 가서 나무를 캐고 있다가 걸린 것이다. 하기야 오죽하면 그런 것을, 도둑을 방지하기 위해서 담당스님까지 두었을까 하는 생각을 하니 재수 없게 걸린 것이 아니라 오히려 미안하고 송구스러웠다. 입이 열 개라도 말할 입장이 못 된다는 것을 알지만 그렇다고 입을 다물고 있을 수만도 없는 노릇이었다.

"죄송합니다. 스님.

그런 사정이 있으신 줄도 모르고 저희는 그저 저희 생각만 하면서 분재 한 그루 정도야 어떻겠느냐는 생각을 했을 뿐입니다. 저희가 벌을 받아야 한다면 받아야겠습니다만, 정말이지 저희는 이 분재를 어디에 팔거나 또 말라 죽이거나 할 생각은 추호도 없었습니다. 제가 화내리에서 태어나 아주 어릴 적에는 이곳에 와 보지 못 했지만, 서울로 이사한 이후에도 고향에 자주 온 덕분에 어릴 적부터 이곳의 동백이 아름답다는 것을 알고, 그래서 한 번 키워 보고 싶었던 것인데 일이 묘하게 되었습니다. 솔직히 제가 이곳이 아닌 곳에서 지금까지 서너 번 분재를 한답시고 나무를 캐온 적이 있는데 아직 초보이다 보니 나무뿌리를 잘못 자른 적도 있습니다. 그럴 때 저는 나무를 화분에 심고 그 주변을 스티로폼으로 나무 사방에 벽을 만들고 비닐로 감싸고 겨울에는 이불까지 덮어 주면서, 나무 영양주사까지 놓아 가며 여러 가지로 나무를 살리기 위해서 노력해 왔습니다. 저는 그 정도면 잘하는 것이라고 생각하고 한 겁니다. 하지만 지금 스님 말씀을 들으니 그 모든 것이 나무를 제자리에 두고 보는 것만 못한 것이라는 생각이 듭니다. 다시는 이런 일이 없도록 노력하겠습니다.

어쨌든 정말 죄송하고 저희를 굳이 경찰에 넘기신다면 어쩔 수 없지만 다른 방법은 없겠습니까?"

내가 진심으로 미안한 마음을 담아 이야기하자 주지스님이 잠시 무언가를 생각하더니 입을 여셨다.

"글쎄요. 무언가 다른 방도가 없느냐고 하시니 소승도 마음이 영 그렇기는 합니다. 선생님을 경찰서에 보내는 것도 그렇기도 하고….”

그때 사무실 문이 열리면서 들어서는 사내가 있었다. 주지 스님은 말씀을 끊고 그곳으로 시선을 주더니 그 사내에게 다가갔다. 그리고 두 사람은 합장을 하고 인사를 했다.

“오늘 신도회 간부회의가 있어서 이렇게 오셨군요? 신도회장님께서 항상 열심히 해주시니 그저 고마울 뿐입니다.”

아뿔싸! 이건 또 무슨 일이란 말인가? 방금 주지스님과 인사를 한 신도회장은 내가 4학년까지 다니던 마산초등학교 동기 동창이었다. 그렇지 않아도 방금 주지스님께서 봐줄 듯이 말씀을 이어 가시는 중에 문이 열려서 안타까웠는데 이건 오랜만에 만난 동창생을 동백나무 도둑이 되어 재회해야 한다는 것이 정말 묘한 기분을 일게 했다.

아니나 다를까? 주지스님과 인사가 끝나자 그 친구는 낯모르는 사람들이 서 있는 곳으로 눈길을 돌리더니 이내 내 모습을 보고는 나를 알아봤다. 그리고 내 곁으로 다가오면서 반갑게 인사를 했다.

“야! 이거 민경대 아냐? 오랜만이다.

3년 전인가? 방학해서 세꽉타크로 운동부 학생들을 데리고 내려왔다고 해서 만난 것이? 그리고 못 만났는데 정말 반갑다. 그런데 네가 우리 절에는 웬일이냐? 이분들이 일행분들이신가 보지? 왜? 뭐 볼일이 있어서 왔어?”

친구는 반갑게 인사를 하는데 나는 쥐구멍이라도 있으면 들어가고 싶은 심정일 뿐이었다. 그렇다고 피할 일만도 아니었다. 이미 친구가 신도회장이라는 것을 알게 되었는데 공연히 친구에게 이런저런 핑계를 대고 싶지도 않았다.

"볼일이 있어서가 아니라 내가 큰 잘못을 저질러서….”

나는 목소리도 크게 내지 못 하고 작은 소리로 말하는데 친구는 내 말을 다 듣지도 않고 큰 소리로 말했다.

"아니, 네가 큰 잘못을 저지르다니? 그런 일이 있을 수 있나? 자네 같은 친구가 무슨 나쁜 짓을 할 줄 안다고?”

"그게 그런 것이 아니고….

사실은 내가 전에 동백을 보아 온 생각만 나서 아무 생각도 없이 이곳으로 동백을 캐러 왔다네. 동백 분재를 하고 싶어서 말이지. 그런데 스님 말씀을 듣고 나니 그게 큰 잘못이라는 것을 느끼게 되더라고.”

"동백 분재?”

"그렇지. 동백을 분재해서 한번 키워 보려고 이렇게 친구들과 함께 왔는데 동백을 훔쳐 가는 사람들도 있다며? 결국 나도 절에서 허락도 받지 않고 분재를 채취했으니 훔친 거나 마찬가지니 큰 잘못이 아닌가?”

"그래? 그렇지 않아도 요즈음 사람들이 먹고살 만해지기 시작하니까 나무에 관심이 있어서인지 아니면 아시안 게임이다, 올림픽이다를 치르면서 정원을 가꾸고 싶어선지, 그도 아니면 오히려 먹고살기 힘드니까 나무라도 캐다 팔려고 그러는 것인지 부쩍 동백을 차떼기로 파 가는 도둑이 극성을 부려서 잔뜩 신경을 쓰고 있는 판이기는 하지만, 그렇다고 자네가 장사를 하려고 한 것도 아니고 그저 옛날이 그리워서 그리한 것이니 주지스님께 자비를 구해 보지 그래?"

"이미 죄송하다고 말씀은 드렸지만 상황이 그렇다는데 누구 탓을 하겠나? 벌을 받을 일이라면 받아야지. 나 하나만 생각한 내가 잘못이지."

친구는 내게 쉽게 이야기를 하는데 나는 정말 말하기조차 힘들었다. 부끄럽기 그지없었다. 그런 우리 모습을 지켜보시던 주지스님께서 껄껄 웃으시며 말씀하셨다.

"거사님, 정말 마음 속 깊이 잘못을 뉘우치시고 계신가 봅니다. 제가 이 산골짜기에서만 살지만 말씀하시는 것을 보면 그 진위를 알 수 있는데, 진심으로 미안해하시는 것을 보니 제가 오히려 미안해집니다 그려.

그렇지 않아도 처음부터 말씀하시는 것을 들어 보니 장사를 위해서나 도적질을 위해서 동백을 캔 것이 아니라는 것은 이미 짐작을 하던 터였습니다. 그래서 어찌할까를 고민하던 중인데 말씀하시는 것을 보니 경찰에 연락해서 일을 크게 만들었다면 소승이 오히려 부끄러울 뻔했습니다. 인간이라는 것이 순간적인 욕심에 작은 잘못이야 저지를 수 있는 것인데 소승이 너무 과하게 말씀을 드렸던 것은 아닌가 합니다.

솔직히 우리 신도회장님이 아니더라도 그냥 돌아가시게 할 마음이 앞서고 있었습니다. 그렇지 않고 정말 험한 사람들이라고 생각했다면 벌써 경찰에 연락을 했겠지요? 정말 험한 사람들이었으면 감시하는 스님을 순순히 따라 오지도 않으셨을 거라는 것도 알고 있던 터이기에 그냥 보내 드리려고 하던 참인데, 우리 신도회장님께서 오셔서 이렇게 증명할 수 있도록 대화를 해주시니 오히려 마음이 편합니다.

이제 그만 돌아들 가십시오. 그리고 손에 가지신 동백은 죽이지 말고 잘 키워 주시고요. 자, 저도 이제 일을 봐야 하니 그만 돌아가십시오."

순간 나는 어리벙벙했다. 스님의 인품이나 여러 가지로 볼 때 신도회장을 안다고 보내 주고 아니라고 안 보내 주고 할 분이 아니었다. 그런 내 마음을 읽었는지 주지스님은 한 마디 더 했다.

"본디 모든 것은 욕심에서 시작된다고 하지 않습니까? 특히 소유욕이요. 저 아름다운 자연을 있는 그곳에 두고 모든 이가 함께 즐기면 더 행복할 것을 자기 혼자 소유하고 싶은 욕심에서 문제가 일어나는 것 아니겠습니까? 비록 작은 일이지만 오늘 큰 깨달음을 얻으셨을 것 같습니다. 선생님이시라니까 가서 제자들에게 그렇게 가르치시면 소승은 더 바랄 것이 없겠습니다."

나는 그제야 스님의 뜻을 알 수 있었다. 도둑이 아니라는 것은 알지만 그렇다고 그냥 보내기도 어려운 당시 상황에서 고민을 하시기도 했지만, 무언가 깨달음으로 동백값을 대신하게 하고 싶으셨던 것이리라.

우리 일행은 스님에게 고맙다고 인사를 드리고, 신도회장을 맡고 있는 친구에게는 나중에 보자고 인사하고 절을 나섰다. 물론 절을 나서면서 시주를 하는 불전함에 작은 시주나마 하고 나서는 것을 잊지 않았다.

지금 생각하면 정말 어이가 없는 일이기도 하고 내가 왜 그런 철없는 일을 했었는지 이해가 되지 않기도 했지만 그때는 분재를 하겠다는 마음밖에 없었던 내 모습이었다. 그리고 그 일을 겪은 후부터 나는 자연은 무조건 보호해야 하는 것이고 여러 사람이 함께 보고 즐겨야 할 자연을 나 혼자 소유하겠다고 벌이는 소유욕이 얼마나 하잘것없는 것인지 가끔씩 묵상을 하곤 한다.

   은적사 이야기와 둘째 큰 어머니 이야기가 나왔으니 나온 김에 한 가지만 더 이야기하기로 한다.

   아버지는 4형제이신데 4형제가 모두 같은 마을에 사셨다. 물론 그 덕분에 둘째 큰어머니께서 나를 구해 주시기도 했지만 말이다.

   이 이야기는 훗날 들은 이야기로 1950년 내가 세 살이던 6·25 때 이야기다.

   당시 둘째 큰아버지께서는 경찰로 근무하고 계셨다. 그런데 전쟁이 터지고 공산군이 마을에 들이닥치니 당장 피할 곳이 없었다. 결국 택한 곳이 '해남아재'라는 별호를 갖고 계신 아저씨뻘 되는 마을 이장의 집이었다. 그분은 마을 이장이니 당시 공산군에게 죽지 않으려면 공산군에 협조해서 소위 '빨간완장'을 차야 했던 분이지만 둘째 큰아버지를 당신의 집 다락에 숨겨 준 채 아무 일도 없다는 듯이 무려 한 달여를 숨겨 주셨다. 혹시나 발각되면 어쩌나 하는 마음에 두 분 모두 얼마나 가슴을 조이고 애가 탔는지는 지금 이 나이가 되어 생각해 보니 알 듯하다. 물론 그동안 우리 아버지께서도 경찰을 형님으로 둔 죄 아닌 죄 때문에 동네를 떠나 다른 곳으로 피신해 계셨었다.

둘째 큰아버지가 '해남아재'의 다락에 숨은 지 한 달여가 지나 다시 국군이 마을에 들어왔다. 둘째 큰아버지는 위기를 넘기고 기를 펼 수 있게 되었지만 문제는 '해남아재'였다. 당시에 어떤 이유가 되었던 일단 '빨간완장'을 둘렀다는 것은 공산군에게 협조한 것이고 그것은 총살감이었다. 실제로 면사무소 앞밭에서 '빨간완장'을 차고 다니며 공산군에게 협조했던 부근 동네의 30여 명을 가차 없이 총살형에 처했었다. 이런 현상은 실로 동족상잔의 비극이 남긴 아픈 이야기로, 그것은 비단 내 고향 해남군 마산면 화내리에서만 있던 일이 아니라 이 나라 국민들이 공통적으로 겪어야 했던 아픔이다. 오죽하면 목숨 보존을 위해서 양쪽 모두의 편을 들어 가면서 유리한 쪽에 서야 했던 당시의 상황을 빗대어 '낮에는 국군이요, 밤이면 빨갱이'라는 말이 생겨날 정도였는지 짐작이 가는 일이다. 목숨 부지를 위해서 당장 점령해 들어오는 편을 들었다가는 다음에 점령하는 자가 바뀌면 그때는 또 치도곤을 당해야 하는 아픔이었다.

어쨌든 '해남아재'는 본의 아니게 곤혹을 치르고 잘못하면 목숨을 잃게 되었는데, 그때 나선 분이 바로 둘째 큰아버지였다. 둘째 큰아버지는 자신이 살아남을 수 있었던 이유를 숨김없이 이야기하셨다. 처음에는 친척을 살리기 위한 소리로 귀담아 듣지 않던 국군들도 둘째 큰아버지의 끈질긴 설득 끝에 결국 '해남아재'를 석방하고 말았다.

어찌 들으면 당연한 일로 들릴 수도 있는 이야기다. 하지만 당시 상황에서는 만일 국군이 둘째 큰아버지를 '빨갱이와 내 통해서 목숨을 보존한 자'로 낙인을 찍으면 목숨 보존은커녕 오히려 공산주의자로 몰려서 처형을 당할 수도 있는 상황이었다고 한다. 실제로 둘째 큰아버지께서 '해남아재'를 감싸고돌자 '빨간완장'을 찬 이장의 집에서 살아남은 것도 수상하다는 이야기까지 나오는 상황이었다고 한다. 전쟁 중에 그 누구도 믿을 수 없는 상황에서 둘째 큰아버지께서는 목숨을 살려 준 은인을 저버릴 수 없다고 끝까지 뜻을 굽히지 않으셨고, 결국 진실을 알게 된 국군은 '해남아재'를 석방하기에 이른 것이다.

나는 이 이야기를 초등학교에 들어가고 난 후에 들은 기억이 난다. 물론 내 고향에서는 끊임없이 회자되었던 이야기로 내가 초등학교 들어가기 전에도 당연히 들었던 이야기일 것이다. 그러나 그때 들은 이야기들은 기억이 나지 않고 초등학교 때 이야기를 듣는 순간 사람은 은혜를 갚을 줄 알아야 한다는 생각을 했던 기억이 난다. 그리고 그 이후 이 이야기는 내게는 영원히 잊지 못할 이야기로 남아 있다.

당시의 상황을 조금 더 부연하자면 당시 공산군이나 그들의 발아래 빌붙어 협조하던 사람들이, '해남아재'가 자신의 팔에 '빨간완장'을 두르고 이장이라는 직책을 유지하면서 둘째 큰아버지를 다락에 숨겨 준 것을 알거나, 아니면 눈치라도 챘다면 '해남아재'는 당연히 공산군들에게 총살 아니면 대창에 찔려 난자당한 채 죽었을 것이다. 그럼에도 불구하고 '해남아재'는 둘째 큰아버지를 지켜 주신 것이다. 단순히 경찰이라는 이유 하나로 죽어 갈 먼 촌 일가친척을 지킨 것이 아니라, 그 당시의 마산면은 '깡촌'이라고 불러도 부당하지 않을 정도로 치안은 물론 모든 것이 열악한 환경에서, 우리 민가들의 자자일촌인 고향의 치안을 위해 고생하던 대한민국의 경찰을 지켜 주신 것이다.

마찬가지로 둘째 큰아버지 역시 '해남아재'를 위해서 목숨을 걸고 항변하신 것은, 자신의 목숨을 지켜 주신 것이 무엇보다 고마웠겠지만 그 이상의 의미를 두신 것이다. 이미 '해남아재'의 뜻을 알고 계셨기에 옳은 일을 하신 분이 단순히 목숨 보존을 위해서 완장 하나 둘렀다는 것에 대한 죗값을 묻는다는 것은 옳지 않다고 보신 것이다. 만일 '해남아재'가 정말 공산군에 협조할 마음이 있었다면 절대 자신을 숨겨 주지도 않았을 것이며, 마을의 이 사람 저 사람에게 트집을 잡아서라도 충성을 다하는 모습을 보였을 것임을 충분히 알고 있었던 것이다.

초등학교 시절에는 그저 은혜를 갚은 보은의 이야기로 들렸던 그 모든 것이 나이를 먹어 가면서 하나씩 정리가 되어 갔다. 나는 스스로 우리 집안에 있었던 이 이야기야말로 보은을 하는 것은 당연한 것이고, 옳은 일이라면 목숨을 걸고 관철할 수 있어야 한다는 아주 값진 교훈이라고 스스로 단정했다.

그리고 언젠가는 꼭 하고 싶은 이야기요, 남기고 싶은 이야기였는데, 마침 나를 돌아보는 계기가 된 이 글을 빌어서 비로소 밝히는 바이다.

2. 해남을 떠난 초등학교 4학년부터 졸업까지

　나는 초등학교 4학년 때 아버지께서 전 가족을 데리고 상경
하시는 바람에 정든 고향을 떠났다. 그리고 그때 아버지께서
자리 잡으신 서울 이태원에서 지금까지 생활하고 있다. 그러
나 어린 시절의 꿈과 정이 서려 있는 고향은 지금도 내 안에
머무르고 있다. 아니 단순히 내 안에 머무르고 있는 것이 아니
라, 나와 함께 성장하고 지금도 내 곁에서 함께 호흡하고 있다.
고향이 내 곁에 머무르고 나와 함께 호흡한다는 것은 단순히
내가 고향을 그리워하고, 고향이라는 단어에 머무르는 향수
같은 것이 아니다. 그렇다고 요즈음 일 년에 한두 번 선산을
찾기 위해서 고향에 다녀오는 것을 지칭하는 것도 아니다. 물
론 결혼 전·후의 젊은 시절, 교직에 몸담고 있으면서 방학 때
면 고향이자 처갓집 동네인 그곳에 가서 여러 날 머무르기도

했는데 그렇다고 그런 머무름을 이야기하는 것도 아니다.

내가 고향에서 입학하여 다니던 학교는 마산초등학교다. 그런데 지금도 서울에서 우리 마산초등학교 동기생들이 한 달에 한 번씩 모여서 동기회를 연다. 그리고 나는 그 친구들에게 추대되어 재경 마산초등학교 37회 동기회장을 맡고 있다. 우리 동기회는 지금도 20여 명의 회원이 꾸준히 모인다. 이것이야말로 고향이 내 곁에 있는 것이 아닐까 하는 마음이다.

그리고 내가 고향을 곁에 두게 된 또 하나의 직접적인 이유가 있다. 바로 아버지와 큰아버지들 간의 짙은 형제애 덕분이다.

아버지께서는 4형제 중 셋째로 내가 4학년 때 유일하게 서울로 올라오신 분이다. 당연히 고향에 계신 큰아버지의 자녀들은 집을 떠나 서울로 학교에 오고 싶어도 쉽게 올 수 없는 형편이었다. 지금도 시골에서 서울로 학교를 보내면 제일 걱정이 되는 것은 물론 학비겠지만, 그 이상으로 무시할 수 없는 것이 머무를 집과 생활하는 데 드는 비용이다. 물론 집안이 넉넉하다면 별 문제가 아니겠지만 웬만한 집안 형편으로는 어려운 이야기다. 그 당시에는 더 어려운 시절이었다. 자식을 서울로 공부시키러 보낼 형편이 되는 집이 별로 없었다. 물론 아버지 형제분들도 마찬가지였다. 그러나 아버지께서는 당신의 형제분들에게, 조카들이 실력만 된다면 자신의 집으로 보내서 학교에 다니게 하라고 거침없이 말씀하셨다. 학비는 보태 주지 못할지언정 먹이고 재우는 줄 수 있다고 하셨다. 제집처럼 편안하지는 않겠지만 좁으면 좁은 대로, 어려우면 어려운 대로, 내일을 위해서 함께 살아가는 것이 형제애라고 하셨다. 당신은 이태원에서 노점상을 하면서 방 2개의 사글세방에서 어렵게 살림을 꾸려나가지만, 조카들이 공부를 하겠다면 적어도 당신 집에 거둬서 먹여줄 수는 있다고 하신 것이다. 그 당시 아버지께서는 상경한 후 마땅한 일자리가 없는지라 어머니와 함께 노점상을 하고 계시던 중이었다.

아버지의 말씀에 힘을 얻으신 큰아버지들께서는 아들들을 서울의 고등학교에 보내시게 되었고, 사촌들이 집에서 함께 생활하며 고등학교를 다녔다. 그러니 고향은 항상 내 곁에 머무를 수밖에 없었다. 외아들로 태어난 나에게 그들은 사촌이자 형제이며 고향 그 자체였다.

지금 생각하면 그 시대의 아버지들, 아니 우리 세대의 아버지들도 마찬가지지만 정말 대단한 교육열을 가지고 있던 것이 사실이다. 그렇다고 지금처럼 맹목적적으로 과열된 교육열이 아니라 배워야 산다는 순수한 교육열이었다. 그 교육열이 오늘날의 대한민국을 만들었다는 것은 그 누구도 부인할 수 없을 것이다. 일제가 대한제국을 병탄하는 바람에 자신들이 배우지 못해서 당한 설움이 너무나도 크다는 것을 아시기에, 우리의 아버지들께서는 자신은 밥을 굶으면서도 자식은 배우게 하려고 노력하셨던 것이다. 그리고 그 열기는 우리 대의 아버지들에게 이어진 것인지는 모르겠지만, 어느 순간에 교육열이 아닌 부모 과시욕으로 바뀌고, 사교육이 공교육을 뛰어넘어 교육이 병들어 가고 있는 기이한 현상까지 빚어내고 있다. 40여 년을 공직생활을 했던 나로서는 뒤에 이어지는 글에서 다시 자세하게 돌아볼 기회를 갖겠지만, 그 시대의 힘들었지만 소박했던 힘든 교육열이 오늘날의 화려하지만 과시하는 교육열에 비하면 훨씬 낫지 않나 하는 생각이다.

그뿐만이 아니다.

아버지 형제분들 중에는 아버지 위로 큰아버지가 두 분이고 아래로 작은아버지가 한 분 계셨는데, 작은아버지께서 우리가 서울로 이사한 후, 우리 집에서 함께 생활하시다가 결혼을 하여 분가하셨다. 쉽게 말하자면, 아버지께서 서울로 이사하시면서 작은아버지를 데리고 오셔서, 결혼해서 자리 잡을 때까지 작은아버지 뒷바라지를 해주셨던 것이다. 그 덕분에 큰아버지는 물론 우리 아버지까지 돌아가시고 난 지금은, 큰집을 비롯한 우리 사촌들이 작은아버지를 모시고 '우리는 하나'라는 모임을 만들어, 매월 둘째 주에 만나고 있다. 사촌 형제자매 아홉 부부가 작은아버지를 모시고 함께 모이는데, 적어도 열다섯 명 이상은 참석할 정도로 참석률도 좋고 만나면 우애가 넘쳐난다. 마침 교회 목사님으로 은퇴하셨던 큰당숙님을 우리 모임에 모셨더니 큰당숙 내외분께서 앞으로 자신도 회비를 낼 테니 이 모임에 계속 참석하게 해 달라고 말씀을 하셔서 모두가 쾌히 모시겠다고 했다. 나이가 먹을수록 형제가 좋고 가족이 좋아서인지는 모르겠지만 우리 사촌들은 이 모임에 대해서 매우 만족해하고 있다.

그래서 나는 고향을 떠났으면서도 고향을 떠난 것같이 느끼지 않았는지 모르겠지만, 나는 지금도 고향이 내 곁에 항상 머무르고 있다는 것을 느끼며 살고 있다. 그리고 내게 영원히 고향과 함께할 수 있도록, 내게 소중한 모든 것들을 남겨 주신 부모님께 다시 한 번 감사드린다.

서울에서의 초등학교 시절 이야기가 나왔으니, 한 가지만 더 이야기하고 싶다.

이 이야기는 내가 초등학교 6학년 때 직접 눈으로 목격한 이야기다.

나의 초등학교 6학년 이전은 이승만 대통령 시절이다. 앞에서도 잠시 이야기했듯이 아버지께서는 당시 이태원에서 노점상을 하고 계셨다. 그러면서 이승만 정부가 잘못하고 있다고 항상 말씀하시고 또 정권을 교체해야 한다고 하시면서 마치 정치하는 분처럼 목소리를 높이셨다. 그런 아버지의 모습이 당시 경찰들의 눈에 좋게 보일 리가 없었다. 그때나 지금이나 노점상은 단속대상이었다. 내가 학교 끝나고 집으로 가던 중 아버지가 장사하시는 곳에 갔을 때, 경찰이 아버지의 물건이 놓인 좌판을 발로 걷어차는 모습을 직접 목격한 적이 한두 번이 아니었다. 그리고 그때마다 경찰들이 하는 소리는 한결같았다.

"노점상 하는 주제에 뭔 말이 그리 많아? 이렇게 먹고 살게 해주는 게 누구 덕인지나 알아? 주제 파악도 못 하고. 노점상 주제에 야당 한다고 누가 알아주기나 한데? 주제를 알라고. 주제를 말이야! 우리가 봐주고 싶어도 봐줄 수가 있어야지.

어때? 이제 잘못을 알겠어? 잘못했다는 말은 안 해도 좋으니, 앞으로는 정부가 잘했느니 잘못했느니 떠들지 말고, 야당 편드는 말 안 하겠다고 한 마디만 해. 그러면 우리도 모르는 척 눈감고 돌아갈 테니까."

그때나 지금이나 나는 정치가 뭔지 모른다. 하지만 분명한 것은 야당이든 여당이든 다 이 나라 국민이요, 집권한 대통령이 함께 보호해 주어야 할 의무가 있다는 것이다. 그런데 그렇지 못했다.

잠시 주제에서 벗어난 이야기를 원점으로 돌리면, 그렇게 좌판을 채이고 물건이 나뒹구는데도 아버지께서는 절대로 자신이 잘못했다거나 앞으로는 그러지 않겠다는 말씀을 하지 않으셨다. 그 당시 이태원 초등학교를 다니고 있던 내가 하굣길에 집으로 돌아오면서, 아버지와 어머니께서 같이 장사를 하시는 관계로 자주 들리곤 했던 관계로 몇 번인가 눈으로 목격한 일이다.

그러나 내가 이 이야기를 하는 이유는 우리 아버지께서 핍박받으셨다는 이야기를 쓰거나, 그렇게 고생하면서 나를 가르치셨다는 감상적인 이야기를 쓰고 싶어서가 아니다.

내가 초등학교 6학년 때 4·19혁명이 일어나 이승만 정권이 무너져 내렸다. 영원히 갈 것 같던 권력이 하루아침에 무너져 내려가고 그 자리에는 허무만 남았다. 솔직히 나는 그때 그 혁명이 의미하는 것을 알지 못했다. 다만 아버지께서 기뻐하시면서 하시던 말씀을 들었을 뿐이다.

"이제야 나라가 제대로 돼 가는구먼. 빨갱이들로부터 피 흘려서 지킨 나라가 이제야 바로 서고 피 흘린 보람을 찾게 되겠구나. 어떻게 지킨 나란데 제 것들이 말아 먹으려고 해. 국민이 주인이라고 주둥이는 나불거리면서, 국민의 주머니를 탈탈 털어가는 못된 것들이 이제야 하늘의 심판을 받는 게야."

말씀을 하시며 입가에 웃음을 머금으시던 아버지의 모습에서 무언가 좋은 일이 일어나겠다는 생각을 했을 뿐이다. 당연히 나도 덩달아서 기분이 좋았다.

그런데 그때 아버지를 그렇게 괴롭히면서 좌판을 걷어차던 경찰 두 사람이 다시 나타났다. 그들은 늘 경찰 정복을 입지 않고 다녔는데, 훗날 나는 그들이 형사라는 것을 알게 되었다. 바로 그 형사들이 나타난 것이다. 나는 어린 마음에도 조바심이 났다. 또 좌판을 걷어차 물건이 나뒹굴면 어떻게 하나 하며 마음을 조였다. 하지만 아버지께서는 늘 그랬듯이 당연히 올 것이 왔다는 표정이실 뿐 아무런 표정 변화도 없으셨다.

그때 내 눈에 정말로 믿기지 않는 장면이 목격되었다. 아버지도 깜짝 놀라 당황하는 모습이 역력하셨다.

그렇게도 아버지를 괴롭히던 바로 그 형사 두 사람이 아버지 앞에 무릎을 꿇는 것이 아닌가? 그리고 고개를 푹 숙이더니 힘 빠진 목소리로 말했다.

"민 사장님! 용서해 주십시오. 저희들이라고 해서 그러고 싶어서 그랬겠습니까? 목구멍이 포도청이라고 처자식 데리고 먹고 살기 위해서 할 수 없이 위에서 시키는 대로 했을 뿐입니다. 정말 죄송합니다."

나는 그 당시 아버지께서 야당의 누구와 친하고 어떤 일을 하셨는지 모르고, 그 후로도 정치에는 직접 관여하지 않았다는 것을 안다. 다만 옳은 사회가 어떤 것인지를 말씀하셨을 뿐인데 그렇게 핍박을 당하셨던 것이다. 그런 아버지를 핍박했으니 혁명으로 인하여 사라진 권력에 맹종했던 그들로서는, 아버지가 어떤 해코지나 아니면 고발이라도 해서 자신들에게 불이익이 돌아오게 할 것이라고 생각하고 미리 용서를 구하는 방법을 택했던 것이리라. 그런데 형사 두 사람이 무릎을 꿇고 용서를 빌자 오히려 당황한 쪽은 아버지이셨다.

"이게 무슨 짓들이오. 나라는 사람은 아무 권력도, 힘도 없이 그저 노점상 해 먹고 사는 놈이오. 그러니 가서 일들 보시오. 나는 누구를 해코지 하고 싶은 마음도, 고발해서 벌을 받게 하고 싶은 마음도 없는 사람이니 그리 알고 어서 가서 일들 보시오."

당황한 기색이 역력한 아버지는 형사들에게 어서 가라고 독촉을 했다. 그러나 형사들은 일어나지를 못했다.

"제발 용서해 주십시오."

라는 말만 되풀이할 뿐이었다.

솔직히 당시 나는 어린 나이였지만, 며칠 전만해도 노점상 하는 주제라고 하면서 좌판의 물건을 아랑곳하지 않고 발로 차던 그 모습을 보았는데, 하루아침에 민 사장님이라고 부르면서 무릎까지 꿇고 빌고 있는 형사들이 뻔뻔하고 파렴치해 보였다. 마음 같아서는 그동안 아버지의 좌판을 걷어차는 모습을 보면서 내가 나서지 못했던 것을 이 기회에 나서서라도 화풀이를 해주고 싶은 마음이 굴뚝같았다. 비록 어린 나이지만 분노가 가슴에까지 일면서, 이 기회에 아버지께서 형사들의 뺨이라도 한 대 갈겨 주시는 모습을 보고 싶었다.

그러나 아버지는 내 기대와는 다르게 당황했던 기색을 거두고 말씀하셨다.

"누가 누구를 용서하고 말 것이 있어야 용서를 하지요. 글쎄 나는 내가 용서를 할 것이 없어서 용서를 못 하지만 정 그렇게 듣고 싶다면 용서할 테니 그만들 가서 일 보시오.

솔직히 댁들이 뭔 죄가 있겠소?

나도 내 형님이 6·25 때 경찰이라는 이유 하나로 괴뢰군 놈들이 고향에 들이닥쳤을 때 죽을 고비를 넘기고, 나 또한 맘 편하기는커녕 있는 대로 맘을 졸이면서도 집에 머무를 처지가 못 되어서 근처 마을을 배회하면서 근 한 달여를 숨어 지냈소. 먹는 것은 고사하고 잠잘 곳도 제대로 마련하지 못해서 노숙하기 일쑤였소이다. 그러나 국군이 돌아왔다고 그 고생 알아줍니까? 나나 형같이 고생은 당연한 것이고 그저 잘못한 이들만 잡아 족치려고 하지 않습디까. 이장이면서 '빨간완장' 차고 빨갱이들 편들었다고, 우리 형님 숨겨 준 우리 아재까지 죽이려 하는 것을 간신히 막았구먼. 원래 세상이 바뀌면 사람들도 바뀌는 법 아니겠소. 그렇다고 내가 형사님들을 고발하거나 해코지를 한다는 말은 아니요.

다 높은 이들 입맛에 맞춰야 하는 것이 아랫사람들 할 일이요. 원래 그래서는 안 되고 제 할 일을 제대로 해 가며 살아야 하는 것이 사람이거늘, 윗사람 비위 거스르면 아까 형사양반 말대로 목구멍이 포도청인데 어찌 하겠소. 그러니 이제 그만 가 보시오. 나로 인해서 문제가 될 소지가 있다고 여긴다면 내가 그런 사람은 아니니 그런 걱정일랑 마시오."

아버지께서 둘째 큰아버지 이야기까지 꺼내시면서 진지하게 말씀하시자 형사들은 안심이 되었는지 그제야 일어났다. 그리고 무릎의 흙을 털 생각도 안 하고 이번에는 연신 머리를 굽히며 인사했다.

"고맙습니다. 정말 고맙습니다. 민 사장님! 앞으로는 그런 경거망동은 하지 않고 아까 말씀하신 대로 제 할 일, 그러니까 저희 할 일 바르게 하며 살겠습니다."

몇 번인가 그렇게 인사를 하고 돌아간 형사들은 그 후로는 보지 못했다. 하지만 그 장면은 지금의 내 뇌리에도 선명하게 떠오른다. 그러나 그 자리에서 본 모든 것 중에서 내 기억 속에 또렷이 남는 것이 있다. 자신에게 그렇게 모욕감을 주었던 그들을 어서 일어나라고 손까지 잡아 일으키면서 오히려 위로하고 달래 주던 아버지의 모습이다.

그때 내가 아버지였다면 이미 말한 바와 같이 분풀이라도 하려고 경찰의 멱살이라도 잡았을지도 모른다. 하지만 아버지께서는 전혀 그렇게 하지 않으셨다. 오히려 그들에게 자신의 형님과 자신이 겪은 경험을 이야기하면서 사람 사는 도리를 말씀해 주시고 돌려보내셨을 뿐이다. 그 당시 나로서는 정말 이해하기 힘든 일이었고, 오히려 아버지께서 그 형사들을 벌하지 않으신 것이 화가 날 정도였다. 하지만 나이를 먹어 가면서 그날 아버지께서 하신 일이 얼마나 위대한 것인지를 새삼 깨닫는다. 단순히 깨닫는 것이 아니라 그렇게 포용하며 살아가는 모습을 자식에게 남겨 주신 아버지의 모습에 진심으로 존경을 표하고 있다.

아버지께서는 학식이 많으신 분도 아니고 재력이나 권력이 높았던 분은 더더욱 아니다. 그럼에도 불구하고 지금까지 내가 잊지 못할 감동적인 장면을 선물해 주신 것이다.

사람은 얼마나 배웠느냐가 중요한 것이 아니고 얼마나 많이 가졌느냐가 중요한 것도 아니라고 한다. 얼마나 사람답게 사느냐가 정말 중요한 것이란다.

나는 초등학교 6학년 때 내 눈에 비쳐진 아버지의 모습과 그 경찰들에게 하셨던 그 말씀, '제 할 일을 제대로 해 가면서 살아야 하는 것이 사람'이라는 말씀을 들은 그 이후로 단 한시도 잊어본 적이 없다. 그리고 항상 일을 할 때에는 그 말씀을 지키려고 노력했었다. 그 노력이 제대로 되었는지는 내 주변 분들이 판단해 주시겠지만, 적어도 나는 그렇게 살기 위해서 노력하고 있다.

3. 중·고등학교 시절

나는 수도중학교를 졸업했다.

지금 우리 또래나 혹은 10여 년 후배 되시는 분들까지는 같이 경험한 일이지만, 우리 때만 해도 중학교도 입학시험을 치르고 합격해야 들어갔으며, 고등학교 역시 입학시험을 치르던 시대였다.

나의 중학교 시절에는 이렇다 할 특별한 일은 없었던 것 같다. 단지 고등학교에 입학하기 위해서 열심히 공부해야 한다는 생각뿐이었다. 물론 당시에도 부유한 집안의 친구들은 과외공부도 하고 학원이라는 곳에 다녔던 게 사실이다. 하지만 나처럼 나 스스로 공부해서 해결하지 못 하면 진학을 포기해야 하는 정도의 집안 형편에 있던 친구들은 스스로 공부하는 것이 고등학교 문턱을 넘는 유일한 길이었다. 그렇다고 과외를 시켜 달라고 하든가 학원을 보내 달라고 하는 이야기는 아예 꺼내지도 못했던 시절이다. 대부분의 친구들이 그랬듯이 학원은 고사하고 중·고등학교에 다니는 것만도 부모님께 고마워해야 할 정도의 시대였다. 당시에는 국민학교라고 불렸던 초등학교를 졸업하고, 집안의 생계를 위해서 공장을 비롯한 일터로 향하는 친구들도 많았던 시절이니 당연한 일이었다.

고등학교 진학을 위해서 열심히 공부하면서도 한 가지 고민은 있었다. 그렇다고 사춘기 시절의 방황이나 그런 것은 아니다. 우리의 중학교 시절만 해도 요즈음 중학생들에 비하면 상당히 덜 성숙했던 게 사실이다. 당시만 해도 TV가 집에 있는 아이는 거의 없을 정도였다. 그렇다고 라디오가 집집마다 있던 것도 아니었다. 서울에도 마차라고 부르는 말이 끄는 수레가 있던 시절이다.

말 수레 이야기가 나온 김에 한 가지 이야기하고 싶은 것이 있다. 돌아가신 영화배우 김승호 선생께서 주연하신 영화 '마부'다.

영화 '마부'는 말 수레로 영업을 하기 위해서 말 주인으로부터 말을 임대해서 말 수레로 짐을 날라주고 그에 대한 삯으로 말 주인에게 말 임대료를 납부하고, 먹고 사는 마부의 삶을 그린 영화다.

그런데 그 당시가 한참 소위 세발용달이라고 하는 소형 화물자동차가 등장했던 시기이고, 그러다 보니 말 수레의 영업 이익이 자연히 감소할 수밖에 없었던 시기였다.

김승호 선생께서 마부이자 가장으로 등장하는데 그 집은 사법고시 공부를 하는 아들과, 도시아이로 헛바람이 들어서 밖으로 나도는 딸이 있는 집안이었다. 이미 말한 바와 같이 당시 말 수레 영업이 이익을 내기 힘든 상황이다 보니 김승호 마부는 말 임대료도 제대로 내지 못 하는 상황이었지만 집에서는 그런 표현을 하지 않고 아들에게는 오직 공부만 열심히 하라고 한다. 그렇다고 아들이 그 상황을 모를 리가 없다.

어쨌든 마부에게 말이 없으면 안 되는 건 당연한 이치임에도 말 임대료를 제 때 내지 못하자 말을 돌려주어야 했고, 말을 돌려주고 돌아오는 길의 측은함은 이루 말할 수 없었다. 온 집안을 먹여 살리던 정든 말과 이별하고 돌아오는 그 장면은 처절함의 극치였다. 그러나 달리 방법이 없어서 모든 것이 절망에 이르렀을 때, 이웃의 마음 착한 과부 아주머니, 그분의 도움으로 오히려 말을 사게 된다. 모든 것이 해결되기 위한 마지막 장면 즉, 딸은 마음을 고쳐먹고 공장에 나가고, 아들은 사법고시에 합격하는 것이다. 그런데 사법고시 합격자 발표를 확인하기 위해서 중앙청 앞에 게시된 합격자 명단을 보러 가 온 가족이 그곳에서 만나고, 도움을 주던 아주머니까지 만나게 된다는 해피엔딩의 영화다.

얼핏 보기에는 그저 그런 해피엔딩의 옛날 영화라고 치부할 수 있겠지만 중요한 것은 이 영화가 나타내는 것이 그 시대상을 반영하고 있다는 것이다.

부모가 어떤 어려움에 처할지라도 아이들에게는 그 어려움을 나타내지 않고, 너희들은 그저 열심히 공부해서 출세하라고 했던 시절이다. 못 살고 돈 없을 지라도 자식만큼은 훌륭하게 키워서 남부럽지 않게 살게 해주려던, 그 시대의 이 나라 부모님들은 모두 '마부'였다는 것이다. 꼭 출세하는 것이 행복한가에 대한 물음은 훨씬 이후에 나온 이야기이고, 그 시절에는 적어도 그랬다.

어쨌든 사법고시 합격자 발표를 보기 위해서 중앙청 앞까지 가야만 했던 그 시대에 비하면, 정보의 홍수 속에서 산다고 하는 요즈음의 중학생들은 자신들의 세상만이 아니라 어른들의 세상을 쉽게 접할 수 있고, 그에 따라 조숙할 수밖에 없으니 우리 세대와는 여러 가지로 차이가 날 수밖에 없다. 우리 시대에는 접하는 것이 친구들과 부모님, 그리고 형제자매나 선후배 정도다 보니 우리들만의 세계를 살았던 것이 사실이다. 그러나 성숙하다는 것이 어느 면에서 성숙하느냐의 차이는 분명히 있는 것이다. 지금 이 시대를 살고 있는 중학생들이 풍부한 정보와 여러 가지 교류로 인해서 문화적으로 성숙한 면이 있다면, 우리 시대에는 책과 그 안에서 얻은 지식과 친구들과의 진실한 대화 속에서 얻어지는 나름대로의 성숙이 있었다. 다방면의 지식에서는 지금의 중학생보다 부족했을지 모르지만, 일정한 테두리 안에서의 지식은 지금 시대 못지않게 습득하고 또 생각하며 살아갔던 것이다.

광범위한 정보와 그 정보로 인해서 스스로 판단하기보다는 주로 선택하는 지금 이 시대와, 스스로 고민하고 생각하고 친구나 혹은 선후배, 나아가서는 부모님과의 대화를 통해서 결정해야 했던 우리 세대가 분명히 장단점이 있을 것이라고 감히 이야기한다.

각설하고, 내가 중학교 3학년이 되면서 가장 고민했던 일은 실업계 고등학교와 인문계 고등학교를 두고 과연 어느 길을 가야 하는지에 대한 고민이었다.

내 스스로의 욕심만 생각한다면 인문계 고등학교에 진학해서 대학에도 가고 그로 인해서 무언가 전공도 공부해 보고 싶었다. 하지만 집안 사정이나 여러 가지를 종합해 볼 때는 굳이 대학을 진학한다고, 인문계 고등학교에 진학한다고 고집을 세울 일도 아니었다. 이미 밝힌 바와 같이 노점상을 하시는 부모님과 넉넉하지 않은 집안 형편을 고려한다면 실업계 고등학교를 마치고 취업을 해서 집안 살림에 보탬이 되고 싶은 마음이 더 많았다. 같이 초등학교를 졸업하고 공장에 취업해서 집안에 보탬을 주는 친구들도 주변에 있었기에, 고생하시는 부모님을 위해서라도 실업계 고등학교에 진학하는 것이 옳다는 생각이었다. 물론 부모님에게도 상의를 하지 않은 것은 아니지만 부모님은 힘들더라도 네가 할 수만 있다면 할 수 있는 데까지 공부를 해 보라고 하실 뿐 당신들 힘든 것을 내색하실 분들이 아니었다.

만일 지금처럼 경제적으로나마 풍요한 세상이 되어 아르바이트라도 자유자재로 할 수 있는 시대였다면 그런 고민도 할 필요가 없었을 것이고, 더더욱 학자금 융자가 있던 시절이라면 아예 그런 생각도 없이 공부만 열심히 했을 것이다. 그러나 그것은 아주 훗날의 일이고 그런 시절이 올 것이라고는 생각도 못 하던 시절의 일이니, 당연히 진로에 대한 고민을 하려면 우선은 가정 형편을 고려해서 따져 보아야 했던 것이 우리 시대를 살던 이들의 고민이었을 것이다.

수십 번에 걸쳐서 스스로 내린 결정을 번복하고 또 번복하는 과정을 되풀이하다가 최종으로 결정한 것은 결국 실업계 고등학교로의 진학이었다. 그리고 나는 당시 공덕동에 자리하고 있던 수도공업고등학교를 선택했다. 그런 자아의 번뇌를 겪으면서 고등학교를 선택한 덕분인지는 모르겠지만, 수도공업고등학교로의 진학은 내 인생의 나침반을 한 각도 바꿔 주어 지금의 나로 살 수 있는 기틀을 마련해 주었다. 만일 그때 내가 인문계 고등학교로 진학을 했더라면 지금의 내 모습이 어떻게 바뀌었을지 모르겠지만, 수도공업고등학교에 입학한 덕분에 나는 태권도를 시작하게 되었고, 그 운동이 한 계기가 되어 지금의 나로 살게 만들어 준 것이다.

고등학교 입학 시절만 해도 나는 특별한 운동을 하지 않았다. 물론 여러 가지 운동에 취미는 있었지만 드러내 놓고 이렇다 하게 운동을 한 것은 없었던 것이다. 그러던 중 수도공업고등학교에 입학하자 학교에 태권도부가 있었던 것이다. 그때는 태권도 붐이 일어났다고 하기보다는 태권도가 막 알려지기 시작하여 일반 국민들 사이로 전파되던 때라는 표현이 옳을 것이다.

운동에 관심이 있는 나는 자연히 태권도부에 관심을 두게 되었지만 선뜻 나서지를 못 하고 있었다. 그저 멀리서 그들이 운동하는 장면을 지켜만 보았다는 표현이 어울릴 것이다. 관심이 있었지만 나도 하겠다고 나선다고 될 일도 아닌 듯싶었다. 남들은 발차기며 품새며 그런 것들을 하는데 나는 아무것도 모르면서 나도 같이하자고 나설 일이 아니라고 스스로 판단했던 것이다. 그러던 어느 날이었다.

그날도 수업이 끝난 후 태권도부가 운동하는 모습을 지켜보는 나에게 선배 한 분이 다가왔다. 그분은 중학교 때부터 태권도를 했다는 선배였다.

"왜? 관심 있니?"

"예. 관심은 있지만 저는 태권도를 하나도 몰라서 그냥 구경하는 겁니다."

"그래? 관심이 있으면 같이 해 보지?"

"저는 하나도 할 줄 모르거든요. 남들은 저렇게 잘 하는데 제가 어떻게 같이하겠어요?"

"누구는 태어날 때부터 태권도 하면서 태어났데? 엄마 뱃속에서 배워 가지고 나오면서부터 발차기하고 품새를 한 사람 아무도 없거든?

관심이 있다는 게 꼭 소질이 있다는 의미는 아니겠지만, 일단 관심이 있으면 관심 없는 사람보다는 낫지 않겠어? 원한다면 내가 이야기해서 같이하게 해줄게.

꼭 잘해서 선수가 되고 그런 걸 바라는 것이 아니고 정신 건강이나 육체적인 건강을 위해서 운동하는 거라고 생각한다면 부담 가질 것도 없고."

그 순간 나는 선배의 말 중에서 정신적인 건강과 육체적인 건강이라는 말이 가슴에 와 닿았다. 솔직히 말하자면 나는 그때 내가 인문계 고등학교에 진학하지 않은 것이 한편으로는 몹시 아쉬워서, 후회인지 후회가 아닌지도 모르는 생각을 나도 모르게 자주 하던 터인지라 힘들지도 모르는 도전을 해 보기로 했다.

"선배님께서 그렇게 말씀해 주시니 정말 고맙습니다. 태권도가 무엇인지 전혀 모릅니다만 한번 해 보고 싶습니다."

"그래? 좋아. 한번 해 보자고."

그날 즉각 태권도부에 적을 둔 나는 열심히 한다고 했지만 마음처럼 몸이 따라가 주지 않았다. 아무리 열심히 해도 이미 저 앞에 가 있는 부원들과 어깨를 나란히 한다는 것은 힘든 일이 아니라 불가능한 일처럼 보였다. 그러나 나는 포기하지 않고 태권도 도장이라도 다니겠다고 나섰다. 그리고 삼각지에 있는 태권도 도장의 문을 두드렸다. 당시의 도장이라는 곳은 지금 있는 학원과는 성격이 다른 곳이다. 지금은 보편화라는 단어 앞에서 태권도 학원이라는 용어를 쓰지만, 옛날에 썼던 도장이라는 것은 일종의 전문가 양성소로서, 그 훈련의 강도가 학원이라는 이름의 보편성을 띤 경우와는 차원이 다르다고 할 수 있다.

삼각지 왕호체육관 태권도 도장의 관장은 그 당시 육군본부에 근무하던 정○○ 소령이었는데, 그 윗분이던 최홍희 장군은 1966년 국제태권도연맹(ITF)을 창립하고 박정희 정권과의 마찰로 인해, 1972년 캐나다로 이민 가서 희한하게도 북한 태권도연맹의 회장을 한 분으로 그 사연이 무엇이 어찌 된 것인지는 모르겠다. 하여튼 나는 삼각지 왕호체육관 태권도 도장에서 수련을 시작했다. 무엇이든지 일단 하기로 마음을 먹으면 그 끝을 보고야 마는 내 성격 탓도 있겠지만, 당시 도장의 관장님과 사범님을 비롯한 선배들의 따뜻한 보살핌과 격려로 나는 많은 힘을 얻어 열심히 운동을 했다.

태권도를 시작하고 얼마 되지 않은 5월 초에 학교에서 춘계 체육대회가 있었는데 그날 나는 우리 학급의 대표 마라톤 선수로 뽑혀, 공덕동 학교에서 성심여고가 있는 원효로 4가까지의 왕복 5km 정도를 달려오는 마라톤 경기에서 1등으로 테이프를 끊었다. 내가 마라톤 경기에서 1등으로 들어오자 우리 학급의 동료들이 모두 뛰어나와 나를 얼싸안고 즐거워했다.

"야! 민경대 대단하다, 대단해!"

나를 얼싸안고 축하해 주는 동료들 사이에서 진심으로 나를 칭찬해 주시는 담임선생님의 목소리도 들렸다. 담임선생님뿐만 아니라 함께 계시던 체육 선생님 역시 함박웃음을 웃으시며 칭찬해 주셨다.

"민경대는 태권도만 하는 줄 알았더니 장거리도 잘 뛰네!"

마라톤 1등은 생각지도 않았는데 1등을 하고 보니 내 스스로도 도저히 믿기지 않았다. 그 후부터 매일은 아니지만 이태원에서 삼각지까지, 또는 약수동까지 뛰어 갔다 오는 훈련 아닌 훈련을 나름대로 했다. 그 덕분에 학군단 1년차 후보생 때, 선배들이 시키는 선착순은 으레 맡아 놓고 1등을 했는데, 10명씩 끊어서 시키고 또 시키는 선착순 훈련에서 나는 한 번만 뛰면 앉아 쉬면서 다른 후보생들 뛰는 것을 바라보았다.

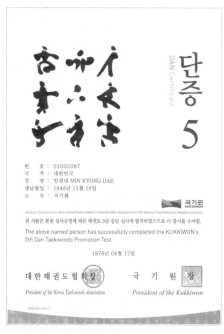

〈태권도 5단 단증〉

열심히 운동하고 공부하면서 즐겁게 고등학교 시절을 보내던 나에게 뜻밖인지 아니면 그동안 노력한 결실인지 고3 때는 내가 학교 대표선수에 선발이 되었고, 우리 수도공업고등학교 태권도부가 전국 고등학교 태권도 시합에서 단체전 우승을 차지하는 영예를 안았다. 나에게는 실로 말로 표현할 수 없는 영광이었다. 남들은 중학교 시절부터, 아니면 그 이전부터 운동을 해도 얻기 힘든 영광이라는데, 나는 고등학교 입학 후에야 시작한 운동이 전국 대회 우승이라는 믿지 못할 감격을 안겨 준 것이다.

그러나 그런 기쁨도 잠시였다.

그 시절의 고3이라는 무게가 엄청난 것은 지금처럼 입시지 옥에 빠져서 허덕이기 때문이 아니다. 이미 중학교 때 고등학교에 진학하면서 했던 고민과 똑같은 고민을 해야 하는 것이 당시 고3 학생들의, 그것도 실업계 고등학교 3학년생들의 고민 중 하나였다.

수도공업고등학교는 한국전력재단에서 운영하는 학교로, 3학년 1학기가 끝나고 여름방학을 목전에 둘 무렵이면 취업이라는 명목으로 50% 이상의 학생들이 취업을 한다. 그리고 나머지 학생들은 진로를 걱정하거나 아니면 나처럼 진학할 것인지에 대해 고민을 한다.

나는 그때 취업을 할 것인가 아니면 대학에 진학할 것인가로 엄청나게 고민을 했다. 중3 때 인문계와 실업계 고등학교를 두고 했던 때와는 비교도 안 될 정도로 심각하게 고민을 했다. 여름방학 내내, 고민만 할 것이 아니라 대학에 가려면 실력이 중요하니 먼저 공부를 하고 나중에 고민해도 된다고 나 스스로를 채찍질하면서도 책상 앞에만 앉으면 어찌 할 것인지가 머릿속을 떠나지 않았다.

그러면서 한편으로는 만약 대학진학을 한다면 무엇을 전공할까 하는 것도 함께 고민하지 않을 수 없었다. 대학이라는 곳이 취업을 위해서 가는 곳이라고는 생각도 하지 않았을 뿐만 아니라, 단순히 가고 싶어서 가는 곳이거나 남들이 다닌다고 다녀야 하는 곳이라고 하기에는 내 형편상으로 볼 때 사치일 뿐이며, 정말 무언가 하고 싶은 공부가 있고, 보다 나은 내 삶을 개척하기 위해서 가는 곳이라고 생각하고 있을 때였으니 당연한 고민이었다.

원래 나는 그전부터 역사를 공부하고 싶었다. 역사 공부에 관심도 많았고 이상하게 역사가 재미있었다. 과거에 벌어졌던 일들을 공부한다는 것이 마치 지금 우리가 살아가는 모습을 되돌아보는 것으로 느껴지면서 역사적인 사건들이 지금을 사는 우리들에게 들려주는 교훈이 생생하게 들리는 듯싶었다. 역사를 전공해서 역사 선생이 되어 학생들과 함께 역사를 이야기하며 올바르게 이끌어 주고 싶었다. 아니 꼭 해야만 할 것 같았다.

내가 고등학교에 재학하던 시절만 해도 실업계 고등학생들에게 실습이라는 제도가 있었다. 3학년 1학기가 끝나고 여름방학을 맞으면, 상업학교 학생들은 은행이나 대기업 회사에, 공고 전기과 학생들은 전기를 다루는 회사에, 기계과 학생들은 기계를 다루는 회사에, 전자과 학생들을 전자를 다루는 회사에 실습이라는 이름으로 예비 취업을 해서 한 달 동안 열심히 배우고 익히며 실습을 했다. 그런데 같은 실업계 고등학교에 다니면서 실습도 안 나가고 대학진학 문제로 고민을 하며 보내는 바람에 유난히도 길게 느껴지던 그해 여름방학을 지내고, 2학기 개학을 코앞에 둔 시점에서 나는 부모님에게 대학에 진학하고 싶다고 말씀드렸다.

"네 뜻이 그렇다면 그렇게 하려무나. 하지만 대학에 가는 것은 좋지만 대학이라는 곳이 네가 가고 싶다고 가는 곳도 아니고, 네 실력이나 여러 가지를 감안해서 결정해야지 무턱대고 역사가 공부하고 싶어서 대학에 간다고 못 박아 놓는 것은 생각해 볼 일이니 그건 담임선생님하고 상의해 봐야 할 것 같구나.

역사 선생님이 되면 좋겠지만 학생들을 올바르게 가르치고 이끄는 것이 꼭 역사 선생만은 아니잖니?

일단 대학에 가는 것은 두 손 들고 찬성하는 바이니 집안 걱정이나 모든 것은 이제 잊어버리고 대학에 진학하는 것에 초점을 맞추고 열심히 공부해라."

빤한 집안 사정을 알기에 어렵게 말을 꺼낸 것임에도 불구하고 부모님께서는 아주 쉽게 대답을 하셨다. 아니 내가 대학 진학을 결정한 것에 오히려 기뻐하셨다. 그리고 말씀을 드리면서 내가 한편으로 걱정했던 일에 대해서는 아예 입도 뻥끗하지 않았다.

나는 내가 대학에 진학하겠다고 말씀을 드리면 '기왕 그럴 거라면 왜 진작 인문계 고등학교에 가지 않고 실업계 고등학교에 간다고 했느냐? 지금 네 실력으로 대학이 가당키나 한 줄 아느냐?' 하는 등등의 야단이라도 하실 줄 알았는데, 그건 단순한 내 고민이었다. 아니, 나 스스로 그런 후회를 하고 있었기에 부모님께서 그렇게 말씀하셨을 것이라고 지레짐작을 하고 있었던 것이다.

내가 대학진학을 결심하고 나서 나 스스로 많은 후회를 했다. '이럴 줄 알았으면 진작 인문계 고등학교에 진학해서 공부나 열심히 할 걸 그랬구나. 공연히 고등학교 마치고 집안 살림에 도움이 된답시고 실업계 고등학교에 진학했구나.' 하는 생각을 하루에도 수차례씩이나 했었다. 그런 내 마음 때문에 부모님께서도 그렇게 질책하시면 어쩌나 하고 걱정을 했을 뿐이지 부모님께서는 이미 내 마음을 모두 읽고 계셨던 것이다. 나름대로는 고민해서 집안 형편이나 기타 등등을 고려하고 결정했던 일이지만, 스스로의 장래를 위해서 진로를 바꾼다는 것이 얼마나 힘든 결정이었는지를 가늠하고 계셨던 것이다. 탓하시거나 질책하시는 것이 아니라 오히려 격려와 희망을 주기위해서 노력하시는 것이, 이미 내가 그 시점에서 왜 그런 결정을 해야 했는지를 아시고 풍족하게 해주지 못한 것을 더 마음아파하고 계신 것이었다. 솔직히 이런 부모님의 마음을 그때는 알지 못했다. 다만 훗날 내가 부모가 되고 나서 그때는 그랬었구나 하는 마음을 알게 된 것이다.

부모님께 선선한 답을 들은 나는 개학과 동시에 담임선생님을 만나서 전후 사정을 말씀드리고 진로 상담을 했다.

"그래? 부모님께서도 그런 뜻을 밝히셨다면 대학에 진학하는 것이 좋기는 할 것 같은데, 그동안 취업 준비에 열중했지 입시공부는 하지 않았다는 것이 문제로구나. 여하튼 아직은 시간이 조금은 있으니 우선은 입시공부에 열중하여라. 그러면서 생각해야지 공부는 안 하고 무엇을 전공하고 어느 대학에 갈 것인가만 계산하는 것은 너무 생각만 앞서가는 것이다. 너무 앞서지 말고 실력과 상황에 맞게 선택해서 결정하는 방법도 인생을 살아가는 지혜 중의 하나란다. 교사가 된다는 것이 꼭 역사를 전공한 역사 선생의 길만 있는 것도 아니고 많은 길이 네 앞에 놓여 있다.

어느 길을 선택하는 것이 현명한 것인지는 그때그때 주어지는 상황과 환경에 잘 적응하는 것이라는 사실을 명심해라."

그날 담임선생님께서 해주셨던 말씀은 내 평생 가슴에 새겨 둔 말씀이 되었다.

담임선생님과 면담을 끝내고 난 다음 날부터 나는 오로지 공부에만 집중했다. 물론 태권도로 몸과 마음을 다지는 것에도 게을리하지는 않았다.

그러나 정신을 가다듬고 집 앞에 있는 독서실에 나가 공부를 한다고 했지만, 너무 늦게 시작한 탓에 입시공부를 해도 성적이 하루아침에 쑥 오르는 것은 아니었다. 아무리 생각해도 역사를 전공할 수 있는 실력을 기르기에는 입시가 얼마 남지 않았다. 그렇다고 요즘처럼 대입 재수 운운할 형편은 더더욱 아니다. 대학에 갈 수 있다는 것만 해도 과분한데 더 이상 바랄 수도 없는 일이거니와 그 시절에는 대입 재수라는 단어조차 생소하던 시절이다.

2학기 중간쯤 담임선생님께 면담을 신청했다.

"그래? 너 스스로 그렇게 느꼈다면 그게 가장 정답일 것이다. 하지만 대학을 포기할 수는 없다고 하니 그렇다면 생각을 바꾸는 것은 어떻겠니? 역사 선생이 되고 싶은 꿈을 체육 선생으로 바꾸는 거야. 너 태권도 전국대회에서 단체전 우승한 경력도 있고 하니 특기생으로 입학이 가능하거든. 그러니까 체육대학에 진학해서 교직을 이수하고 체육 선생이 되는 것도 고려해 볼 만한 일 아니냐?

체육 선생이 되어서 네가 처음 운동을 시작했을 때처럼 정신과 육체의 건강을 학생들에게 전달해 주는 역할을 하면서 얼마든지 역사를 공부할 수도 있지 않겠니?

대학 전공이라는 것이 그것을 위주로 공부한다는 것이지 반드시 거기에 매이는 게 아니란 말이지. 물론 인생이라는 것을 살아 보면서 느끼겠지만 내가 이걸 하고 싶다고 다 그걸 할 수 있는 세상이 아냐. 반대로 내가 이걸 하고 싶은데 그럴 만한 능력을 지금 갖추지 못 했다고 다 포기해야 하는 것도 아니지. 살아가면서 하고 싶은 것과 해야 할 것이 구분되기 시작할 거야.

물론 내가 좋아하는 것을 할 수만 있다면 얼마나 좋겠어. 하지만 좋아하는 것은 좋아하는 것이고 할 수 있는 일은 따로 있을 수도 있다는 얘기야.

당연히 선택과 결정은 네 몫이다. 하지만 지금 당장은 역사를 전공하고 싶지만 막상 전공하다 보면 아니다 싶을 수도 있는 것이고, 그러니 할 수 있는 일을 해 가면서 하고 싶은 일에도 게을리하지 않는다면 두 가지를 다 얻을 수도 있을 거라는 얘기야.

우선 선생이 되고 싶으면 선생이란 목적을 위해서 역사 선생이 아닌 체육 선생 쪽으로 방향을 잠시 옮겨 체육 선생을 하면서 역사 공부도 하고 학생들에게 올바른 심신도 단련시키는 걸 생각해 보고 싶지 않니?"

담임선생님의 권고를 듣고 난 후 고민을 하지 않을 수 없었다. 하지만 길게 고민할 시간도 없었고 대학에 진학하고 싶은 마음은 절대 접을 수 없고, 더더욱 교사가 되고 싶은 마음은 접을 수 없어서 결국 체육학과를 지원하고 체육 선생으로 학생들과 어울리면서 그 안에서 역사를 공부해 보라는 담임선생님의 권고를 받아들이기로 했다.

그리하여 나는 단국대학교 체육학과에 입학하기로 마음을 굳혔다.

그렇다고 그 이후로 내가 역사에 관심을 저버린 것은 아니다. 나는 대학 시절에는 물론 지금도 역사를 꾸준히 공부하고 있다. 물론 전문적으로 공부는 못 하지만 역사 소설이나 기타 역사를 쉽게 풀어 써 놓은 책을 지금도 꾸준히 읽고 있다. 한 달에 두세 편 읽는 책 중 역사에 관한 책이 반 이상을 차지한다. 어렸을 때의 꿈을 못 이룬 것에 대한 아쉬움이 아니라 좋아서 읽고 배우는 것이다.

이렇게 이야기하면 체육학과를 마치고 체육교사로 교직에 몸담았던 것을 후회하는 것처럼 들릴 수도 있지만 절대 그것은 아니다. 나는 지금도 내가 체육교사로 있으면서 학생들에게 정신과 육체의 건강을 위해서 열심히 함께 운동하고 고민하며 상담했던 일들에 대해서 자부심과 보람을 느끼고 있다.

다만 진로에 대해서 심각하게 고민하고 있던 나에게 담임선생님께서 하셨던 말씀처럼, 인생이라는 것이 하고 싶은 일과 해야 할 일, 그리고 할 수 있는 일과 해 보고 싶은 일이 확실하게 있다는 것을 지금도 느끼고 있다. 그래서 내가 했던 일에 대해서 자부심을 느끼고, 또 하는 순간에도 보람을 가지고 행했지만 하고 싶었던 역사 공부도 게을리하지 않는다는 것을 이야기하고 싶을 뿐이다.

어쨌든 단국대학교 체육학과에 입학한 나는 체육인으로 바르게 살기 위해서 나름대로 열심히 공부하면서 나름대로 열심히 운동도 했다. 그리고 그 대학생활은 다시 한 번 내 인생 방향의 나침반을 몇 도인지는 알 수 없지만 움직여 놓은 것만은 확실하다.

4. 대학 시절과 대학원

　체육학과에 태권도 특기생으로 입학한 나는 열심히 대학생
활을 했다.

　당시에는 중·고등학교는 물론 대학에도 교문을 단속하는 지
도부라는 것이 있었다. 복장을 단정히 하라고 지도하는 것이
다. 요즈음 같으면 인권문제로 시끌벅적한 수준을 지나서 고
소고발도 불사할 일이지만, 군사정권 시절에 대로 한복판에서
머리가 길다고 바리캉으로 머리를 밀어버리고 치마가 짧다고
즉결처분을 하던 시절을 생각한다면 과히 이상할 일도 아니다.

　내가 대학에 입학했을 때 당시 총학생회장은 수도공고에서
도 학생회장이었던 선배였는데, 육군 소위로 임관 후 장기복
무를 신청하여 수년 후 대령으로 예편한 후 단국대학교에서
총무처장으로 정년을 하신 분이고, 지도부장은 3년 선배로 나
중에 성남시 풍생중·고등학교로 인도해 주신 분이다. 그분들

이 수도공고의 유도부 출신이다 보니 태권도부 출신인 나와 친밀했던 것은 사실이다. 그런 연유로 내가 지도부에 들어가서 1학년 때부터 학생회 활동을 한 것이다. 교복도 아니고 엄연히 성인에 해당하는 대학생들의 복장을 단정하게 지도한다는 것이 지금 생각하면 사실 우스운 일이지만, 당시에는 상아탑인데 학교에 불량한 복장으로 나오는 것은 안 된다는 생각을 가지고 있었고 실제로 그렇게 지도를 했다. 문제는 단정하다는 기준이 모호한 것이기는 했지만, 그 시절에는 그랬으니 내 딴에는 열심히 지도부 활동을 했던 것이다. 물론 그 시절에는 한남대교도 없어서 혹시 친구들과 놀러 갈 일이 있으면 배를 타고 한강 모래사장에 가서 놀기도 했던 시절이니 가히 짐작이 갈 일이다.

어쨌든 입학과 동시에 지도부 생활을 통해서 학생활동을 하다 보니 자연히 학교생활은 재미가 있어 나는 학교에도 열심히 나가고 운동도 열심히 했으며 공부도 열심히 했다. 그 시절에는 차도 별로 없는 시절이다 보니 이태원에서 학교까지는 으레 걸어 다니는 것은 물론이고, 이태원에서 삼각지와 서울역을 거쳐 약수동과 북한남동을 지나 다시 이태원으로 돌아오는 달리기를 매일 1시간씩 하면서 체력을 기르기도 했다. 그 결과 학교 체육대회 때, 한남동 학교를 출발해서 당시에 녹사평역 내려가는 지하차도 위에 있던 콜트 장군 동상을 돌아서 반환하는 마라톤 대회에서 1학년 때는 1등을 하고, 2학년 때는 2등을 하는 쾌거를 거두기도 했다. 그리고 그런 쾌거는 내가 학군단(ROTC)에 지원하는 작은 계기로 작용한 것 같기도 하다.

그렇게 재미있게 학교생활을 하던 내가 소위 데모라는 것을 처음으로 해 본 것은 대학 1학년 때인 1967년 6·8부정선거 규탄대회에서였다.

부정선거에 대한 분노가 전 대학가를 휩쓸고 있던 당시에는 나 역시 투쟁에 나선 것은 당연한 일이었다.

우리 체육학과는 체육학과답게 스크럼을 짜서 대열의 앞에 섰다. 그 중에서도 1학년인 나를 비롯한 친구들이 맨 앞에 선 것은 당연한 일이었다. 구호를 외치며 한남동에서 약수동을 지나 신당동까지 가던 중이었다. 대오를 정비하고 우리들의 진행을 막기 위해 서 있던 경찰과 마주하게 되자, 우리는 돌파를 하는 것보다는 멈춘 채 제자리에서 구호를 외치면서 제자리걸음만 하고 있었다. 그런데 경찰은 그런 우리를 해산할 목적으로 가장자리부터 한 사람씩 연행하기 시작하는 것이 아닌가? 우리는 일단 스크럼을 풀고 도망치기로 했다. 나 역시 스크럼이 풀리자 도망을 치는데 하필이면 양장점으로 도망을 갔고 이어 들이닥친 경찰을 피해서 부엌을 통해 뒷문으로 뛰어내렸는데 하필이면 그곳이 신당동 하수도가 흘러내리는 하천이었다.

뒷문으로 용하게 피했다 싶은 순간에 첨벙하며 하수도에 빠진 것이다. 그래도 경찰에 연행되는 것보다는 낫다는 생각에 그 냄새나는 개천을 통해서 얼마간을 도망치다가 숨어 있었다. 몸 전체가 하수도의 냄새나는 물과 오물 범벅이다 보니 도저히 참을 수가 없었지만 숨어 있다가 늦은 오후가 되어서야 금호동과 옥수동을 거쳐 학교로 돌아왔다.

지금 생각하면 우습기도 하고 자부심을 느끼는 일이기도 하지만, 당시에는 그 냄새가 얼마나 역겨웠던지 며칠이 가는 것 같았다.

신당동의 냄새나는 시궁창의 추억을 뒤로하며 대학 2학년이 된 나는 내 인생의 또 다른 이정표를 선택했다.

학군단원을 모집한다는 사실을 알았을 때 나는 단번에 지원하고 싶다는 생각을 했다. 그 당시 학군단에는 성적이 B학점 이상으로 일단 우수해야 하고 체력 등등 합격을 위한 조건이 까다로웠지만, 나는 그 조건을 통과할 성적도 되고 체력도 자신이 있었다. 하지만 무엇보다 대한민국의 장교로 국방의 의무를 다하는 것은 물론, 조국에 충성하고 싶은 마음이 있어서였다. 사나이로 이 땅에 태어났으니 이 땅에 충성하는 것은 당연한 일이라는 생각이 들었다. 솔직히 당시에는 초등학교도 제대로 졸업을 못 하고 사병으로 가는 사람들도 많았던 시절인지라, 장교로 복무할 기회가 주어진다면 장교로 복무하는 것이 조국이 주는 사명이라는 생각도 했었다. 물론 학력이 안 돼서 장교로 복무를 못 한 사람들을 무시하거나 얕봐서 하는 말이 아니다. 장교로 복무할 수 있는 조건을 갖추게 해준 것도 조국이 베풀어 준 은혜라고 생각했고 그 은혜에 보답하는 것은 당연한 것이라고 생각했던 것이다. 비록 1학년 때는 데모도 했지만 정권은 정권이고 나라는 나라다. 정권이 나라는 아니다. 내가 충성하는 곳은 조국이지 정권이 아니기 때문이다.

결국 학군단에 입단한 나는 대학생활을 공부와 운동 그리고 군사훈련의 세 가지를 소화해 내면서 보냈다.

학군단 생활에서 특이한 것이라면, 모든 것이 개인보다는 단체를 우선으로 하는 군인정신에 입각한 것으로 체육대회에서도 혼자 마라톤에 출전하는 것이 아니라 3, 4학년 생도 120명 전원이 군복으로 갈아입고 마라톤 코스를 구보로 돌아오는 것이다. 이렇게 나름대로의 멋을 즐기면서 대학생활은 저물어 가고 있었다.

그리고 나는 '나' 이상으로, 서로의 '나'가 모인 단체라고 부르는 '우리'라는 공동체 안에서 살아 나아가야 하는 인생 본연의 모습 안으로 들어가 어른이 되어 가고 있었던 것이다.

그리고 내가 공부를 다시 시작한 것은 군에서 제대한 후 교단에 서서 학생들을 지도하던 1981년이다. 모교인 단국대학교 대학원에 진학했다. 당시 교사로 근무하고 있던 서라벌고등학교 측에서 배려를 해준 덕분에 석사학위를 받기 위해서 학업을 계속할 수 있었다.

나는 어차피 대학에서 태권도를 전공했기에, 그 당시에도 태권도를 계속 연구하여 1983년에 「태권도 품새 변천에 관한 고찰」이라는 논문으로 석사학위를 받았다. 학생들을 올바르게 지도하기 위해서도 필요했지만, 나 자신이 계속 공부한다는 것도 그 이상으로 중요하다는 생각에 다시 석사과정에 진학을 했던 것이지만, 석사학위를 받고 난 후에도 공부하는 것에 게

으르지 않았다. 그리고 그 버릇은 지금까지도 이어져 틈만 나면 책을 읽는 것이 나의 일과 중 하나로 자리 잡았다.

碩士學位 請求論文
指導教授 任 敬 淳

跆拳道 品勢變遷에 관한 考察

1 9 8 3

檀 國 大 學 校 大 學 院
體育學科 體育學 專攻
閔 庚 大

〈석사학위 논문 표지〉

우리

사람은 누구든지 태어나면서 나인 동시에 '우리'가 된다.

나를 낳아 주신 부모님이 곁에 계시기에 태어나는 순간 나 혼자가 아니라 함께 모여서 이루는 '우리'가 되는 것이다. 그리고 아장아장 걸으면서 주변에서 주목하는 이들을 이웃으로 맞이하여 내 의지와는 상관없는 '우리'를 형성한다. 말을 하게 되면서 옆집의 또래와 선후배들을 만나 대화를, 그것도 아주 간단한 대화를 하면서 단순히 사람이라는 공통분모로 인해서 새로운 '우리'를 만든다.

초등학교에 들어가면 초등학교의 '우리'들이 모이고 중학교에 들어가면 또 그 또래들이 모여 새로운 '우리'를 만들면서 '우리'라는 틀을 넓히는 것 같지만, 그 모든 '우리'는 내가 주체인 우리보다는 이미 예견된 '우리'라고 생각한다. 사람이 살아가는 길에 당연히 겪어야 하는 과정 중에 필연적으로 생기는

'우리'라는 것이다.

어쨌든 '우리'라는 폭은 점점 넓어져만 가고 그 넓어지는 폭만큼 키도 성장하고 나이도 먹어 간다.

그때 우리들은 비로소 깨닫게 된다.

부모님에 의해 형성되었다고 생각하던 그 '우리'라는 것도 결국은 내가 주체가 되었기에 형성될 수 있었다는 것을…. 내가 없었다면 이제까지 필연이라고 생각했던, 어떤 형식의 '우리'도 존재할 수 없었다는 것을 비로소 깨닫는 것이다.

이 넓은 우주의 한 부분을 차지하고 있는 점보다 작은 존재인 내가 없었다면, 이 넓은 우주 안에 '우리'도 없었다는 것을 비로소 깨달을 때, 소중한 '나'를 깨닫고 하늘을 올려다보면 멀리 아주 희미하게 깜박이는 별이 보인다.

저 별이 없었다면 우주가 존재하는 데 과연 어떤 영향이 있었을까?

〈친우들과 부부여행〉

1. 결혼

　나는 중매(仲媒)결혼을 했다.

　요즈음 젊은이들에게는 그 낱말조차 생소하게 들리는 중매 결혼이라는 것은, 말 그대로 누군가가 나서서 혼인이 이루어지도록 중간에서 서로를 소개해 줌으로써 이루어지는 결혼이다. 그런데 그 중매라는 것이 무턱대고 하는 것이 아니다. 그렇다고 요즈음처럼 결혼 중개소라는 것이 있어서 수수료를 받고 하는 것도 아니다. 양쪽 가문을 잘 아는 사람이나 혹은 한쪽 가문을 잘 아는 사람 두 사람이 중간에 서서 양가의 환경, 예비 신랑 신부의 나이나 생김새, 성품 등에 관해 충분히 검토를 한 후 두 사람이 결혼하는 것이 합당하다는 판단을 내린 후에 일이 시작된다. 우선 양가를 통해서 결혼에 대해 통문을 하고 그 통문에 대해서 양가 모두 아직은 합당한 혼처가 없으므로 선을 보겠다고 승낙을 하면, 양가에 의해 상대방을 선볼 수 있는 기회를 갖게 한 후, 양가 부모가 만족하면 일단 일은 어느 정도 성사가 되는 것이다. 선을 보는 당일 신랑이나 신부는 서로 말할 수 있는 기회도 별로 없기에 실질적으로는 양가 부모가 결정하는 것이나 마찬가지다. 물론 뒤에 두 사람이 따로 만나서 이야기할 기회가 주어지지만 일차로 부모님이 결정한 것이라고 해도 과언이 아니고 자녀들은 대개 그 의사에 따랐던 것이다. 조선시대에 얼굴도 모르면서 결혼하던 시대에 비하면 훨씬 진보한 것이지만 요즘처럼 연애가 아니라 맞선을 보더라도 일단은 당사자들끼리 만나서 마음에 들고 나면 부모님에게 소개를 시켜 주던 시대에 비하면 고개를 갸우뚱하게 하는 방식임에는 틀림이 없다. 하지만 결혼을 하기 위해서는 서로의 가문과 부모님의 의사를 존중했던 당시로써는 비일비재한 일이었다. 아마도 그 시대에는 결혼을 하면 부모님을 모시고 같은 집안에서 생활을 하는 것이 일반화되어 있던 시절이기에, 부모님의 의사를 존중해서 결혼하는 것이 고부간의 갈등이나 기타 등등 집안 생활을 원활하게 한다는 의미에서 행해졌던 일일지도 모른다.

　나에게 아내를 중매한 분은 당시 고향에서 양복점을 하시던 아저씨뻘 되는 분이다.

　아내의 부모님은 황해도 해주에서 6·25 동란 당시 해남으로 피난을 온 집안이었다. 그리고 해남에서 염전을 하면서 해남읍에서 소금 도·소매업까지 하던 집안이다. 그 덕분에 양복점을 하는 아저씨와 알게 된 사이인 것 같았다.

당시 아내는 염전과 함께 소금 판매업을 하고 있는 부모님을 대신해서 집안일을 도맡아 하고 있었다. 아내는 6남매 중 오빠 밑의 둘째로 맏딸이었으며 1951년 생으로 나와는 세 살 차이다. 우리가 선 볼 때 내 나이가 스물일곱이었으니 아내는 스물네 살이었다. 그 시절에는 맏딸로서 그 정도 나이라면 당연히 집안을 도맡아 살림을 할 나이였지만, 유독 알뜰하고 집안을 잘 돌보며 동생들을 잘 보살핀다고 했다.

외아들인 나로서는 무엇보다 6남매 집 딸이라는 것부터 마음에 들었다. 장가를 가도 처갓집 식구들이 많으니 외롭지 않을 것이라는 생각을 했던 것이다.

아내와 내가 처음 만난 곳은 처갓집이다.

중매를 받은 우리 부모님은 당시 교사였던 내가 겨울방학을 하는 것을 기다리시다가 12월 말경 나를 데리고 처갓집을 방문했다. 소위 말하는 양가 선을 보기 위해서였다.

나는 아내와 선을 본 것이 첫 선이었고 솔직히 경황도 없었지만 아내를 본 첫인상은 마음에 들었다. 이미 가정에 대해서 이야기를 들은 터라 그런지 아내가 믿음직해 보이기도 했다. 그런 내 마음을 부모님께서 아신 것인지 아니면 부모님께서도 마음에 드셨는지 내가 좋다고 하자 흔쾌히 결혼을 하자고 날을 잡으셨는데, 그게 하필이면 다음해 2월 29일. 1976년 2월 29일이라 우리 부부는 결혼기념일을 4년에 한 번 맞게 된다. 그리고 그 다음 날은 내가 풍생중·고등학교로 부임하는 날이었다. 물론 3월 1일은 3·1절이라 출근은 안 하겠지만 결혼 다음 날이 부임일이라는 의미 있는 날이었다. 덕분에 나는 신혼

여행도 가지 못하고 3·1절 하루를 쉬고 3월 2일부터 출근을 했지만, 내게는 그 하루가 요즈음 신혼부부들이 일주일씩 여행을 다녀오는 그 이상으로 의미 있는 하루였다.

겨울방학 중인 1975년 12월 말경에 상견례를 겸한 선을 보고 1976년에 2월 29일에 결혼을 했으니, 처음 얼굴을 보고 불과 3개월도 되지 않아서 결혼을 한 것이다. 이렇다 할 연애도 못 해 보고 선을 보고도 둘만의 데이트도 제대로 못해 본 채, 얼핏 보기에는 부랴부랴 결혼식을 한 것처럼 보일 정도로 선을 보고 빨리 결혼을 한 것이다. 그만큼 아내가 내 마음은 물론 부모님 마음에도 흡족해 보이셨다는 것이다. 물론 처갓집에서 우리 측을 보기에도 똑같은 기분이어서 이루어질 수 있는 일이었으니, 양측 모두가 한눈에 마음에 들었기 때문에 가능한 일이었을 것이다.

〈결혼식 중에서〉

우리 결혼식은 서울 아스토리아 호텔에서 했다. 당시로서는 호텔에서 결혼하는 사람이 흔하지 않았던 터지만 그곳으로 장소를 잡고 결혼 준비를 착실하게 하였다.

외아들이 대학까지 졸업하고 대한민국의 장교로 복무를 마치고, 교사로 재직을 하면서 당당하게 결혼을 하게 되었다는 기쁨에 아버지께서는 한껏 부풀어 있으셨던 것 같다. 친척들에게 우편으로 청첩을 보내도 될 일이건만 당신이 손수 청첩을 전하셔야 한다고 하면서 여수에 사시던 고모 댁에 청첩장을 가지고 가셨다 돌아오셔서는 몸져누우셨다. 그렇다고 결혼을 연기할 수도 없는 사정이라 어쩔 수 없이 결혼식을 강행했지만 아버지께서는 결혼식장에 참석도 못하셨다.

아버지께서 몸져누우신 것을 제외하고는 행복한 결혼식을 했지만 자식으로서 여간 마음이 아픈 것이 아니었다. 신혼여행은 고사하고 결혼과 동시에 아내는 아버지 병간호를 했다. 그러나 안타깝게도 아버지께서 외아들 덕분에 행복해하실 수 있게 허락받으신 시간은 그게 전부였던 것 같다.

우리가 결혼을 하고 일주일 만인 3월 7일, 아버지께서는 세상을 하직하시고 말았다.

신혼과 동시에 찾아온 청천 날벼락이었다.

노점상을 하시면서 대학까지 졸업시켜 대한민국의 어엿한 장교로 군 복무를 마치고 교사로 자리 잡은 아들이 이제 막 결혼해서 효도다운 효도 한번 해 볼 기회마저 주지 않고 돌아가신 아버지가 원망스럽기조차 했다. 그것도 외아들이 결혼한다고 자랑하고 싶어서 청첩장을 가지고 친척집을 전전하시다가 얻으신 병으로 몸져누우신 후 돌아가셨다는 것이 아들로서는 죄책감을 벗어날 수 없었다. 그리고 아내에게도 미안하기 그지없었다. 남들 같으면 신혼의 단꿈에 젖어 있어야 할 시기에 시아버지 초상을 치러야 하는 고통을 안겨 준 것 같아서 무어라 말을 할 수가 없었다.

차라리 이럴 줄 알았으면 결혼을 연기할 것을 잘못했다는 생각을 하다가도 그나마 내 결혼식에는 못 오셨지만 아들이 결혼한 것을 보고 돌아가신 것이 다행이라는 생각도 들면서 마음을 가누기 힘들었다. 그때 우리 부부에게 마음의 위로를 주신 분은 역시 어머니셨다.

"경대야. 너무 마음 쓰지 말거라. 아니, 오히려 네가 마지막으로 정말 효도를 한 것이다. 만일 아버지께서 너 장가가는 것도 못 보고 돌아가셨다고 생각해 봐라. 외아들 장가도 못 보내고 눈이나 제대로 감으셨겠냐? 외아들이 대학도 졸업하고 어엿한 장교로 군 생활도 마무리 짓고, 또 선생님이 되어서 장가도 갔으니 얼마나 행복한 마음으로 눈을 감으셨겠냐? 네가 할 효도는 다한 것이다. 당신 복이 거기까지라고 생각하고 마음 추슬러라.

그리고 새애기 너도 공연히 마음 쓰지 말거라.

너 처음 선보고 와서 마음에 드는 며느릿감을 골랐다고 그렇게 좋아하셨다. 그리고 다른 사람들이 말리는데도 당신이 친히 청첩을 전달해야 한다고 하시면서 이곳저곳 다니시다가 무리를 하시는 바람에 돌아가신 것이니 절대 마음 쓰지 말거라. 그나마 네가 경대랑 혼례를 하는 바람에 마음 놓고 눈을 감으신 것이니 그리 알고 마음 추스르고 그저 좋은 곳으로 가서 앞으로도 너희들 잘 살게 돌봐 달라고 기도나 열심히들 해라."

사실 어머니의 이 말씀은 우리 부부에게는 정말 큰 힘이 되었다.

그렇다고 아버지에 대한 아쉬움과 죄스러운 마음이 사라지는 것은 아니지만 그래도 우리 부부로서는 어머니에게 진심으로 고마움을 느꼈고, 그 덕분에 상당한 마음의 위안도 얻어 그 이후로의 삶에서 어머니께서 돌아가실 때까지 모시고 살면서도 큰 마찰 없이 행복한 삶을 살 수 있었던 것은 확실한 일이다. 그리고 아버지께서 결혼 후 바로 돌아가시고 어머니께서 우리 부부에게 용기를 주셨기 때문에 우리 부부가 더 열심히 살 수 있었던 것도 틀림없는 사실이다.

사람은 자신이 의도한 것과는 전혀 상관없이 언제, 어디서, 어떤 일을 당할지 모른다. 그리고 그 일은 좋은 일일수도 있고 나쁜 일일수도 있으며, 절대로 불가항력인 일도 다반사다. 본인이 판단을 잘하거나 잘못해서 벌어진 일일수도 있지만 자신의 의지와는 전혀 상관없이 벌어지는 일도 부지기수다. 그러나 그 일에 대한 결과를 어떻게 받아들이느냐에 따라서 그 사람의 앞날은 크게 다른 형태로 펼쳐진다.

벌어진 일 중에서 잘된 것은 자신의 공으로 돌리고, 잘못된 것은 남의 탓만 하면서 살다 보면 자신에 대한 발전이 전혀 없다. 그렇다고 잘못된 일을 무조건 자기 탓으로 돌리면서 잘못한 것 그 자체에 얽매여 있는 것 역시 옳지 못하다. 그렇게 하면

발전은 없고 죄책감에만 시달리게 된다. 마찬가지로 모든 것을 팔자 탓이라고 치부한다면 그 역시 발전을 기대할 수 없다.

좋은 일이든 나쁜 일이든 간에 일의 시작과 끝에 대한 원인과 결과를 정확하게 파악하여 좋고 잘한 일이라면 그게 나 때문인지 아니면 다른 분 덕인지를 가늠하여 감사를 표할 곳이 어디인지를 알아 감사할 줄 알아야 하고, 만일 잘못되고 나쁜 일이라면 그것을 어떻게 하면 개선할 것이며 앞으로는 어떻게 해야 하는 것이 잘못되지 않을 것인지를 판단하고 그 판단에 의해 대처하는 것이 중요한 것이다. 그래야 똑같은 실수를 반복하지 않을 뿐만 아니라 보다 나은 내일을 살 수 있는 기틀을 마련할 수 있기 때문이다.

내가 결혼한 후 곧바로 아버지께서 돌아가신 일이 어떤 판단이나 조치로 인해서 달라질 상황이 아니었던 것은 확실한 사실로, 사람으로서는 어쩔 수 없는 불가항력의 일이었던 것이다. 하지만 자식 된 도리로서의 죄책감과 송구스러움은 물론 아쉬움을 지울 수 있는 일도 아니었다. 그렇다고 아버지께서 돌아가신 일을 마냥 되뇌면서 아파해 봤자 아무런 도움이 되지 못하는 일이다. 오히려 어머니 말씀처럼 그나마 결혼이라도 한 것이 효도한 것이라고 생각하고 더 열심히 삶으로써, 아버지께 못 해 드린 효도를 어머니께 해 드리면서 우리 부부가 더 열심히, 더 행복하게 사는 것이 진정한 효도였던 것이다.

아마도 아버지께서는 우리 부부에게 그런 교훈을 남겨 주시기 위해서 그렇게 아쉬움을 남긴 채 돌아가셨을지도 모르는 일이다.

어머니의 말씀으로 그나마 위로를 받은 채, 지금도 우리 부부는 행복하게 열심히 살고 있지만 그렇다고 남는 아쉬움마저 지울 길은 없다.

2. 군대생활

대한민국의 장교로 군 복무를 할 것을 스스로 결정하고 ROTC에 입단해서 학군단원으로 대학교 3, 4학년 시절을 보냈다. 한참 자유로운 복장을 하고 자유를 만끽하며 살아야 할 나이였지만 학군단에는 엄격한 규율이 있다. 복장은 물론이고 깍듯한 선후배 관계 등으로 인해서 얼핏 밖에서 보기에는 갑갑해 보일 수도 있다. 특히 그 나이 또래의 우리들에게 군대도 아닌 대학교에서 그런 규범을 지키며 머리도 군인처럼 자르고 반드시 교복에 학군단 마크가 달린 옷을 입고 베레모까지 갖춰서 착용해야 하는 것 자체가 답답해 보일 수도 있다. 그러나 단체라는 것은 안에 젖어 들면 꼭 그렇게 답답한 것만도 아니다.

대학교 3, 4학년 시절 매주 화요일과 목요일 오후에는 군사훈련을 받는다. 어차피 군에 갈 거라면 다 받아야 되는 것이라고 생각하면서 즐겁게 훈련에 임했다.

사람은 자신에게 주어지는 일들을 어떤 각도에서 바라보느냐에 따라서 즐거울 수도 있고 지루하고 힘들 수도 있는 것이다. 군사훈련을 지겹고 힘들고 대학생활의 자유를 앗아가는 것이라고 생각했다면 ROTC에 지원도 하지 않았을 것이다. 하지만 아무리 마음을 먹고 지원을 한 것이라고 할지라도 막상 지원을 하고 훈련을 받다 보면 그런 생각을 할 수도 있지만, 나는 이 모든 것이 인생을 살아가는 과정 중의 하나라고 생각했다. 더더욱 이제 머지않아 장교 아들이 탄생한다는 사실을 기쁘게 여기시는 부모님의 기대 역시 내게는 커다란 힘이 되어 준 것도 사실이다.

　2년의 군사훈련을 마치고 1971년 2월 20일 대학교를 졸업함과 동시에 ROTC 9기 소위로 임관했다. 그때의 기분은 정말 하늘을 날 것만 같았다. 그동안 고등학교와 대학교에 입학해야 한다는 관문도 통과해 봤고 또 태권도 경기에도 출전해서 수상도 해 보았지만 소위로 임관되었을 때의 그 기분이야말로 그 어느 것과도 비교할 수 없이 기뻤다. 그리고 그것은 비단 나 혼자만의 기쁨이 아니었다. 부모님께서도 얼마나 자랑스러워하셨는지 모른다. 대한민국의 어엿한 장교 아들이 탄생했다는 것, 그것도 전라남도 시골에서 서울로 상경하셔서 이렇다 할 생활 터전도 장만하지 못하신 채 노점상을 해 가면서 온갖 고초와 수모도 마다 않으시고 가르친 외아들이 대학을 졸업하면서 어깨에 반짝이는 소위 계급장을 달았다는 사실을 접하자 온갖 감회가 교차되면서 더 기뻐하셨던 것 같다. 입체 마름모 꼴로 생겨서 그 가운데가 돌출되어 햇빛을 받으면 유난히 반

짝이는 계급장이 어깨에 꽂히던 순간의 감회와 기쁨은 나 혼
자만의 것이 아니라 나를 낳아 주고 키워 주신 부모님과 내가
공유하는 커다란 기쁨이었다. 그리고 열흘간의 휴가를 겸한
휴식이 주어졌다.

나는 특별히 어디 외출할 곳도 없으면서도 일부러 정복차림
을 하고 동네를 돌아다니기도 하고 친구들을 만나 차를 마시
면서도 반드시 정복을 차려 입었다. 그만큼 자랑스러웠다.

대학교 3, 4학년 2년 동안 매주 화요일과 목요일에 군사훈련
을 받고 여름방학이면 실제 사단으로 집체교육을 가서 4주 동
안 훈련을 받던 일들이 모두 아름다운 추억으로 기억될 뿐이
었다. 3학년 여름방학 때, 친구들은 모두 캠핑을 즐기러 떠나
거나 나름대로 학비에 보탬을 주기 위해서 무언가 일을 해 보
려고 할 때 우리는 충북 진천에 있는 사단으로 훈련을 갔었다.
그리고 4학년 여름방학 때 역시 당시 경기도 소사에 있는 사단
으로 훈련을 들어갔었다. 너무 더워서 학교마저 방학을 하는
때에 우리는 땀을 뻘뻘 흘리면서 제식훈련과 사격을 하고 각
개전투훈련을 했다. '약진 앞으로'라는 구령에 따라서 힘을 다
해 전진해야 한다는 것을 알면서도 포복을 하던 땅에서 올라
오는 열기와 흐르는 땀이 범벅이 되어 자리에서 벌떡 일어나
지지 않는 고초를 겪으면서도 우리는 불평 한마디 못 하고 훈
련을 받았었다.

휴식시간이 되면 입안에서 단내가 날 정도로 치솟아 오르는
목마름을 수통의 물로 잠시 축여 주고 다시 훈련에 임했다. 그

러나 그런 힘들었던 훈련과정은 그저 그랬었나보다 하는 기억
으로만 남아 있을 뿐, 일과를 마치고 나서 샤워를 할 때의 그
달콤함만이 추억으로 자꾸 떠올랐다.

그러다보니 떠오르는 추억이 있는데 사단교육대에 훈련을
받고 있는 3주차 토요일 오후, 교육대에서 근무하고 있던 어떤
병사가 어머니께서 면회를 오셨다고 나에게 알려 주었다. 어
떻게 연락이 되었는지 모르지만 어머니께서 면회 오셨다는 이
야기를 전해 듣고는 앞뒤 생각 없이 면회소로 뛰어가 어머니
를 만나고 돌아왔다. 하지만 후보생은 어떤 일이 있어도 면회
를 해서는 안 되는데 면회소에 가서 어머니를 만나고 온 것이
사단교육대 본부에 알려져 퇴교 당한다고 하면서, 모레 월요
일 징계위원회에 회부된다고 알려 왔다. 가슴에는 차가운 바
람이 불었고 눈앞이 캄캄해졌다.

아찔한 생각이 들면서 어떻게 해야 하나 망설이다 마침 같
이 훈련을 받고 있던 사촌 형 생각이 나서, 그 대학 연대장 후
보생으로 있던 형에게 사실대로 이야기했다. 사촌 형은 잠시
생각하는 듯 하더니 성균관대학에서 자치위원장을 맡고 있던
친구에게 나의 이야기를 전했고, 마침 그 대학 1년차 후보생
한 명의 부친께서 수도방위사령부에 장군으로 근무하시는데
전화로 아버지에게 나의 사정을 이야기했더니 걱정하지 말라
고 했다는 것이었다. 그 덕분인지 어머니 면회사건은 흐지부
지되고 말았다.

지금도 그 친구를 만나면 옛날 후보생 시절 사단교육대 면
회사건 이야기를 하면서 웃곤 한다.

어찌 되었던 간에 어깨에 달려 있는 마름모꼴의 입체인 소위 계급장이 그 모든 어려움과 힘들었던 시간을 보상해 주고 있었다.

그러나 그런 달콤함은 역시 잠깐 주어지는 것일 뿐이었다.

1971년 3월 1일부로 우리는 당시 전라남도 광주에 있던 보병학교에 입교했다.

각자 임지로 가서 임무를 수행하기 전에 보병학교에서 다시 군사훈련과 함께 지휘관인 장교로서 갖춰야 할 것에 대한 교육을 받기 위해서였다.

16주간의 교육에 임하면 처음 4주 동안은 일체의 외출이나 외박도 허용되지 않는다. 물론 영내에서의 음주도 절대 허용되지 않는다. 당시에는 흡연이 자유롭던 시절이라 흡연은 별 문제가 없었지만 흡연 이외에는 허용되는 것이 없었다. 그러나 이 역시 과정이라는 생각으로 열심히 훈련에 임했다. 특히 훈련기간 중에 장성으로 자리를 옮겨서 실제 전투처럼 텐트를 치고 야전생활을 하면서 소대공격방어훈련, 중대공격방어훈련 등의 실전 훈련을 한다. 당연히 소대장이 될 우리들에게는 중요한 훈련이 아닐 수 없었다.

그 당시 우리나라의 정세가 아무리 평화로운 시절이라고 하지만, 군인은 전쟁이 일어날 것에 대비하기 때문에 필요한 것이다. 대한민국의 특성상 언제 전쟁이 날지 모르고, 그 전쟁으로부터 국민들의 안전을 지키기 위해서 존재하는 것이 군인이다. 정말로 인류의 평화가 완전하게 보장될 수 있는 길이 있다면 군인은 의미가 없는 직무다. 하지만 그렇지 못한 현실 때문에 군인은 필요한 것이고 당연히 실전 훈련을 해야 하는 것이기 때문에 우리는 정말 사명감을 갖고 훈련에 임했다.

그리고 16주의 훈련을 무사히 마치고 나는 당시 전방에 배치되어 있던 ○○사단 ○○연대 3대대로 발령을 받았고, 전방이기는 하지만 최전방에서 한 걸음 뒤에 위치한 훼바에서 6개월 근무를 마친 후에 최전방인 GOP로 근무를 들어가서 또 6개월을 근무했다.

그것으로 소위 시절을 마감했지만 나에게 있어서의 소위 시절은 잊지 못할 일이 있었다.

바로 월남전에 지원했던 일이다.

월남전에 대해서는 말이 많다. 하지만 당시 우리들이 아는 월남전은 베트콩이 일으킨 전쟁에 미국이 자유 수호를 위해서 참전한 것이며, 우리 대한민국도 6·25 민족상잔의 비극 당시 자유 우방으로부터 받은 군사적인 은혜를 갚기 위해서 참전한다는 사실 뿐이었다. 물론 월남전에 참전하는 것에 대한 보답으로, 당시 정부가 추진하고 있던 경제개발 계획에 미국이 지원해 준다는 것은 어렴풋이나마 떠도는 이야기 정도로 알고 있었을 뿐이었다. 자세한 이야기는 훗날 알게 된 것들이다.

지금은 베트남 전쟁이라고 부르는 월남전은 1946년부터 1954년까지 벌어졌던 전쟁 이후 남북으로 분단되었던 월남에서, 1955년 11월 1일부터 1975년 4월 30일까지 무려 20년이라는 긴 세월 동안 벌어졌던 동족상잔의 비극이자 당시 냉전 시대를 대표하던 미국과 소련 사이의 대리전 양상까지 띤 복잡한 국제 전쟁이었다.

월남전은 남쪽 자유월남과 북쪽 월맹의 전쟁으로 시작되었지만, 1964년 8월 미국이 통킹 만 사건을 앞세워 개입함으로써 국제전으로 확대된 것이다.

대한민국이 월남전에 참전하게 된 것은 월남전 당시 대한민국은 반공주의를 내걸고 있었고, 6·25 민족상잔의 비극 당시 자유대한을 지킬 수 있었던 것이 자유 우방들의 파병에 의한 것이라는 대의명분에 따른 것으로 미국 다음으로 많은 병력을 파병하였다.

그러나 그것은 대의명분일 뿐 실질적으로는 한국군의 현대화를 지원하고, 월남에서 사용할 군수품 공급 등 한국의 남베트남 시장 진출을 보장한다는 경제적인 조치가 뒤따랐던 것이다. 그리고 그러한 경제적인 조치는 실질적으로 대한민국이 월남에 군수물자 등을 수출하는 시장이 확보됨으로 인해서 대한민국 경제가 눈부시게 성장하는 결과를 낳은 것이 사실이다. 다만 젊은 사람들의 피값에 비하면 너무 약한 것이 아니냐는 이견도 있는 것도 사실이지만, 그 시대에는 어쩔 수 없는 선택이었으리라 하고 생각하는 바이다.

어쨌든 대한민국 정부는 1965년 6월 14일 월남 정부로부터 전투 병력을 파병해 달라는 정식 요청서를 접수하고, 8월 13일에 국회에서 해외파병에 대한 의결을 한 후 주월한국군사령부를 창설하고 초대 사령관에 채명신 소장을 임명하였다. 1965년 10월 9일 청룡 부대의 베트남 상륙을 시작으로, 11월 1일에는 맹호 부대가 상륙하여 본격적인 월남 참전이 시작되었다.

이후 월남전에 파병된 병사들은 1년을 의무기간으로 전쟁에 참여하였으며, 월남전에 참전했던 전체 병력 수는 32만 명 정도로 알려져 있다. 참전 병력의 숫자가 가장 많았던 1968년 당시에는 약 5만여 명의 병사들이 참전하고 있었다고 한다.

그리고 파리 평화 협정으로 미군이 철수하면서 대한민국 역시 철군하였다. 월남전에 대한민국의 젊은이들이 참전한 대가로 미국은 2억 3천여 만 달러를 지불하였으며, 대한민국은 파병의 대가로 경제발전을 이룬 것이 사실이다. 대한민국의 GNP가 파병 전에 비해서 약 5배 성장한 것을 보면 확실하게 알 수 있는 일이다.

월남전에 참전해서 전사한 대한민국 병사의 숫자는 5천여 명이었다고 하며 1만 1천여 명이 부상을 당했다고 한다. 이미 말한 바와 같이 그 피의 대가를 제대로 받은 것인지, 그리고 그런 희생을 치르고서야 만이 경제 성장을 할 수 있었던 것인지에 대한 논란은 있었다. 하지만 그런 희생이 없었다면 대한민국이 지금처럼 경제 대국으로 우뚝 설 수 있었는지는 생각해 볼 일이다. 단순히 생각만 할 것이 아니라, 그분들의 희생에 대한 보답을 절대 잊지 말아야 할 것이다.

여기에서 한 가지 더 짚고 넘어갈 것은 당시 전사한 병사들을 제외하고 지금도 월남전의 후유증에 시달리는 참전용사들이 있다는 안타까운 사실이다. 특히 고엽제에 의한 후유증으로 고생하시는 분들에게는 국민의 한 사람으로 죄송한 마음을 금할 길이 없다.

고엽제란 제초제로서, 열대 우림 속에 소위 베트콩이라고 불리던 적이 숨지 못하게 하려고, 미국이 강력한 제초제인 고엽제를 개발하여 살포함으로써, 열대 우림을 파괴하여 우림 속에서 벌이는 게릴라 전투를 막아 보겠다는 작전이었다. 그러나 이 고엽제에 포함된 다이옥신 중독으로 인하여 월남전에 파병되었던 대한민국의 병사들 중 상당수가 전립선암과 림프종 등 각종 질병으로 고통 받고 있으며, 지금도 완쾌되지 못하고 고통 속에 신음하는 분들이 계신다는 것이 안타까운 일이다.

당시의 상황에 의하면 파병이 옳은 것이냐 아니냐를 떠나서 이 분들은 분명한 대한민국 경제개발을 위한 희생양의 한 분이셨던 것은 사실이다. 그분들에 대한 예우도 잊어서는 안 될 것이다.

이렇게 복잡한 사연들에 대한 것을 모르던 당시의 나로서는, 대한민국의 장교로서 당연히 월남전에 참전해서 자유와 민주주의를 수호해야 한다는 사명감이 일어났던 것이다. 그러나 나의 참전 지원은 허가되지 않았다. 외아들이라 안 된다는 것이다.

지금같이 대개가 외아들인 사회 구조로는 도저히 이해를 하지 못할 일이지만, 당시에는 외아들은 대를 이어야 한다는 이유로 월남전 참전이 불허되던 시기다. 혹시 가서 전사라도 하는 날에는 대가 끊어진다는 유교적인 관념에서 전사자의 가족들로부터 쏟아져 나오는 불만을 사전에 차단하자는 정책의 일환이었다. 그렇지 않아도 일부에서 참전 반대의 목소리가 나오고 있던 터라 더했을지도 모른다.

아무튼 월남전 참전을 뒤로 한 채 전방에서 소위 시절을 마치고 중위로 진급과 동시에 사단 교육대 교관으로 전보되었다. 그러나 전보되어 근무하기도 전에 다시 육군종합행정학교 체육장교반 교육에 입소하라는 명령을 받았다. 16주간의 교육이었는데 당시 대학의 체육학과를 졸업하고 태권도를 했던 내 경력에 의한 것이었다고 생각하면서 육군종합행정학교에 입교했다.

언제 어느 곳에 있던지 간에 최선을 다한다는 나의 지론에 의해 그곳에서도 충실하게 열심히 교육을 받았다. 그리고 훈련을 마칠 때는 체육장교반 평가에서 일등을 한 덕분에 행정학교 교관으로 발령을 받아 2년 동안 근무를 하였다. 그 당시 나는 이미 장기 근무에 지원한 상태였기에 제대를 하지 않고 군 생활을 계속하고 있었던 것이다.

2년 동안의 행정학교 교관 생활을 끝내고 나는 당시 전라남도 광주에 있는 보병학교에서 16주간의 고등군사반 교육을 받으라는 명령을 받았다. 장기복무를 지원하여 군 생활을 계속해야 했기 때문에 당연히 그럴 것이라고 예상을 했던 바라 특별한 생각 없이 교육에 임했다. 그러나 막상 교육에 임하고 나서 고민하지 않을 수 없었다.

정말 이대로 군 생활을 계속해야 하는가 하는 것에 대한 가치관이 혼들리기 시작했던 것이다. 소위 시절에 월남전에 파병을 자원할 정도로 끓던 피가 식은 것도 아니고 그렇다고 조국 대한민국에 대한 사랑이 변한 것도 아니었다. 다만 2년 전에 있었던 소위 10월유신이라는 이름하에 벌어진 왕조시대, 혹은 총통시대로 돌아가는, 대한민국이 다시 전제정권시대로 돌아가고 있다는 강한 회의가 군 생활을 계속해야 하는가 하는 가치관에 대한 회의로 작용하기 시작한 것이다. 군인은 국가와 국민들의 생명과 재산을 지키고 안전하게 자유를 누리며 행복하게 살게 하기 위해서 존재한다는 나 나름대로의 신념에 반하는 '군대'에 회의를 갖게 된 것이다.

나는 더 이상 군대에 머물러서 생활한다는 것이 무의미하다는 생각만 들었다. 이미 말한 바와 같이 조국을 지켜 내 이웃인 국민들이 안전하게 자유롭고 평화로운 생활을 하도록 군인으로 남기로 결정했던 각오가 일시에 무너져 내렸다.

나는 교육 중 4월 1일부로 대위에 진급하자마자 전역 신청을 했고, 6개월 후인 1974년 9월 30일부로 전역했다. 군인으로서가 아니라 암울한 조국의 현실 앞에서 무언가 새로운 모습으로 역할을 해 보고 싶었던 것이다.

그로부터 교직에 몸을 담아 36년의 세월을 학교에서, 교단에서, 학생들과 생사고락을 함께하였다.

3. 교단에서

1974년 9월 30일부로 육군 대위 계급을 달고 전역한 나는 앞으로 무엇을 어떻게 해 나갈 것인가를 고민하다가, 내가 고등학교 3학년 때 대학에 진학할 것을 결심하면서 생각했던 교사의 길을 걷기로 했다. 비록 처음에 해 보고 싶었던 역사 선생은 아니지만 이미 대학졸업 시에 체육교사 자격증을 취득하고 있었기 때문에 체육교사를 해 보기로 마음먹고 처음 문을 두드린 곳이 인화여자중학교(인화여중)다.

인화여중은 인천의 학교법인 〈선인재단〉에 속해 있는 8개의 학교 중 하나이다. 〈선인재단〉은 백인엽 장군께서 만든 재단으로, 백인엽 장군은 형인 백선엽 장군과 함께 6·25 민족동란 당시 사단장으로서 대한민국을 지키기 위해서 북한군에 맞서 싸웠던 유명한 형제분이다. 〈선인재단〉은 백선엽 장군의 '선'

자와 백인엽 장군의 '인' 자를 따와 학교법인 〈선인재단〉을 설립하여 초·중·고와 함께 체육대학을 합해 8개의 학교를 세운 인천에서는 유명한 학교법인이었다.

참고로 백선엽 장군께서는 6·25 참전 장군 중에서 생존해 계시는 몇 분 중 한 분으로 2017년 현재까지 이태원에서 생활하고 계시다.

인화여중에서 체육교사를 모집한다는 공고를 보고 이력서를 제출하고 면접을 보았는데 다행히 선발되었다. 그때가 1974년 11월이었다. 대위로 전역을 한 지 두어 달 만에 첫 응시에서 교사로 선발되자 조금은 마음이 부풀기도 했지만, 일단 교사로서의 길을 가기로 마음을 먹은 이상 학생들에게는 좋은 표상을 보이는 선생님이 되고, 동료 교사들에게도 좋은 모습을 보여 주는 선생님이 되고 싶었다. 당시 내 나이가 스물여섯이었으니 나를 보는 다른 사람들에게는 내가 앳된 모습으로 보였을지 모르지만 나는 선생님답게 행동하기 위해서 열심히 노력했다.

당시에는 서울과 인천이 전철로 연결되었던 시절이 아니라 그냥 일반열차로 다니던 시절이다. 당시 경인선에 운행되던 기차는 기관차가 따로 달린 게 아니고 맨 앞 칸에 지금의 전철 기관실처럼 기관사가 타고 운전을 하는 열차였다. 다행히 차는 자주 있었다.

나는 용산에서 기차를 타고 제물포역에 내려서 학교로 향했다. 매일 출퇴근을 했지만 한 번도 지각을 하거나 결근을 하지 않았다. 선생님이 학생들에게 보여 줄 가장 중요한 것은 바로 학교생활에 충실하게 임하는 모습이라고 생각했던 것이다. 그러나 솔직히 말하자면 처음 일 년은 내가 학교생활에 충실하게 임한다는 그 이상의 아무것도 하지 못하고 엉겁결에 보냈다는 표현이 옳을 것이다.

인화여중에서 일 년을 조금 넘게 보내고 다음 학년을 준비하던 중인 1976년 초에 대학 다닐 때 지도부장으로 내가 학생회에서 일할 수 있는 발판을 만들어 준, 고등학교 선배이자 대학 선배인 분에게서 연락이 와 한 번 만나자고 했다. 그렇지 않아도 보고 싶었던 터라 흔쾌히 만날 약속을 하고 약속장소에 나가자 선배가 나를 기다리고 있었다.

"대위로 전역하고 인화여중에서 교직에 있다는 이야기는 들었다. 한 번 만나 봐야겠다는 생각을 하면서도 너도 알다시피 선생이라는 직업이 시간이 많을 것 같으면서도 만만치 않아서 차일피일 미루다가 이제야 연락을 하게 되었구나."

선배의 말을 들으면서 내가 은근히 더 미안해졌다.

"아닙니다. 선배님. 제가 찾아뵈었어야 된다는 것을 알면서 저 역시 전역하고 교사 채용시험에 응시해서 출근하느라고 정신이 하나도 없었습니다. 당연히 제가 찾아뵈어야 하는 것인 줄 알면서도 정말 죄송합니다."

"후배가 선배 찾아뵈야 한다는 법이라도 있어? 선배가 조금이라도 먼저 자리를 잡으면 그만큼 여유가 생기니까 먼저 찾아보는 것이 도리일 수도 있지?

아무튼 그건 그 정도로 하고 학교생활은 해 볼 만해?"

"선배님이 더 잘 아시잖아요? 어디든지 마찬가지 아니겠어요? 잘해 보려고 노력은 하고 있지만 잘하고 있는 것인지는 모르겠네요."

"노력하면 되는 거지, 뭐 더 있겠어? 다만 학교가 마음에 드냐고?"

"학교요? 솔직히 인천이다 보니까 조금 멀기도 하고, 또 여중이다 보니까 나름대로 조심도 많이 되네요? 여자애들 중학생이면 어른인데 남자와 여자는 어차피 서로 다른 점이 있지 않습니까? 그걸 일일이 이해한다는 것도 힘들기는 합니다. 솔직히 장가라도 가서 여자를 잘 안다면 모를까 아는 여자라고는 엄마밖에 없으니 여자에 대해서 잘 모르는 것도 힘든 이유 중 하나이기는 해요."

"그래? 그렇다면 남학교로 옮겨 볼 생각이 있는 거야?"

"글쎄요? 남학교에서 오라는 곳도 없지만 오라는 곳이 있으면 생각해 볼 필요는 있을 것 같네요. 다른 과목도 아니고 과목이 체육이다 보니 더 그런 것 같아요. 아무래도 남학생들하고 부딪히면 쉽겠지요? 물론 제가 장가를 가고 나면 다를지 모르겠지만 솔직히 아직 어린 총각선생이 여학교 체육은 조금 무리인 것 같아요.

다른 선생님들은 모르겠지만 저는 조금은 쑥스럽다고 할까, 뭐 그런 것도 있는 것 같기도 하구요."

"그래? 그렇다면 지금 내가 근무하는 풍생중·고등학교는 어때?"

"풍생이요? 거기는 선배님이 근무하고 계시잖아요?"

당시에는 중학교와 고등학교가 분리되지 않고 중·고가 함께 존속하는 학교들이 많이 있었다. 그런데 그 선배가 풍생중·고등학교에 체육교사로 근무하고 있었던 것이다.

"그랬지. 하지만 내가 이번에 미국으로 이민을 가게 되었어. 굳이 가야만 하는 것은 아니지만 여러 가지로 생각한 결과 이렇게 갈 수 있는 기회가 주어졌을 때 가는 것이 좋겠다는 결론을 내려서 결심한 거야. 그래서 학교에 이야기를 했더니 추천할 좋은 선생님 있으면 추천하라기에 자네를 추천하고 싶어서 의견을 물은 거야.

풍생은 위치도 성남이니 더 가깝고 좋지 않아? 그러니 알아서 결정해."

선배는 결정하라는 말과 함께 술잔을 들어서 건배를 제의했다. 나는 일단 성남이라는 것이 마음에 들었고, 다음은 남학교라는 것도 좋았다. 솔직히 스물일곱 총각으로 다 큰 중3 수업을 하다가 학생들과 몸이 정면으로 맞닥뜨리면 솔직히 얼굴이 화끈거릴 정도로 불편했던 것이 사실이다. 뿐만 아니라 여자의 생리현상에 대해서도 아는 것이 없다 보니 뭐라고 말할 수 없는 난감한 경우를 맞기도 했었다.

"받아 주겠다면 기꺼이 가야지요. 아까도 말씀드렸지만 여학교가 아직은 제게는 아닌 것 같아서요. 조금 더 나이를 먹고 경험을 쌓은 후라면 모를까 지금은 좀 그래요. 멋모르고 지원했구나 하는 생각도 해 봤었는데 잘 됐네요."

그날 선배와 밀린 이야기를 나누면서 여러 가지 이야기를 더 나눈 후 풍생중·고등학교에 이력서를 제출하고 인화여자중학교에 사직서를 제출한 후, 1976년 3월 1일부로 당시 성남에 있던 풍생중·고등학교로 자리를 옮겼다. 바로 전날인 1976년 2월 29일 결혼을 하고 3월 1일에 부임한 것이다. 내게는 참 의미가 있는 부임이었다. 물론 3월 1일이 3·1 만세운동을 기념하는 3·1절이다 보니 등교는 하지 않아서 결혼 다음 날은 출근을 하지 않고 3월 2일부터 출근을 했지만 대단히 의미 있는 부임이라고 스스로 생각했다.

그리고 그때까지만 해도 그곳에서 예상치 않은 일로 사직을 하게 될 줄은 꿈에도 몰랐다. 내 생애에서 두 번 다시 겪고 싶지 않은 일을 겪게 되었던 것이다.

당시 풍생중·고등학교는 고려인삼재단이었다. 그리고 1년에 한 번씩 재단·공장·학교의 모든 직원들이 참여하는 체육대회를 열었다.

그날은 체육대회가 열리는 날로 나는 축구 심판을 보게 되었다. 그런데 전반전이 끝나고 휴식시간이었다. 누군지는 모르지만 한 사람이 나를 보면서 큰 소리로 말했다.

"어이, 심판. 빨리 시작해? 쉬면 뭐 해?"

나는 기가 막혔다. 아무리 사내에서 벌이는 체육대회라고는 하지만 전반전이 끝나고 쉬지도 않고 하라는 것은 말도 안 되는 소리다. 게다가 단 5분도 쉬지 않고 게임을 속행하다가 혹시라도 사고가 발생하는 날에는 심판인 나에게도 책임이 뒤따르는 것이다. 하지만 그 당시 젊은 혈기의 내 생각에는, 책임은 고사하고 그 말을 하는 그 사람이 너무나도 무식하고 못돼 보였다. 게임을 운영하는 심판에게 아무리 나이가 어리다지만 함부로 반말을 해 가면서 규칙에도 없는 일을 시키는 것이 보통 못마땅하지 않았다.

그러나 사립학교이고, 또 재단 내에서 연세가 드신 분이 하신 말씀이므로 "네! 알았습니다. 곧 시작하겠습니다" 하고는 물을 마시고 있는데, 또다시 "어이 심판! 뭐 해!" 하면서 독촉하기에 젊은 혈기를 참지 못하고 그 사람 앞으로 가서 호루라기를 건네주며 말했다.

"그럼 제 대신 심판하세요. 뭘 아시면서 말씀하시는 겁니까? 경기라는 것은 최소의 규칙은 지켜 가면서 해야 하는 겁니다. 아무리 사내 체육대회라고는 하지만 최소한의 규칙마저 저버리다가 만일 사고라도 생기면 책임지실 겁니까? 그럴 자신 있으면 심판 보시라고요."

그러자 그 사람은 아무 말도 안 하고 어이가 없다는 듯이 나를 빤히 쳐다봤다.

다시 경기가 시작되고 체육대회를 무사히 마치고 다음 날 학교에 출근했다. 그런데 행정실장이 나를 보자고 하더니 난감한 표정을 지으면서 말했다.

"민 선생님. 조금만 참지 그러셨습니까?"

"예? 무슨 말씀입니까? 제가 뭐 잘못한 것이라도 있습니까?"

"어제 그 일 말입니다."

행정실장은 더 난감한 표정으로 내 눈을 피해 가면서 말꼬리를 흐렸다.

"어제 그 일이라니요? 어제 체육대회 무사히 잘 마치지 않았습니까?"

"그야 그렇지만…."

행정실장은 다시 말꼬리를 흐리면서 말을 잇지 못했다.

"그런데요? 무슨 문제가 있으면 말씀을 하셔야 제가 사과할 것은 사과하고 고칠 것은 고치지요. 말씀해 주십시오."

"그게 사과하거나 고친다고 될 일이 아닌지라…."

다시 말꼬리를 흐리던 행정실장은 그렇다고 마냥 미루기만 할 일도 아니라는 듯이 비장한 표정으로 다시 말을 이었다.

"어제 축구 시합 중에 빨리 하라고 하신 분이 재단 비서실장님이십니다. 그런데 민 선생님이 호루라기를 내밀면서 당신이 하라는 투로 이야기를 했으니 문제가 생긴 겁니다."

"그게 무슨 문제인데요? 아무리 사내 체육대회라고는 하지만 최소한의 규칙은 지키면서 경기를 진행하는 것도 심판의 지킬 직무 중 하나입니다. 심판이 그저 경기 파울이나 보면서 호루라기나 부는 게 아니라는 겁니다."

"저야 그 말씀을 왜 이해하지 못하겠습니까만, 비서실장님이 대단히 기분이 상하셔서 문제입니다."

"좋습니다. 저는 그 분이 비서실장님인지도 모르고 그랬지만 설령 알았더라도 어제 말씀은 따르지 않았을 겁니다. 다만 나이도 어린 제가 불손하게 말씀드린 것 같아서 기분 나쁘셨다면 제가 가서 사과를 드리지요."

"사과한다고 될 일이 아니라…."

행정실장은 또 말을 잇지 못했다.

"사과해서 될 일이 아니라니요?"

나는 어이가 없었다. 불손하게 말할 의도는 없었지만 경우가 없는 사람이라는 생각에 만약에 불손하게 말한 것 같다면 사과를 하겠다는데 그런 문제가 아니라고 한다. 무슨 죽을죄를 지은 것도 아닌데 도대체 어떻게 하라는 것인지가 차라리 궁금했다.

잠시 침묵이 흐른 뒤에 행정실장이 무겁게 입을 열었다.

"이런 말 전하는 내 마음도 참 쓰립니다만, 어차피 제가 전할 말이니 전해야겠습니다.

재단에서 내려온 이야기로는 미안하지만 다른 자리를 알아보라고 하네요. 정말 내가 미안합니다만 어쩔 수가 없네요."

순간 나는 기가 찼다. 앞뒤 생각할 겨를이 없었다. 축구 시합에서 심판이 선수들의 안전을 위해서 휴식을 취하게 하는데 그걸 나무라는 사람에게 한마디 했다고 해고를 하다니 정말 어처구니가 없었다. 아무리 사립학교라지만 이렇게 권력을 휘둘러도 되는 것인가 싶기도 했다. 가진 자가 갖지 못한 자에게 휘두르는 폭력이 이런 것인지 정말 나 자신 스스로 느껴 보지 못한 묘한 기분이 들었다. 그리고 어제 나를 빤히 쳐다보던 비서실장이라는 사람의 얼굴이 떠오르면서 그 위로 그 옛날 아버지의 노점을 발로 차던 형사들의 얼굴이 오버랩 되어 보였다. 도대체 그 끝은 어디란 말인가? 얼마나 더 먼 길을 가야 사람과 사람이 함께 허물없이 어우러져 사는 세상이 올 수 있다는 것인가?

순간 만감이 교차하던 마음을 접고 나는 간단하게 대답했다.

"알겠습니다. 이번 학년도를 끝으로 그만두죠. 다른 곳을 알아볼 테니 여기서도 다른 사람 구하십시오."

그런 일을 겪고 풍생중·고등학교를 사직하였지만 그곳에서 크게 남은 것이 있었다. 바로 교련교사 자격증을 취득한 것이다.

교련과목이 생긴 이유는 간단하다.

1968년 북한의 김일성이 대한민국의 청와대를 공격하여 당시 대통령이던 박정희를 암살하기 위해서, 우리가 흔히 1·21 사태라고 부르는 무장간첩 침투사건을 통해 도발을 시도한 것이다. 정부는 학생들에게 안보의식과 전시 상황에서의 대처능력을 높인다는 명분하에 이듬해인 1969년에 남녀 구분 없이 교련과목을 고등학교 필수 과목으로 지정하였다. 고등학교 이상의 교육기관에 재학 중인 학생들에게 군사훈련을 실시한 것이다. 정신적으로 해이해지는 것을 막고 반공정신으로 무장하기 위한 방편이었던 것이다. 그러나 세상이 변하고 국제적인 냉전 분위기의 완화로 대한민국은 분단되어 있음에도 불구하고, 대학 교련과목은 1990년에 폐지되었고 고등학교 교련과목은 1993년부터 안전교육 위주로 전환하여 사실상 폐지되었다.

내가 풍생중·고등학교에 근무하던 1976년에는 한창 교련교사가 필요하던 시기로, 당시 교련교사는 장교 출신으로 군사학과 교육학, 그리고 실기 시험을 보고 합격하면 취득하는 것이다. 이미 체육교사 자격증을 취득하기 위해서 교육학을 이수하여 학교 교사로 근무하고 있었고, 대한민국의 육군 대위로 전역한 나에게는 얼마든지 가능한 일이었던 것이다.

그리고 그렇게 취득한 교련교사 덕분에 졸지에 풍생중·고등학교에서 부당하게 해고를 당하고도 곧바로 다른 학교로 갈 수 있었다.

이미 결혼도 했고 또 아버님도 돌아가신 후였다. 당연히 내가 가장으로서의 책무를 다해야 하는 입장이었고 그렇다고 부유한 집안도 아닌데 학교에서는 해고 통보를 받았다. 당장 식구들을 돌보아야 할 일부터 걱정을 해야 할 판이었다. 그렇다고 실망하거나 좌절할 내가 아니었다. 나는 다음 날부터 여러 곳을 수소문한 결과 학기가 끝날 즈음에 충남 태안에 있는 태안여자상업고등학교(태안여상)에서 체육과 교련, 두 과목을 담당할 수 있는 교사를 초빙한다는 소식을 듣고 곧바로 지원했다.

솔직히 태안여상에 지원하는 순간에는 어떻게든 직장을 구하고 보자는 생각이 있었던 것도 사실이다. 인화여중에서 풍생중·고등학교로 자리를 옮길 때 여학교가 조금 어렵다고 생각했던 것에 대해서는 그동안 결혼도 하고 또 교사 경험도 다진 터인지라 극복할 자신이 있었지만, 충청남도에 위치한 태안이라는 곳의 지리적 위치가 마음에 걸렸던 것이다. 매일 출퇴근을 위해서 버스를 타는 데만 소요되는 시간이 세 시간 정도가 걸린다. 결코 만만한 거리가 아니었다.

그러나 지원을 한 후 선발되었다는 통보를 받는 순간 나는 그곳에 얼마나 재직할지 모르지만 적어도 재직하는 기간만이라도 최선을 다해서 열심히 학생들을 지도하기로 굳게 마음먹었다. 어차피 태안이라는 곳에서 오래 근무를 하기보다는 서울로 복귀할 수 있을 때까지 근무하겠다고 마음을 먹고 지원을 했지만, 막상 출근하라는 통보를 받고 나자 내가 근무하는 동안에는 최선을 다하리라고 다시 한 번 굳은 각오를 했다.

그리고 그 각오는 실행에 옮겨졌다.

1977년 3월 1일에 부임을 하여, 한 학년 7반, 1·2·3학년 총 21시간 체육과목을 가르쳤고, 매주 금요일 7·8교시 2시간은 교련교육 중 가장 중요한 열병, 분열을 교육하였다. 그리고 그해 배구단을 창단했는데, 마침 학교에서 배구단 창단 시 선수들을 지도해야 할 코치선생님을 초빙해야 했는데, 나중에 현대여자배구단 코치로 부임하게 된 실력 있는 코치선생님을 초빙하게 되어 안심하고 선수 지도를 맡길 수 있어 반갑게 맞이하였다. 하지만 솔직히 어떤 성적이나 성과를 기대한다는 것은 무리일 수도 있었다. 나는 선수들을 격려하면서 선수들과 함께 훈련에 최선을 다했다. 감독을 맡은 나는 내가 알고 있는 모든 기술을 전수하고 그 이상을 위해서 배구에 대한 서적도 구해 보면서 열심히 지도하던 77년 여름방학 중 전국 남녀배구협회에서 주관하는 심판 강습회에 참가하여 2급 심판자격증도 획득하는 등, 더욱 심혈을 기울여 선수 지도를 했다.

그 결과 그해 전라남도 광주에서 열리는 제58회 전국체육대회 충남지역 예선에서 창단 1년도 안 된, 그리고 충청남도의 서쪽 끝자락에 위치한 태안의 여자상업고등학교가 우승하여 전국체육대회에 출전하는 영예를 누리게 되었다. 예선전 결승

은 대전에서 열렸는데, 상대는 대전에 있는 학교라서 중·고등
학교 전교생 3,000명이 응원을 나온 터였다. 그러나 우리 학교
는 태안에 있는지라 겨우 버스 두 대에 100여 명이 나누어 타
고 응원을 왔으니 그 기세에 물려서라도 질 수도 있다는 생각
을 지울 수 없었건만 선수들은 하나가 되어 기죽지 않고 결국
우승을 이루어 낸 것이다.

그뿐만이 아니다. 체육교사가 나 혼자이다 보니 옥상에 사
격장을 둔 사격부도 지도를 해야 했고, 육상부도 지도를 하는
등 바쁘면서도 보람 있는 날들을 보냈다. 처음 지원할 때와는
다르게 더 머물 수 있으면 오래 근무하고 싶었던 것도 사실이
다. 하지만 외아들로 홀어머니를 모시고 살아야 하는 등등의
여건상 서울에 자리가 생기면 가야 한다는 생각도 지울 수가
없던 중에 서울의 동성고등학교에서 교련교사를 모집한다는
공고를 접하게 되었고 나는 다시 한 번 지원서를 제출하였다.
많은 지원자가 있었지만, 고등학교 태권도 우수 선수를 보유
하고 있던 동성고등학교에서는 태권도 유단자인 나에게 교사
로 근무할 수 있는 영광을 안겨 주었다. 그리하여 태안여상을
떠나게 되었지만 지금도 태안여상에서의 체육교사 시절은 잊
히지를 않는다.

1978년 3월 1일부터는 동성고등학교에 부임하였다.

동성고등학교에 부임하면서 이제까지 학교들이 모두 1년을
근무하고 옮겨 다녔던 것을 기억하면서 이제는 안주하고 싶은
마음도 들었다. 그러나 그것도 마음대로 되는 것이 아닌가 보

았다. 동성고등학교에서 2년을 근무하고 난 후, 당시 서라벌고 등학교에서 교련교사로 근무하고 있던 나이가 지긋하신 선배 교사 한 분이 만나자고 해서 만난 자리에서 나는 서라벌고등 학교로 옮기는 것을 결정하게 되었다.

그러나 동성고등학교에서의 추억은 잊을 수 없는 것이 있다.

당시 충무공 정신을 기리기 위해서 매년 4월 28일 충무공 탄 신일을 맞아 서울의 각 학교에서 4명씩 선발을 해서 충남 아산 의 현충사까지 도보로 행진을 하는데, 나는 두 번 모두 인솔교 사로 선발되어 학생들과 함께 도보로 현충사를 참배하였다.

현충사 참배 일정은 2박 3일로, 첫날은 오산에 있는 학교 운동 장에 텐트를 치고 1박을 한 후, 둘째 날은 온양에 있는 학교에서 똑같은 방법으로 1박을 한다. 도보로 순례를 하고 텐트촌에서 숙 박을 하면서 맺어지는 학생들과의 추억은 특별한 것이다.

그리고 동성고등학교에서 얻은 가장 귀한 선물은 내가 종교 를 갖게 되었다는 것이다. 그때까지 이렇다 할 신앙이 없던 나 는 동성고등학교가 천주교 재단이었기에 부임하던 해 11월에 발렌티노라는 세례명으로 세례를 받았다. 남들은 천주교 학교 에 가서 어쩔 수 없이 세례를 받았다고 생각할 수도 있다. 하 지만 나는 그런 마음은 추호도 없었다. 물론 학교에서도 세례 를 받으라고 한 적도 없었다.

내가 세례를 받은 이유는 친하게 지내는 초등학교 때 동네 선배 한 분이 동성고등학교에 재학 중이었는데, 그 분이 천주 교 신자였고 그 분 덕분에 천주교라는 종교에 관해서 막연히 동경을 하고 있던 터였다. 그 덕분에 세례를 받게 된 것이다.

만약 내가 학교 때문에 세례를 받았다면 학교를 옮기고 난 후에는 다니지 않았겠지만, 지금도 열심히 신앙생활을 하고 있다. 더더욱 아내는 내가 서라벌고등학교로 학교를 옮기고 나서도 6년이 지난 1986년 7월 13일 이태원 성당에서 교리공부를 하고, 젬마라는 세례명으로 세례를 받아 지금도 열심히 부부가 함께 신앙생활을 하고 있다. 그것은 동성고등학교에서 얻은 나의 가장 소중한 보물이다.

〈아내 젬마의 세례식 때〉

〈아내 젬마의 세례식
단체사진 중에서〉

1980년 3월 1일 나는 서라벌고등학교에 부임했다. 그리고 이제는 안주하고 싶다던 내 꿈이 그곳에서 이루어졌다. 그곳에서 31년을 근무하면서 처음에는 교련교사로 근무하기 시작했지만, 본연의 체육교사를 겸임하면서 그곳에서 많은 성과도 거두었다.

1985년에는 사격부 감독으로 태능사격장에서 있은 전국 고

등학교 사격대회에서 개인전 금메달과 은메달을 수상하도록
학생들과 함께 노력해서 그들이 대학 특기생으로 진학하는 영
광을 안겼다.

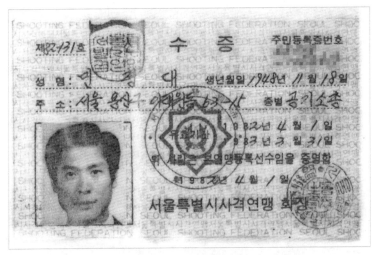

<서라벌고등학교 사격부 지도 시절 사격선수증>

그리고 1994년에는 대한민국의 고등학교 세팍타크로 팀의
감독으로, 우리 서라벌고등학교 선수 4명을 포함해서 전북 김
제시의 만경고등학교 선수 3명, 코치, 협회 임원 등 15명을 인
솔하고 태국에 가서 B조 우승을 하는 영예를 누리기도 했다.

세팍타크로 팀 이야기가 나오니 생각나는 일화가 있다.

훗날 내가 서라벌고등학교에서 세팍타크로 팀의 감독을 할
때 대한민국 최고의 실력을 자랑하던 유○○ 군의 결혼식에서
주례를 서기도 했는데, 그때뿐만이 아니라 내가 주례를 설 때

에는 항상 강조했던 말이 있다.

서로 신뢰하고 사랑하라는 것이다. 그런데 그냥 신뢰하고 사랑하는 것이 아니라 '서로에게 지붕이 되어 서로 비를 맞지 않도록 도와주고, 서로에게 따뜻함이 되어 서로가 춥지 않도록 보살펴 주며, 서로에게 동행이 되어 더 이상 외롭지 않도록 하며, 몸은 둘이지만 하나의 인생을 살라'는 아파치 족의 '두 사람'이라는 결혼 축시를 이용해서 주례사를 했다. 그때 결혼을 한 유○○ 군은 현재 경북 영천에서 세팍타크로 경북대표 팀 선수를 지도하는 코치로 근무하고 있는 것으로 알고 있다.

또 1995년에는 볼링부 감독으로 2회에 걸쳐 전국 고등학교 볼링선수권대회에서 우승하는 영광도 함께했다.

〈서라벌고등학교 교직 생활 중 Home Coming Day 행사 초빙을 받아서 탤런트 최준용의 동기생들과 함께〉

나는 학생들을 지도하면서 감독으로 늘 강조한 말이 있다. 그것은 어렵고 복잡한 것이 아니라 '꾸준한 노력과 정신 집중'이라는 가장 원초적이면서도 기본적인 말이었다. 그러나 그 말은 단순하면서도 지키기 힘들고, 간단하면서도 쉽게 실천하기 힘든 말이다. 나는 그 말을 나 자신에게도 끊임없이 하고 있고 지금도 실천하려고 많은 애를 쓰고 있다.

그러한 나의 정신적 사상은 토요 훈화를 통해서 학생들에게 변함없이 전달하였다. 물론 운동선수들에게 하듯이 단순하게 집중과 노력을 강조한 것은 아니지만 학생들에게 한 훈화는 나 자신을 다지는 말이기도 했던 것이 사실이다.

〈서라벌고등학교 교직 생활 중 Home Coming Day에서 동료 교사들과 함께〉

나는 훈화를 통해서 학생들에게 늘 '과연 나는 지금 어디에 있는가?'를 물었다. 그리고 스스로 동화 속의 '미운 오리새끼'가 아니라 처음부터 '백조'임을 깨닫는 '나'가 되어 달라고 했다. 항상 '나'라는 자부심을 갖고 '나'라는 존재가 가지고 있는 능력과 소질을 계발하는 데 게으르지 말아 달라고 했다.

나는 '나'를 존중하고 '나'를 위해서 노력해 달라는 훈화와 함께 호국정신을 강조했다.

4월 28일 충무공 탄신일에 근접해서는 충무공의 일생을 소개하면서 그분의 혁혁한 전공을 알렸다. 장군을 시기하고 질투하는 이들의 모함으로 옥고를 치르고도 억울하다고 호소하는 것이 아니라 나라를 지키겠다는 일념으로 백의종군하면서 왜적을 무찌르려 노력했던 불사불멸의 호국정신을 전해 주었다. '신에게는 싸울 수 있는 전선이 아직도 12척이 있습니다. 죽을힘을 다해서 싸우면 능히 이길 수 있습니다'라는 천고의 명언을 통해서 장군의 긍정적인 사고방식은 물론, 나라를 위해서라면 부족한 장비와 현실을 탓하지 않고, 자신이 가지고 있는 모든 능력을 동원해서 나라를 위해서 싸우다가 목숨도 바칠 각오가 되어 있던 애국정신에 대해서 이야기했다.

6월 25일을 전후해서는 6·25 동족상잔의 비극 당시 육탄 돌격으로 조국을 지킨 우리 순국선열들의 용감한 전투를 이야기해 줌으로써 애국정신을 고취시켰다. 예를 들자면 송악산의 292고지와 비둘기 고지 전투에서, 토치카 안에서 적이 쏘아대는 기관총에 쓰러지는 전우들을 보고는 스스로 자원하여 박격포탄을 가슴에 안고 적의 토치카에 뛰어들어 토치카를 폭파하고 폭탄과 함께 산화함으로써 전투를 승리로 이끌었던 서부덕 이등상사를 비롯한 육탄의 10용사 등과 같은 실례를 들어 이야기해 주면서 애국정신의 고취를 강조했다.

또한 당시에는 '학생독립운동기념일'로 불리던 '학생의 날'인 11월 3일을 기억하는 자리에서는, 일제병탄 시절에도 대한민국의 자손이라는 자부심을 잃지 않고, 기차 칸에서 조선의 여학생을 희롱하는 일본 학생의 부당한 처사에 분연히 일어섰던 것이 계기가 되어 항일 운동을 벌였던 광주학생독립운동에 대한 학생들의 용기 있는 행동을 소개하면서, 조국과 민족애를 고취시키기 위해서 노력했다.

그리고 그러한 노력은 〈서라벌 소식〉이라는 학교신문의 기고를 통해서도 끊임없이 이어졌다.

결국 나는 서라벌고등학교에서 교감으로 정년퇴임하면서, 2011년 2월 28일에는 홍조근정훈장까지 수훈하는 영예를 안았다.

군 생활까지 합하면 40년이라는 긴 세월을 공직에 몸담고 있던 나는 참으로 행복했다.

공직생활을 하면서 겪은 갖가지 추억은 따로 쓰겠지만 나는 지금도 나 스스로 택했던 길이 참 잘했다고 생각한다. 물론 순간적으로 나 스스로에게 불만도 있었고 세상을 탓해 보기도 했던 것은 사실이다. 그러나 지금 돌아보는 나의 삶은 참으로 행복했었다는 말을 하고 싶다. 돌아보는 날이 행복하지 않다면 이제까지의 삶이 허무하기만 할 텐데 그렇지 않다는 것 역시 하느님께 감사드린다.

〈홍조근정훈장 훈장증〉

제2부
군과 교단에서의 추억

삶과 추억

추억은 기억과 다른 것이라고 한다.

기억은 머리가 하는 것이고 추억은 가슴에 남는다고 한다. 머리에 단순히 벌어졌던 일에 대한 기록이 저장된 기억이 존재하는 것이라면 가슴에는 그 기록에 자신의 느낌을 더해서 간직하는 추억이 존재한다는 것이다.

인간은 감정의 동물이라고 하는데, 그래서 기억보다는 추억을 소중하게 여기는 것일지도 모른다.

아무튼 지난 칠십 년의 삶 중에 있었던 그 많은 추억들이 지금의 내 삶이 있도록 해준 밑거름이었던 것만은 틀림이 없는 일이다.

사람은 추억을 먹고 사는 동물이라고 한다.

다른 동물들은 음식만 먹으면 살지만 사람은 추억을 먹지 않고는 살 수 없다고 한다. 그래서 사람은 신과 동물의 중간 단계로, 신성이라고 불리는 이성과 동물적 성향인 욕망을 두루 갖고 있는 특이한 존재로 살아가고 있는지도 모를 일이다.

게다가 사람은 자신의 추억이 좋은 기억이든 나쁜 기억이든 시간이 지나면서 그 기억을 좋은 것으로 만드는 특별한 재주가 있다. 일부러 그렇게 하는 것이 아님에도 불구하고 시간이 지나면서 모든 기억들을 소중하게 여기게 되고 설령 나쁜 기억이 오래 가더라도 언젠가는 그 기억조차 아름답게 여기는 특이한 재주가 있다. 나쁜 기억을 그저 나쁘게 두지 않고 그때 어떻게 했으면 그런 나쁜 일이 일어나지 않았을까 하는 생각을 하게 되고, 결국에는 그때 잘못했던 자신에 대한 반성을 함으로써 그 기억을 아름답게 만들고야 마는 것이다.

하물며 아름답던 기억이라면 더 말해 무엇 할까 싶다.

공직생활 40년 동안 이루 말할 수 없이 많은 추억들이 쌓였다. 더더욱 병사들과 동고동락했던 군 생활과, 학생들과 호흡을 같이하면서 그들의 일거수일투족에 관심을 갖고 함께 웃고 울며 지낸 교직에서 40년을 지냈으니, 그야말로 하루하루가 추억 그 자체라고 해도 과언이 아니다.

같은 일이 반복되는 직장 생활에서도 하루하루가 추억으로 쌓이는 세상인데 단 하루도 같은 일이 반복되는 일이 없이 나날이 새로운 일이 벌어지고, 학년이 끝나고 나면 또 다른 학생들을 만나는 일이었으니, 정말 하루가 가고 나면 또 새로운 역사가 추억 위에 고스란히 기록되는 생활이었던 것은 더 말할 나위가 없다.

그 모든 추억들이 일흔이 된 내 앞에 고스란히 놓여 있다. 어느 추억 하나도 아름답지 않은 것이 없는 나이가 되었지만 그래도 놓치고 싶지 않은 기억들은 엄연히 존재하는 법이다. 모든 추억 중에서 유난히 놓치고 싶지 않은 추억들을 단편적으로 적어 보고자 한다. 그리고 그 안에 기록되고 등장하는 모든 이들과 그 시절을 책을 통해서나마 이야기하면서, 그 시절 우리가 겪었던 일들이 내일을 새롭게 설계하기 위한 도구로 사용되기를 바라는 바이다. 인간이 추억을 소중하게 생각하는 것은 그 추억을 간직하기 위해서가 아니라 그 추억을 바탕으로 더 나은 삶을 설계하고 살아가기 위한 것이기 때문이다.

물론 나 역시 마찬가지로 지난 추억들을 돌이켜 보면서 그 추억들을 바탕으로 남은 앞날이 더 아름다운 추억으로 남을 수 있도록 설계하고 살아갈 것이다.

1. 교단에서 학생들과 함께 만든 추억

 학생들과 함께했던 남도여행

1994년 겨울방학을 며칠 앞두고 해양소년단(海洋少年團) 대원들의 겨울 캠프 계획을 2박 3일간 남도여행으로 세웠다. 얼핏 보기에는 서울에서 가기에는 먼 거리이기에 2박 3일의 일정으로는 무리일 것 같지만 완도에서 고산 윤선도 선생의 정신이 살아 있는 보길도를 거쳐 이순신 장군께서 명량 대첩을 이루신 울돌목 바다를 돌아본다는 것이 해양소년단의 바다사랑 취지에도 잘 맞을 뿐만 아니라, 역사정신을 일깨워 주고 충무공 이순신 장군과 고산 윤선도 선생의 나라사랑 정신을 가슴에 심어 주기에는 더 없이 좋은 일정이라는 생각에 조금 무리를 하더라도 해 보고 싶었다. 귀중한 시간을 내서 해양소년단 대원으로 활동하고 있는 학생들이 기왕 겨울 캠프를 가는 것이니 그네들의 가슴 속에 무언가를 남겨 주고 싶은 욕심이 생겼던 것이다.

나는 계획이 수립되고 나자 해양소년단 대원들을 체육관으로 모이게 했다. 그리고 참가할 대원들을 파악했다. 이미 세세한 일정 등을 제외하고는 사전에 캠프의 취지를 설명하고 대략적인 일정을 미리 공지를 했던 터였기에 부모님과의 상의를 통해서 허락을 득한 대원을 파악만 하면 되었다.

총 35명의 대원 중에서 15명이 참석을 하겠다고 했다.

아쉽고 섭섭한 마음이 들었다. 모든 대원이 함께 자리해서 우정을 다지고 해양에 대한 이해와 역사의식까지 겸하게 한다는 취지에서 나 나름대로는 엄선해서 선택한 장소였고, 또 나름대로 계획을 수립하는 등 많은 노력을 했는데 정말 아쉬웠다. 하지만 겨울방학이라는 중요한 시간에 그런 먼 곳을 여행하기보다는 학원에 나가거나 독서실에 나가서 공부 한 자라도 더 하기 바라는 학부모님들의 입장을 이해하지 못 하는 바도 아니기 때문에 학생들 앞에서는 일체의 티도 내지 않고 참가하겠다는 학생들에게 21세기 남도여행 계획서를 한 장씩 나눠 주고 준비물 등을 세세히 노트에 필기하게 한 후 다음 모임에서는 세부적인 일정을 알려 주겠다고 하면서 다음 모임에 대한 공지를 하고 해산했다.

해양소년단은 국제적인 청소년 조직으로 해양활동과 해양환경에 관심을 갖고 활동하는 청소년 운동 단체다. 국제적으로는 국제해양소년단연합이 결성되어 있으며, 한국에서는 한

국해양소년단연맹이라는 명칭을 사용하고 있다. 이 단체는 비정치적이고 비군사적인 순수한 청소년 단체로서 인종이나 성에 대한 차별 없이 해양활동을 이해하고 즐기는 한편, 해양환경에 대해서 각별한 관심을 갖고 보호하기 위해서 노력하는 청소년 운동이다. 많은 나라에서 해군이나 해양에 대한 사업을 하는 해운회사 등을 통하여 지원을 해주고 있는 단체로서, 섬나라인 영국 같은 경우에는 국방부에서 운영비의 절반 정도를 지원해 줄 정도로 열성적인 성원을 보내고 있다. 물론 우리나라에서의 지원은 미약하지만 단원들 자체는 나름대로 열의를 가지고 활동하고 있는 것은 틀림없는 사실이다.

참가할 인원이 파악되었으니 선편은 물론 숙소를 예약하는 일도 미룰 수 없는 일이었다. 나는 교무실로 돌아오자마자 곧바로 114를 통해서 완도 선착장 전화번호를 확인한 후 전화를 했다.

"안녕하십니까? 여기는 서울의 서라벌고등학교라고 합니다. 저는 저희 학교 해양소년단 지도교사인데, 12월 25일 저희 학교 학생 15명을 인솔해서 완도에서 보길도로 가려고 합니다. 지난번에 한 번 여쭙기는 했는데 혹시 하는 마음에 다시 한 번 정확한 배 시간을 알고 싶어서 전화 드렸습니다. 그리고 저희가 올 때는 완도를 거치는 것이 아니라 해남을 거쳐서 오려고 하는데, 보길도에서 해남 가는 배에 대해서도 알려 주실 수 있는지요?"

처음 겨울 캠프를 계획할 당시에 대략적인 계획과 대략적인 경비를 산출해서 학부모님들에게 참가 여부를 여쭙도록 하기 위해서 뱃삯과 시간에 대해서 물어보기는 했지만 정확한 계획을 세우기 위해서 다시 한 번 확인하는 차원이었다. 그러자 상대방에서는 얼굴은 보지 않았지만 젊은 아가씨로 추측되는 명랑한 목소리로 답을 해주었다.

"그럼요. 여기는 완도 화흥포 선착장이라는 곳인데요, 이곳에서 보길도에 가는 배는 아침 7시에서 오후 5시까지 모두 7번 왕복합니다. 그리고 보길도에서 해남으로 가신다고 하셨는데 그것은 보길도 청별 선착장으로 문의하셔야 합니다. 제가 전화번호를 알려 드리겠습니다."

전화번호를 알려 주는 직원에게 나는 정중하게 고맙다는 인사를 남긴 후 청별 선착장으로 전화를 했다. 그러자 그곳 역시 얼굴은 보이지 않았지만 나이가 어느 정도는 들었음직한 아주머니가 전화를 받았다.

"수고 많으십니다. 여기는 서울인데요, 저희가 서울에서 완도를 거쳐서 보길도에 갔다가 해남으로 가려고 하는데 보길도에서 해남 가는 배 시간을 알고 싶어서 전화 드렸습니다."

"아! 그래라우?"

짙은 전라도 사투리로 전하며 말을 이어 갔다.

"아침 첫 배는 7시고 저녁에는 4시 40분 배가 막배지라우. 그란디 비가 오고 바람이 많이 불면 배가 오도 가도 못해라우."

아주머니는 내가 묻지도 않은 말까지 친절하게 답을 해주고 있었다. 그 말을 듣는 순간 나는 미처 생각지 못한 변수가 있을 수도 있다는 것을 깨달았다.

그렇다. 서울 생각만 하고 기상에 의해서 배가 움직이지 못할 수도 있다는 생각을 미처 감안하지 않았던 것이다.

"그러면 완도 화흥포 선착장에서도 비나 바람이 불면 배가 못 다닙니까?"

그 생각이 나기에 얼른 질문을 했더니 아주머니는 당연한 것을 왜 묻느냐는 듯이 짙은 전라도 사투리로 답했다.

"그라지라우. 여기는 못 뜨는데 거그서는 배가 뜨겄소?"

나는 궁금하기도 하면서 은근히 한편으로는 장난기가 발동해서 다시 물었다.

"완도 화흥포 선착장에서 배가 못 가면 보길도 가는 것을 포기하고 다른 곳으로 여행지를 바꾸면 되지만, 보길도에서 배가 못뜨면 오도 가도 못 하고 죽치고 앉아 돈만 쓰고 말겠네요?"

그러자 내 말이 무언가 해답을 구하기보다는 장난기가 섞였다는 것을 알았는지 아주머니는 얼른 되받았다.

"왔다! 돈 많은 서울 사람들이 멋이 걱정이랑가 여러 날도 아니고 하루 이틀이면 되는디!"

"그 말씀이 맞는 말씀일 수도 있기는 하지만 이번 여행은 어른들이 가는 것이 아니고 학생 15명을 인솔해서 가는 겁니다. 그래서 걱정을 하는 거죠."

"오메! 그람 전화하시는 분이 선상님이요? 난 그런 줄도 모름서 쓸데없는 야기를 해부렸네요. 선상님이니까 당연히 걱정을 하시것지만, 학생들도 돈이 많응께 오제 가난한 학생이 오것소? 그러니 너무 걱정은 마시오."

아주머니는 웃음을 섞어 가면서 별 탈 없을 것이라고 안심이라도 시켜 주고 싶은 듯이 말했다. 그 마음을 알기에 나 역시 웃으면서, 하여튼 보길도 구경이나 안전하게 했으면 좋겠다고 하며 고맙다고 했지만 아주머니는 전화를 끊지 않고 물었다.

"언제쯤 오시오?"

"12월에 방학을 하니까 12월 25일에 갈 예정입니다."

"그랴요? 그때 여그 오시면 전화 주쇼잉?"

단 한 번 통화를 했는데 오면 전화를 달라는 친절이 고마워서 고맙다고 다시 인사를 하려는데 아주머니가 말을 이었다.

"그람 숙박지는 정했소?"

"아니요. 숙박은 거기 도착해서 정할 거예요!"

"저런, 숙박도 안 정했구만! 청별 선착장 옆에 깨끗한 민박집이 있는데 거그 잡아드릴까요?"

"그 민박집 깨끗해요?"

"보길도에서는 선창민박집하면 제일 크고 깨끗하지라우. 거기에 숙소를 잡을까요? 놀러 오믄 숙소가 제일 문제지 뭣이 문제라요? 몇 명이나 되는지 말만 하시오."

처음 통화를 하는데 내가 묻는 말 이상으로 대답을 해주는 것이 싫기보다는 의외로 믿음직한 마음이 들었다. 나는 이렇게 친절을 보여 주는 분이라면 허튼소리는 하지 않을 것이라는 생각에 그날까지 파악된 15명에 혹시 추가 인원이 있을 수도 있다는 생각으로 20명을 예약하고 내일이나 모레까지도 추가 지원자가 없으면 다시 전화를 하는 것이 낫다는 생각이 들었다.

"고등학생들 20여 명인데 방 하나에 몇 명이나 잘 수 있어요?"

"여자들 안 데꼬 오면 여섯 개면 되것네!"

"그래요? 그러면 그렇게 예약해 주시겠어요? 그리고 만일 인원 변동이 생기면 제가 즉시 연락을 드릴게요."

"알엇소! 나중에 오면 나한테 소개비 많이 주쇼잉!"

아주머니는 예약은 자신이 하지만 혹시 필요한 사항이 있으면 직접 그 집에 알아보라고 하면서 민박집 전화번호를 알려주고 나서야 전화를 끊었다.

나는 한편으로는 우연히 한 전화로 숙소를 예약한 것이 불안하기도 했지만, 한편으로는 다행이라는 생각이 들었다. 원래대로 한다면 사전 답사를 가서 정확하게 눈으로 보고 모든 것을 처리하는 것이 원칙이겠지만 먼 거리이다 보니 시간이 허락하지 않아서 갈 수 없었기에 한편으로는 숙소 등등이 걱정이었는데 친절한 아주머니를 만났다는 생각을 지울 수 없었다. 하느님께 감사한다는 마음이 저절로 들었다. 어쩌면 이것이 무탈하게 여행을 마칠 수 있다는 것을 암시해 준다는 한 걸음 더 나간 생각까지 드는 것이 이상스럽게도 기분이 좋았다.

기분이 좋아지자 이번에는 내친김에 전화로나마 근사치에 해당하는 여행 경비도 산출하고 여행지의 식당 등 대략적인 것들을 알아보고 싶었다. 고향에 아직도 살고 있는 친구들에게 전화를 해서 그곳의 식당 현황과 가격 등을 물어보고 보길도에 예약한 민박집에도 전화를 해서 가격 등을 점검하는 한편 완도까지 걸리는 시간과 나머지 행선지에서 이동에 필요한 시간 등등을 계산하여, 완전하게 정확한 것은 아니지만 거의 근사치에 해당하는 경비와 여행계획을 수립하고 나니 훨씬 더 마음이 놓였다.

다음 날 다시 한 번 대원들을 소집했는데, 4명의 학생이 저희들도 여행을 가기로 부모님께 허락받았다며 모임에 참석했다. 나는 속으로 추가 인원이 있을 것 같은 예감이 들었는데 한 사람이라도 더 많이 참여해 준다는 것에 감사하면서 어제 수립한 정보에 의해서 작성된 여행계획서를 한 장씩 나눠 주었다. 그리고 역시 어제 수립한 정보에 의해서 산출된 여행경비를 구체적으로 명시한 여행비용 산출서도 한 장씩 배부해 주었다. 서울에서 광주까지의 기차경비, 광주역에서 완도행 버스터미널까지의 버스비용, 광주에서 완도 선착장까지의 버스비, 완도 화흥포 선착장에서 보길도까지의 뱃삯, 보길도에서 1박 숙박비, 보길도에서 해남 땅끝마을까지의 뱃삯, 해남 땅끝마을 선착장에서 해남읍까지의 버스비, 해남에서 1박 숙박비, 해남 일원 관광비 등을 포함 목포 관광과 서울까지의 교통비와 2박 3일간 7끼의 식대를 세세하게 명시한 경비 명세서였다. 여행경비는 방학 전날까지 납부하도록 지시한 후 다음 주 방학하기 전에 한 번 더 모일 것을 전달하면서 그날 모임을 마쳤다.

그리고 교무실로 올라와서 예약이 필요한 각각의 교통편에 예약 전화를 하고 나니 벌써 마음은 보길도에 다가가 있었다. 내 마음이 이런데 학생들은 얼마나 더 마음이 설렐까 하는 생각이 들자 미리 답사를 못 하고 계획을 수립한 것이 미안하기도 했지만, 한편으로는 이런 내 마음을 알아주고 누군가가 도움을 준 것이라는 생각에 저절로 머리 숙여 고맙다는 인사를 하고 싶었다.

12월 23일 방학식을 끝내고 겨울 캠프에 참가하는 대원들을 소집했다.

"드디어 방학식을 하고 여러분이 그렇게도 기대하던 해양 소년단 겨울 캠프를 출발하게 되었다. 출발 시간은 모레, 그러니까 12월 25일 오전 8시에 서울역에서 광주행 기차를 타는 것으로 시작된다. 여러분들은 내일은 집에서 부모님 말씀 잘 듣고 필요한 물품들을 차근차근 준비해서 모레 오전 7시 30분에 서울역에서 광주로 출발하는, 광주행 열차 개찰구에 집결하면 된다. 이미 수차례 해양소년단 모임에서 강조한 바와 같이 단체 생활은 무엇보다 시간을 엄수하고 약속을 철저히 지켜야 한다. 만일 한 사람이 약속을 지키지 않거나 시간을 지키지 않아서 1분을 허비한다면 한 사람에게는 1분이겠지만, 여기 모인 전체가 각각 1분씩을 낭비하는 것이니 도합 20분이라는 시간을 허비하는 것과 같은 계산이 되는 것이다. 더더욱 이번 여행처럼 시간이 정확하게 지켜져야 출발을 하는 열차와 배편을 이용하는 상황에서 만일 시간을 지키지 않는다면 그 사람은 낙오할 수밖에 없는 것이니 반드시 시간을 지켜 주기 바란다.

그리고 우리가 여행을 떠나면서 집에서는 부모님께 잘 보고를 드리고 떠나야 하듯이 학교에서는 학교의 가장 어르신이신 교장선생님께 인사를 드리고 떠나는 것은 당연한 일이다. 그렇다고 모레 다시 학교에 나왔다가 갈 수 없으니 오늘 교장선생님께 인사를 드리고 떠나도록 하겠다. 내가 가서 교장선생님을 모시고 올 때까지 여러분은 지금 정렬한 상태로 갑판장의 지휘하에 질서를 유지하며 대기해 주기 바란다."

교육은 매사 일치하는 모습을 보이는 것이 학생들에게 반복해서 교육하는 효과를 볼 수 있다. 평소에는 어른을 공경하라고 하면서 막상 여행을 간다니까 어른에게 인사도 드리지 않고 떠나는 모습을 아이들에게 보이지 않기 위해서 나는 일부러 교장선생님의 훈화 부분을 프로그램에 추가했고, 사전에 교장선생님의 허락도 득해 놓은 상태였다.

내가 교장실로 가서 해양소년단 학생들이 모여 있다는 사실을 보고 드리고 교장선생님과 함께 모습을 드러내자 자신들 딴에는 서로 주의하자는 의미인지 수군거렸다.

"야! 움직이지 마. 교장선생님 오시잖아."

그 수군거리는 소리가 귀엽게 들렸다. 어른을 공경해야 한다는 내 말이 자신들에게는 어른들 앞에서는 정숙하고 바른 자세를 취해야 한다는 말과 같은 말로 들렸던 것이다.

교장선생님께서 대열 앞에 서시자 갑판장이 힘차게 구령을 했다.

"전체 차려! 교장선생님께 대하여 경례!"

"충성!"

우렁찬 구호와 함께 거수경례를 하는 모습이 옆에서 보는 나에게는 조금 전의 귀엽게 보이던 모습과는 다르게 늠름해 보였다. 아직 고등학생들이지만 골격은 어른 못지않게 갖추고 있는데다가 거수경례하는 모습을 보니 귀여운 게 아니라 늠름하게 보였던 것이다.

"우선 이렇게 겨울 캠프를 떠나는 여러분에게 축하의 말을 전한다.

왜냐? 사람이 무언가를 결정하고 그것을 실행으로 옮길 때는 다 의미가 있는 것이고 그 의미를 축하한다는 것이다. 특히 여러분처럼 고등학교 시절에 입시공부에 쫓긴다는 생각에서 잠시라도 벗어나 해양소년단원으로서 바다를 보면서 마음과 몸을 가다듬기 위해서 떠날 수 있다는 것은 더더욱 축하할 일이다.

아울러 교장으로서 여러분에게 한 가지 조언을 하자면, 이번 여행이 단순히 바다를 보면서 심신을 단련시키는 여행이 아니라 여러분이 가는 그 지방의 풍속이라든가 전해져 오는 옛이야기나 무엇이든지 허투루 듣거나 넘기지 말고 기억을 하든지 아니면 메모를 하든지 남겨 오라는 것이다. 앞으로 여러분이 살아가는 동안에 반드시 도움이 될 것이다. 특히 여러분이 가는 지방의 역사적인 사실은 가슴에 새겨 두는 것이 앞으로 원대한 꿈을 펼치며 사는 데 반드시 도움이 될 것이다.

끝으로 가장 중요한 것은 무엇보다 안전이다. 아무리 좋은 여행을 해도 안전사고가 난다면 무슨 소용이 있겠는가? 지도하시는 대장님의 말씀 잘 듣고 아무쪼록 의미 있고 재미있으면서도 무엇보다 안전한 여행 즐기고 돌아오기를 바란다.

이상."

여기서 하나 혹시 이해가 가시지 않는 분들을 위해서 첨언하고자 한다.

해양소년단에서는 지도교사를 선대장이라고 칭하고 학생

중에서 선발된, 즉 대원 중에서 선발된 대장은 갑판장이라고
칭한다.

약속한 25일. 나는 오전 7시에 서울역에 도착했다.

이미 어제 일부러 서울역에 나와 우리가 예약한 새마을호
차비를 지불하고 왕복 기차표를 받아 놓기는 했지만 대원들을
기다리게 할 수 없다는 생각에서 내 딴에는 일찍 간 것인데 이
미 대원들의 대부분이 나와 있었다.

하기야 태어나서 처음 완도에 가는 대원들이 대부분이었고,
이렇게 장거리로 가는 기차를 처음 타 본다는 대원은 물론, 아
예 태어나서 전철이 아닌 기차는 처음 타 본다는 대원도 있었
으니 그들에게 이번 여행이 얼마나 설레게 하는 여행인지는
대충 짐작이 가는 일이다. 모름지기 어제 밤을 거의 뜬 눈으로
새운 대원도 있었을 것이다.

우리도 초등학교 시절에 소풍을 가기 전날에는 밤잠을 설치
고 중·고등학교 시절에는 여행을 가기 전날 밤잠을 설치던 것
은 기본이었다. 그 당시에는 교통편도 그렇고 해서 당연히 여
행이라는 단어 자체가 낯설었던 때이니 더더욱 그랬다. 그렇
다고 요즈음 학생들이 여행을 더 많이 다니는 것도 아니다. 입
시라는 무게에 짓눌려서 방학이 되어도 제대로 놀러 한번 못
가는 것은 오히려 우리 세대보다 더한 것 같다. 아니, 실제로
더했다.

이번 여행이 아이들의 그런 가슴을 조금이라도 시원하게
해주었으면 더 이상 바랄 것이 없다는 바람과 함께 4명씩 조

를 편성해 주었다. 기차 좌석표를 나누어 주고 옆 좌석과 마주보는 좌석, 그러니까 옆 사람과 앞사람 그리고 옆 사람의 앞사람 이렇게 4명씩 조가 되는 것이다. 좌석표를 나누어 주는 나 역시 좌석표 번호를 보지 않고 임의로 한 장씩 나누어 주었다.

"지금 여러분에게 나누어 준 기차표는 기차를 탈 수 있는 표이면서 여러분의 조를 편성하게 되는 표다. 이제 열차에 승차를 해서 자리에 앉게 되면 네 사람이 한 좌석에 앉게 되는 데 그 네 사람이 같은 조다.

무슨 소리냐 하면 좌석번호에 따라서 앉다 보면 옆자리에 마주보는 자리에 두 사람이 앉게 되어 모두 네 사람이 같은 좌석을 형성한다. 그 사람끼리 같은 조라는 거다.

무슨 얘기인지 모르겠으면 일단 차에 승차해 보면 쉽게 알 수 있다. 그러니 지금 좌석번호를 가지고 우왕좌왕하지 말고 내 이야기를 먼저 들어라."

나는 학교에서 조를 편성하지 않고 기차표에 의해서 무작위로 편성한 조에 대해서 설명하기 시작했다.

"지금 편성된 조는 일부러 나눈 것도 아니고 기차표에 의해서 자동으로 정해진 조다. 이번 조는 지금부터 이번 여행이 끝날 때까지 유효한 조다. 이번 여행하는 동안 지금 짜여진 조끼리 모든 행동에 공동 책임을 지면서 행동한다. 즉, 조별로 행동한다는 것이다. 물론 갑판장을 통해서 지시를 하는 것도 있지만 전체를 나 혼자서 통제하기 힘드니까 지시를 받고 나면 조별로 움직이게 된다는 것이다.

이렇게 기차표 번호에 따라서 조를 편성한 이유는, 누구와 친하고 누구와는 덜 친하고에 따라서 조를 나눈다면, 여러분에게 주어지는 이번 여행은 친한 사람끼리 뭉쳐서 친하지 않은 사람과는 대화조차 할 기회를 갖지 못하게 될 것이다. 하지만 그런 문제를 떠나서 이렇게 자연적으로 조를 편성했으니 지금부터는 같은 조에 속한 사람과 허심탄회하게 대화를 나누면서 만약 지금까지 친하게 지내지 않았다면 이번을 기회로 서로 친하게 지내는 사이가 되어 보아라. 여러분은 모두 서라벌고등학교 해양소년단 대원으로 마음을 터놓고 이야기할 수 있는 사이다. 자신이 속해 있는 조끼리 서로를 격려하고 단합해서 이번 여행을 무사히 끝내고, 여행이 끝나는 순간 마음을 터놓을 수 있는 귀중한 친구 한 사람을, 또한 선배와 후배 한 사람을 새로 얻었다는 기쁨을 누릴 수 있기를 바란다."

　내 설명을 듣고 대원들은 의외로 조용했다. 나는 서로 친한 사람을 찾으려고 번호를 보고 서로 번호를 묻고 우왕좌왕한다면 낭패라고 생각했는데 의외로 내 말에 전적으로 수긍하는 기색이 보였다.

　"좋다. 내 말에 적극 동의하는 것으로 알아도 되겠나?"

　"예!"

　대원들이 기분 좋게 대답해 주었다.

　"좋다. 그럼 전원 승차한다. 그리고 자신의 조원을 확인하고 조장은 무조건 학년이 높고, 같은 학년이면 반이 빠른 사람, 그것도 같으면 번호가 빠른 사람으로 자동으로 정해지는 거다. 1학년끼리 혹은 2학년끼리 같은 조가 될 수도 있지만 지금 조장을 정하는 규칙을 쉽게 이해하겠지?"

"예!"

"좋아. 전원 승차."

광주행 새마을 열차에 탑승하고 3시간 후인 11시경에 광주에
도착할 때까지, 대원들은 잠도 자지 않고 각각 조별로 무슨 할
이야기가 그렇게도 많은지 입을 다물지 않았다. 얼마나 서로에
게 이야기도 하고 또 이렇게 자유롭게 재잘거리고 싶었을까?

한참 그럴 나이에 집에서나 학교에서나 오로지 '공부, 또 공
부' 소리만 듣고 자라고 있는 아이들에게 차라리 미안했다.

광주에 도착해서 대합실문을 나서기 전에 학생들을 모아 놓
고 지시했다.

"여기서 완도행 시외버스를 타는 터미널까지는 택시로 약
5분이 걸린다고 한다. 그곳에 집결해서 점심식사를 한 후 12시
30분에 출발하는 완도행 시외버스를 탈 예정이다.

오늘 편성된 조별로 택시를 타고 이동해서 완도행 시외버스
터미널에 집결한다. 열을 맞춰서 모두 함께 이동해도 좋겠지
만, 그렇게 되면 시간이 너무 많이 걸리는 관계로 부득이 택시
로 이동하기로 했다. 아울러 여러분에게 최대한 자유와 스스
로 선택하는 의지에 대한 결정권을 주기 위해서 조별로 움직
이라는 것이다.

참고로, 길을 잃거나 하면 어떻게 하라고 했나?"

"파출소요."

아이들은 이구동성으로 대답했다. 이미 서울에서 만일 여행

중에 길을 잃게 되면 가장 가까운 파출소를 찾아가라고 일러 둔 터였다. 그러면 찾는 쪽에서도 파출소를 찾아가서 연락을 하면 서로 연락이 잘 된다는 것은 두말할 필요도 없던 것이다.

지금처럼 휴대폰이 발달한 시대라면 그런 걱정 같은 것은 할 필요도 없었겠지만, 그 시절에 있는 것이라고는 집 전화와 공중전화가 전부인 시절이다 보니 당연히 그렇게 교육을 했던 것이다.

"그래. 잘 숙지해 줘서 고맙다. 택시를 타고 가는 길이니까 그럴 리는 없겠지만 설령 이번뿐만 아니라 앞으로 이동 중에 언제라도, 만일 길을 잃거나 하면 그 근처에서 가장 가까운 파출소로 가라고 한 것을 잊지 마라. 선생님 역시 너희들을 파출소를 통해서 찾아야 하니까. 알겠지?"

"예!"

아이들의 우렁찬 대답 소리가 믿음직스러웠다.

"자, 그럼 각 조별로 이동해서 터미널에서 만나자."

나는 아이들이 모두 출발하는 것을 보고, 네 명을 한 조로 나누다 보니 19명이라 나중에 세 명이 한 조가 된 마지막 조와 같이 택시를 타고 터미널을 향했다. 분명 우리가 가장 늦게 출발한 조가 된 것이다.

모든 대원이 도착해 있을 것이라고 생각하며 터미널에 도착했는데 4명이 보이지를 않았다. 혹시 다른 길로 오는 수도 있고, 그 길이 막힐 수도 있으니 처음에는 당연히 아무런 생각도 없었다. 그런데 5분여를 더 기다리자 불안한 마음이 들어서 걸

잡을 수 없었다.

5분이면 도착하는 거리인데 5분을 더 기다려도 도착하지 않는다. 분명히 택시를 타고 떠나는 것을 보았다. 차량 번호는 적지 않았지만 분명히 보았다. 만일 택시를 타는 것을 보지 않았다면 혹시 걸어오느라고 시간이 걸린다고 생각할 수도 있지만, 이건 그런 식으로 위안을 삼을 일이 아닌 것 같았다. 당시 내 아들도 열다섯 살 때이므로 나 역시 부모이자 학부모로서 학생들이 눈에 보이지 않는 것에 안절부절하는 것은 당연한 일인지도 모를 일이었다.

그렇게 초조해하는 가운데 10여 분이 더 지나자 나는 도저히 가만히 있을 수가 없었다. 그렇다고 나머지 15명의 대원들을 모르는 체하고 4명의 대원만을 찾겠다고 나설 입장도 아니다 보니 일단은 점심 식사를 하러 가자고 하면서 터미널 근처 식당에 가서 학생들이 먹고 싶다는 것을 주문해 주고 계산을 마친 후 다시 학생들이 있는 테이블로 다가갔다.

"아직 대원들 중 4명이 오지 않았으므로 나는 우선 터미널에 다시 한 번 들렀다가 그곳에 아직도 도착을 안 했으면 근처 파출소에 가서 여기저기 수소문을 해 볼 테니 대원들은 점심 식사를 마치는 대로 조별로 절대 흩어지지 말고 터미널로 곧장 귀환하기 바란다. 12시 30분 완도행 버스를 타야 하니 서둘러서 먹고 다시 터미널로 집결해 주기 바란다."

"대장님은 점심 안 드세요?"

학생들을 대표해서 갑판장이 물었다.

"그래, 나중에 시간 봐서 알아서 먹을 테니 여러분은 식사하고 터미널에서 보자."

마음 같아서는 지금 내 목에 밥이 넘어갈 수 있겠냐고 신세 한탄이라도 하고 싶었지만 학생들 앞에서 감정을 드러내 보일 일도 아니었다. 설령 무슨 일이 일어났다고 해도 내가 먼저 태연해야 하는데, 아직 일어나지도 않은 일을 가지고 걱정하는 꼴을 아직 어린 대원들에게 보이고 싶지 않았다.

나는 터미널에 다시 한 번 가 보았지만 역시 4명의 대원들의 모습은 보이지 않았다. 나는 터미널에 근무하는 직원에게 근처 파출소를 물어서 그곳으로 갔다.

파출소에 들어서자 나는 앞에 앉아 있는 경찰에게 내 신분을 밝히고 사건 내용을 자세히 설명했다.

"그러니까, 지금 선생님의 학생들 중 4명이 사라졌다 그 말씀이십니까?"

"그렇습니다. 분명히 나보다 먼저 출발했는데 10분을 넘게 기다려도 오지를 않아서요."

"광주역에서 터미널은 아무리 차가 막히고 난리를 친다고 해도 10분이면 떡을 칠 텐데 참 희한한 일이기는 합니다. 그렇다면 선생님께서는 아이들이 납치나 사고를 당했을 것 같다 뭐 그런 말씀이십니까?"

내 신고를 받은 경찰의 입에서 납치와 사고라는 소리가 나오는 순간 나는 다시 한 번 맥이 **빠**지는 것을 느꼈다.

그런 내 마음을 읽었는지 신고를 받던 경찰이 정색을 하면서 말을 이었다.

"오해는 마십시오. 꼭 납치나 사고를 당했다는 것이 아니라 그런 생각이나 불안함이 드셔서 신고하시느냐 그 말씀입니다."

"글쎄요? 납치나 사고까지는 생각해 보지 않았습니다만, 혹시 4명이 어찌 잘못된 것이 아닐까 해서 이렇게 찾아봐 달라고 쫓아온 것입니다."

"알겠습니다. 걱정하시는 마음 충분히 이해할 것 같습니다. 여기저기 수소문을 해 볼 테니 잠깐만 기다려 주십시오."

신고를 받은 순경은 여러 군데 전화를 했지만 이렇다 할 소식을 듣지 못했는지 전화 수화기를 내려놓을 때마다 미안한 표정을 지으며 나를 쳐다봤다. 그리고 두어 군데 더 전화를 하더니 수화기를 내려놓으면서 말했다.

"광주에 있는 파출소와 택시회사에 모두 전화를 해 보았지만 아무런 소득이 없습니다. 이상하게 들리실지 모르지만 아직 파출소나 택시회사에 아무 소식이 없다는 것은 사고는 아니라는 것이 분명합니다. 그리고 택시회사에서 택시에 누구를 태웠는지 일일이 알 수 없으니 학생들이 탔는지 아닌지는 모르겠지만 적어도 사람을 납치할 정도의 흉악범들은 택시 운전수로 고용을 안 한다고 하니 걱정되시더라도 일단 기다려 보시면 아무 일도 없을 것 같기는 합니다. 그리고 뭐한 말이지만 고등학생 건장한 청년 네 명이 쉽게 무슨 일을 당하기야 하겠습니까?

상황을 설명하고 연락을 달라고 했으니 새로운 소식이 있으면 연락이 올 것입니다. 너무 걱정은 마십시오."

내 마음을 충분히 이해할 것 같지만 자신으로서도 어쩔 수 없다는 표정을 지으며 경찰은 내게 미안한 마음을 전했다. 나로서도 무어라 할 입장도 아니지만 타들어가는 속을 달랠 길은 없었다. 다만 나머지 대원들의 일정도 중요한 일이기에 마냥 머물 수도 없는 입장인 것은 분명했다.

"아까 말씀드린 바와 같이 나머지 15명의 대원들이 저를 기다리고 있어서 더 이상은 저도 지체할 수가 없습니다. 저희들은 12시 30분 버스로 완도 화홍포 선착장으로 갑니다. 혹시 연락이 오는 것이 있으면 그리로 연락 부탁드립니다. 그리고 저에게 전달해 달라고 말씀 좀 해주십시오.

그 다음 완도에서 3시 30분 배로 보길도에 가는데, 이건 보길도에서 저희들이 머무를 민박집 전화번호입니다. 3시 30분이후에 무슨 연락이 되면 그리로 전화를 주셔도 됩니다. 만일연락이 오기 전에 저희가 먼저 도착하게 되면 제가 가는 곳에서 먼저 전화를 드리겠습니다.

오늘 저녁에 학교에서 선생님 두 분이 오시기로 되어 있으니 제가 필요하면 그분들에게 학생들을 부탁하고 다시 나오는한이 있더라도, 일단 학생들을 보길도에 보내야 하니까 저는이만 가 보겠습니다. 부탁드립니다."

도저히 발길이 떨어지지 않았지만 그렇다고 내가 여기 머물러있는다고 뭔가 해결이 되는 것도 아니다. 더더욱 나머지 15명의 대원들까지 완도와 보길도행을 포기하고 광주에 주저앉게할 수는 없는 일이었다. 그런 내 마음을 이미 짐작한 경찰은다시 한 번 나를 위로해 주었다.

"걱정 마십시오. 혹시 연락이 오면 저희들이 어떻게든 안전하게 보길도로 보내 주든지 아니면 이곳에서 보호를 하고 있든지 학생들에게는 아무런 일도 없이 돌봐 주겠습니다. 선생님 마음이야 오죽 답답하시겠습니까만 나머지 학생들도 인솔하셔야 하니 어서 가 보십시오. 시간이 다 돼 갑니다."

나는 다시 한 번 연락 부탁한다는 말을 남기고 서둘러 터미널로 향했다.

나머지 15명의 대원들을 다시 한 번 점검해서 버스에 올랐다.

완도까지는 두 시간 정도 소요되는 거리라고 했다. 나는 그 두 시간을 아무런 연락도 못 하면서 가야 할 것을 생각하니 답답해서 미칠 것 같았다. 버스에 오르는 순간부터 버스에서 내리면 파출소로 전화를 할 것이라고 아까 상담했던 경찰관의 직통 전화번호를 손에 꼭 쥐고 앉아 있었다.

버스가 두 시간을 달리는 동안 정말이지 머릿속에서는 온갖 생각이 쳇바퀴를 돌고 있었다. 만일 완도에 내려서도 아무런 연락이 없다면 보길도 민박집으로 전화를 해서 학생들을 보내고 나는 다시 광주로 나올까 하는 생각도 해 봤다. 하지만 그건 더 위험한 일인 것 같았다. 그렇다고 네 명의 학생들 소식도 모르면서 보길도로 간다는 것도 너무 무책임한 것 같아서 어떻게 하는 것이 옳은 것인지만 생각하면서 두 시간을 보냈다.

그런데 이게 웬일인가?

버스가 터미널에 들어서는 순간 내 눈에 보이는 것은 사라져서 내 애간장을 태우던 바로 그 네 명의 대원들이 아닌가?

나는 눈을 의심하지 않을 수 없었다.

우리가 광주에 도착한 후 가장 빠르게 출발하는 버스를 타고 완도에 왔다. 그런데 버스터미널에는 나타나지도 않았던 네 명이 완도 버스터미널에 있었다.

나는 다시 한 번 눈을 비비고 보는데 버스가 정차했다.

한걸음에 버스에서 내리자 이미 터미널에 있던 네 명의 대원들이 나를 확인했는지 내 쪽으로 뛰어오고 있었다.

"대장님!"

네 명이 부르짖는 소리가 마치 천둥이라도 치는 것처럼 크게 들리면서 귀가 뻥 뚫려 그동안 머릿속을 어지럽히던 모든 것이 사라지고 가슴까지 시원해지는 것 같았다. 아니 실제로 머리와 가슴이 시원해지는 것이 몸 전체에 느껴졌다.

다른 대원들이 버스에서 내리면서 제각기 한마디씩 했다.

"야, 너희들 어떻게 된 거야?"

"얼마나 걱정했는지 알아?"

"너희들 찾느라고 대장님은 점심도 못 드셨어?"

"밥은 먹었니? 너희들 걱정돼서 우리들도 밥도 제대로 안 먹었어."

"걱정이 되니까 밥도 안 들어가더라. 그래서 우리 대부분이 반도 안 먹고 왔어. 그 식당 주인이 맛이 없어서 그러냐고 묻는데 대답도 못 하고 미안해서 혼났어."

녀석들도 말을 안 해서 그렇지 내심 엄청나게 걱정을 하고 있었던 것은 틀림이 없었다. 같이 식당에 있지 않아서 모르던 일이지만 아침도 제대로 먹지 못 하고 떠난 여행인데, 한참 먹

을 나이인 저 나이에 점심을 반도 못 먹고 나올 정도로 걱정을
한 것이다.

대원들이 한마디씩 하고 나자 먼저 도착해 있던 조의 조장
이 궁여지책의 변명을 했다.

"택시를 타고 분명히 완도행 버스터미널에 가자고 했는데
여기로 데리고 오잖아요."

아뿔싸!

원인은 그거였다.

학생들 딴에는 완도행 버스터미널이라고 말한 것을 택시기
사는 완도 버스터미널로 들은 것이고 지리를 모르는 학생들은
그저 가는가보다 하고 앉아 있었던 것이다.

"선생님이 역에서 터미널까지 5분 걸린다고 했는데 못 들었
어?"

대원 중 하나가 물었다.

"그러게 그게 이상하기는 했어. 그래서 이상하다고 생각하
는데 다리가 나오는 거야. 그래서 그때 물었더니 완도라는 거
야. 돌아갈 수는 없다고 생각하고 우리가 완도행 버스터미널
가자고 했지 않느냐고 했더니 완도 버스터미널 가자고 하지
않았냐는 거예요. 돌아갈 수도 없고 해서 택시비가 얼마냐니
까 원래 완도까지는 4만 원 이상으로, 완도 터미널까지는 5만
원은 받아야 하는데 자신도 잘못 듣고 학생들도 정확하게 이
야기를 안 했으니 3만 원만 달라는 거예요. 그래서 우리들이
여행가서 쓰라고 부모님께서 주신 용돈 모아서 드렸죠."

대원들의 이야기를 듣고 나자 나는 무엇보다 먼저 다행이라

는 생각이든 것은 사실이지만, 한편으로는 우습기도 하고 한편으로는 화가 나는 일이었다. 설령 서로 의사소통이 어려웠을 수도 있다지만 아무리 그렇더라도 한국 사람끼리인데 완도행 버스터미널과 완도 버스터미널이 구분이 안 돼서 이런 일이 벌어진다는 것은 이해가 안 되는 일이었다.

대원들이 무사히 완도에 도착한 것만 가지고도 더 이상 다행일 수도 없고 그냥 웃어넘길 수도 있는 일이지만 그동안 나를 비롯한 나머지 대원들의 마음고생을 생각하면 저절로 화가 났다.

어쨌든 간에 내가 방문했던 파출소에 연락은 해주어야 한다는 생각에 나는 공중전화에서 파출소로 전화를 해서 상세하게 경위를 설명해 주었다.

"아, 그랬습니까? 다행입니다. 저도 너무 걱정도 되고 해서, 그렇지 않아도 지금까지 혹시 연락이 온 것이나 사고 접수된 것 없는지 계속 연락을 취하고 있었습니다.

정말 다행입니다."

나와 통화를 하던 경찰관은 자신의 일이 해결된 것만큼이나 기쁜 목소리로 전화를 받았다.

"감사합니다. 그런데 이건 너무한 것 아닙니까? 학생들이 택시를 타고 행선지를 이야기했을 때 긴가민가하면 다시 확인을 했어야 하는 거 아닌가요? 솔직히 누가 보아도 학생들인데 그 애들이 무슨 돈이 있다고 광주에서 완도까지 택시를 타겠습니까? 상식적으로 말이 안 맞잖아요? 그 택시 운전사 고의로 그런 것 아닌가요? 택시 영업도 안 되고 하니까?"

"글쎄요. 선생님 말씀을 들으니 그럴 수도 있겠지만 택시비 3만 원 받았으면 고의는 아닌 것 같습니다. 대개 완도까지는 가는 곳에 따라서 조금은 다르지만 4, 5만 원 받는 것이 맞습니다. 그런데 자신도 잘못을 인정해서 3만 원 받은 것을 보면 고의는 아닌 것 같네요. 정 선생님께서 그 택시를 수배해 달라고 하시면 어쩔 수 없지만…."

경찰관의 말을 듣자 그게 맞다는 생각이 들었다. 고의였다면 순순히 3만 원으로 깎아 주겠다고 먼저 제의를 하지 않았을 것이다.

"경찰관님 말씀을 들으니 그러네요.

공연히 수배 같은 것을 원해서 드린 말씀은 아닙니다. 아이들 때문에 속 태운 생각을 하니 하도 속이 뒤집어져서 그런 것이지 뭐 다른 의미는 없습니다."

"예. 무슨 말씀인지 압니다. 저도 이렇게 속이 탔는데 선생님께서야 오죽하셨겠습니까? 하지만 아이들이 무사하게 완도에 도착한 것에 감사하시고 이제 다 잊으시고 즐거운 여행 되십시오."

맞는 말이었다. 아이들을 잃어버렸다고 생각했을 때는 어떻게든 무사하기만을 빌었었는데 막상 눈앞에 보이니 택시기사가 어떻고 하는 마음이 드는 것은 어쩔 수 없는 인간의 갈대같이 약한 마음 탓이리라. 당장 어려운 일이 벌어지면 이것만 해결되면이라고 마음을 다해서 애원하다가 막상 해결되고 나면 다른 문제를 짚어내기 일쑤인 것이 인간사의 일상이다. 내가 지금 그러고 있는 것 같았다.

"예. 맞는 말씀입니다. 아무튼 신경 많이 써 주셔서 고맙습니다. 아이들이 무사하다는 것 하나에 감사드리면서 즐거운 여행하겠습니다. 고맙습니다."

전화를 끊으면서 나는 혼자 피식하고 웃었다.

대원 4명의 실종사건을 마무리하고 우리는 무사히 3시 30분 보길도행 여객선에 대원 19명과 나를 합해서 20명이 승선했다.

선실에 자리를 잡고 앉자, 광주에 도착한 이후 지금까지 근네 시간 동안 조였던 마음이 보길도로 향하는 배가 '붕, 붕' 뿜어대는 뱃고동 소리와 함께 바다에 녹아들면서 포구의 어지러운 장면은 언제인지 모르는 사이에 사라지고, 저 멀리 바라보이는 섬들 사이로 조그만 고깃배들이 오락가락하는 모습처럼 내 마음도 잔잔한 바다 위를 자유롭게 떠다니고 있었다. 그러나 한번 마음에 맺힌 아픔이 있는지라 대원들을 하나하나 눈을 통해서 마음속으로 확인하고 있는 사이에 어느새 보길도 청별 선착장에 왔는지, 배에 올라 있던 차들이 빵빵거리며 순서에 따라 배에서 내리고 있었다.

배에서 내리기 전에 둘레둘레 민박집을 찾는데 자가용과 트럭들이 다 가고 나자 배에서 얼마 멀지 않은 곳에 '선창 민박'이라고 쓰여 있는 간판이 보이고, 제법 커 보이는 3층집이 눈에 들어왔다. 1층은 유리창으로 밀고 닫게 되어 있어 한눈에도 상점이 딸린 민박집이 아닌가 하는 생각이 들었다.

배에서 내려 대원들에게 위치를 말해 주자 대원들도 이미 확인하고 있던 터였다. 조별로 목적지를 향해 가게 한 후 나 역시 그쪽으로 가고 있는데, 얼핏 짐작으로 30은 넘어 보이고 그렇다고 40까지는 안 됐을 아주머니가 옆으로 다가오며 나를 바라보는 눈이, 아무래도 이 아주머니가 그때 전화로 이야기 했던 아주머니라고 생각되었다. 그런 직감이 들자 내가 먼저 인사를 했다.

"안녕하세요!"

"오메! 선생님, 안녕하시요!"

아주머니 역시 내게 반갑게 인사를 한다. 그리고 내 마음을 읽기라도 했다는 듯이 묻지도 않은 말에 대답까지 해주었다.

"지난번에 예약할 때 전화한 아주머니는 내가 아니고라, 청별 선착장 담당 안내하시는 분이고라, 나는 이 민박집 주인이요!

그 냥반은 나하고는 친구 사인데 이따 7시에 업무가 끝낭께 그때 오신당께요!"

"아 그래요!"

나는 일단 잘못 짚기는 했지만 그래도 민박집 주인을 만났으니 다행이라고 생각하는데 뒤를 돌아보며 40이 조금 넘어 보이는 남자에게 말했다.

"여보! 여기 선생님 오시네요!"

그러자 그 남자는 반가운 마음을 얼굴에 가득 담아 인사를 했다.

"아이구! 어서 오세요! 고생 많이 하셨지요잉!

얼렁 들어갑시다. 2층에 방이 8개인디 학생들 온다고 혀서 전부 비워 놓았어라우. 방값은 6개 값만 받으께요잉!"

"아이고 고맙습니다."

고맙다는 인사를 하고 2층으로 올라가서 대원들에게 방을 사용하는 지침을 이야기해 주고 고산 윤선도 선생의 유적지를 방문할 것이니 짐을 빨리 정리하고 다시 내려오라고 했다. 그리고 대원들이 짐을 정리하는 동안 저녁문제를 논의하기 위해서 다시 주인을 만났다.

"저희들 한 시간 정도 고산 선생 유적지에 갔다 올 겁니다. 지금 저희들은 20명이지만, 선생님 두 분이 완도에서 5시 배로 오시고 계시니 22명이 식사해야 합니다. 대략 7시쯤이면 좋겠습니다. 그리고 좋은 횟감 있으면 좀 부탁합니다. 돈은 따로 더 드리겠습니다."

"원 선상님도, 돈은 무슨 돈이요 물 좋은 놈 오면 같이 나눠 먹고 하는데 돈 얘기 하지마쇼 잉. 안 그래도 오늘 물 좋은 놈으로 준비 좀 해놨지라우."

넉넉한 남도 인심이 한껏 배어난 소리를 들으며 나는 대원들과 고산 선생 유적지를 향했다.

대원들을 인솔하고 고산 선생 유적지까지 걸어가는데 20분 정도 걸렸다.

도착해서 입구에 보니 〈다도해해상국립공원안내도(보길도)〉 간판과 고산 윤선도 선생 유적지 안내 간판 〈고산윤선도유적지세연정안내도〉가 있어서 일단 그곳에서 고산 선생에 대한 얼을 먼저 더듬어 보기로 했다.

〈고산윤선도유적지세연정안내도〉

조선 인조 15년 왕이 남한산성에서 청나라에 항복했다는 소식을 듣고 속세를 떠나 제주도로 가던 중 태풍으로 보길도에 배를 잠시 정박시키고 쉬다가 이곳의 경치에 반하여 제주도 가는 것을 포기하고 보길도에 머무르게 되었다. 이곳은 크게 3곳으로 나누어져 있으며 고산 선생의 거처가 있는 곳을 낙서재, 산 중턱의 사색공간을 동천석실, 부용동 입구 그 유명한 세연정으로 그렇게 3곳으로 나누어져 있다.

출처: 한국관광공사 제공 옛 시인의 유토피아 보길도

고산 윤선도 선생은 말 안 해도 다 아는 분이지만 나는 학생들과 함께 선생의 업적을 돌아보기 시작했다.

"여러분이 아시다시피 고산 윤선도 선생은 정철·박인로와 함께 조선 3대 시인 중의 한 사람으로 칭송받는 분이시다. 그분의 학문은 물론 시가에서 뛰어난 실력을 발휘하여 후세까지 칭송이 대단하신 분인데 혹시 그분의 작품을 아는 사람?"

내 질문이 나오자마자 평소 국문과를 지원한다고 하던 2학년 문과 학생이 손을 번쩍 들었다.

"예. 「오우가」요."

"「오우가」?"

"혹시 이 자리에 낭송도 하고 해설도 할 수 있나?"

"예. 해 보겠습니다."

오우가

-윤선도-

내 벗이 몇인가 하니 수석(水石)과 송죽(松竹)이라
동산에 달 오르니 그 더욱 반가워라.
두어라 이 다섯밖에 또 더하여 무엇 하랴.

구름 빛이 좋다지만 검기를 자주 한다.
바람 소리 맑다지만 그칠 적이 많아라.
좋고도 그치지 않는 것은 물뿐인가 하노라.

꽃은 어인 일로 피면서 쉬이 지고
풀은 어이하여 푸르는듯 누르나니
아마도 변치 않을 것 바위뿐인가 하노라.

더우면 꽃 피고, 추우면 잎 지거늘
솔아 너는 어이하여 눈서리를 모르느냐
구천의 뿌리 곧은 줄을 그로 인해 아노라.

나무도 아니고 풀도 아닌 것이
곧기는 누가 시켰으며 속은 어이 비었느냐
저렇게 사계절 푸르니 그를 좋아하노라.

작은 것이 높이 떠서 만물을 다 비추니

밤중 광명에 너만 한 이 또 있느냐

보고도 말 없으니 내 벗인가 하노라.

"이 시는 고산 윤선도 선생께서 당시 당쟁으로 어지러운 나라의 전세를 피하여 자연과 벗하면서 지은 시조로, 자연 안에서 인간의 편안한 삶을 추구한 것은 물론 변하지 않아야 할 인간의 절개와 밤중에 만물을 비쳐 주면서, 또 만인이 하는 행동들을 다 보면서도 아무 말 없는 달에 빗대어 인간이 살아나갈 방도를 일러 주신 교훈적인 시조입니다."

인솔자인 내가 들어도 손색없는 평이었다. 아니 이제까지 들었던 어떤 평보다도 더 훌륭하다는 생각마저 들었다. 나는 칭찬을 아끼지 않았다.

"그래, 아주 좋다. 솔직히 선생님이 한 수 배운 느낌이구나.

어쨌든 고산 선생께서는 이 작품 이외에도 우리가 익히 들어서 알고 있는 「어부사시사」 같이 훌륭한 작품을 남기신 명문장가이실 뿐만 아니라 학문에도 뛰어나서 훗날 효종이 되는 봉림대군과 그 동생인 인평대군의 스승이기도 하셨다.

뿐만 아니라 광해군 때는 이이첨이 정치를 혼란하게 한다는 상소를 올렸다가 유배를 당하시기도 했다. 인조반정으로 풀려나 고향인 해남에서 조용히 지내시다가 인조의 부름으로 여러 벼슬과 세자시강원에서 왕자들을 교육시키는 등 학문과 정치를 함께하셨지만 조정 내의 노론의 질시가 심해지자 고향에 돌아와 은거하셨다.

그 후 병자호란이 일어나자 선생의 집안 식구들과 하인들로 구성된 수백 명의 군사를 이끌고 강화도와 남한산성으로 전쟁을 도우러 갔지만, 이미 전쟁에 져 인조께서 삼전도에서 삼궤구고두례(세 번 절하고 아홉 번 머리를 조아림)의 굴욕적인 항복을 하신 것을 알고 세상을 등지기 위해서 제주도로 가던 중 보길도의 경치에 반해 이곳에서 여생을 마치기로 결심하셨던 것이다.

그 후 인조는 물론 자신의 제자인 효종의 부름에도 응하지 않으셨다. 선생께서 당시 벼슬길에 나서지 않고 멀리하신 이유는, 당시 조정을 지배하고 있던 서인들에게 남인인 자신이 입궁하면 공연히 효종이 치세하는 데 방해만 될 것을 우려해서 입궁을 거절한 것이다. 자신의 권위와 권력보다는 나라의 안정을 통한 백성들의 행복을 진심으로 바란 것이 바로 고산 선생의 진심이었던 것이다.

이미 말했듯이 우리나라 국문학사에 길이 남을 시조들은 물론 선생님께서 남기신 백성사랑의 숭고한 뜻을 우리는 잊지 말아야 한다.

우리가 이번 겨울 캠프의 행선지로 이곳 보길도와 해남을 정한 것이 바로 이런 이유라는 것을 명심하고 우리들도 사람이 진정으로 무엇을 추구하는 것이 정의로운 것인지 한 번 생각해 보는 기회가 되기 바란다."

내가 알고 있는 고산 선생에 대해서 이야기해 주자 대원들이 박수로 화답했다. 지도교사가 하는 이야기에 박수로 화답한다는 것은 말을 잘해서가 아니라 내가 말한 것에 공감한다는 것으로 생각하니 대원들에게 의미 있는 여행이 될 것 같아서 기분이 좋았다.

그러나 학생들이 박수로 화답해 준 것에 대한 고마움 이상으로, 삼궤구고두례의 치욕을 등에 지고 제주도를 향하다가 이곳 보길도에 머물러 그 모든 애증과 세속에 대한 욕심을 스스로 다스리던 고산 선생의 나라사랑으로 인해서 찢어질 듯 아픈 마음이 나를 슬프게 했다. 그리고 그 마음을 시로 승화시키신 고산 선생의 타들어가는 마음을 읽는 것 같아서 안타까운 마음 역시 금할 길이 없었다.

우리가 화수담을 비롯해서 세연지, 세연정지 등 연못을 돌아 이곳저곳을 구경하고 다시 민박집으로 와서 2층으로 올라가 짐 정리를 끝낼 즈음이었다.

뱃고동 소리가 들려 선착장을 바라보며 시계를 보니 오후 6시 20분이다. 완도에서 오후 5시에 출발하는 여객선이 들어오는 것 같았다. 어두워지고 있는 가운데 자동차들이 내리고 사람들이 내려오고 있는 데를 보니 오늘 합류해 주기로 한 고 선생과 정 선생이 배낭을 짊어지고 내려오는 것이 보였다.

"고 선생! 여기야! 여기!"

2층에서 창문을 열고 밖으로 몸을 내밀어 손짓하니까 선생님 둘이서 한꺼번에 나를 알아보고 손을 흔들며 반가워했다.

고 선생은 작년까지 우리 학교에 계시다 고향인 제주도 고등학교로 가서 국어과목을 가르치고, 정 선생은 우리 학교를 졸업하고 대학에서 수학을 전공하고 군대를 제대한 후 2년 전 우리 학교에 오신 선생님이시다. 그 분들이 겨울방학을 맞아 내가 대원들을 인솔해서 겨울 캠프를 간다고 하자 자신들도 휴가 겸 여행을 하고 싶었는데 마침 잘됐다고 하면서 행선지를 보길도로 하겠다고 한 것이지만, 그 속내는 혼자서 대원들을 인솔하는 나를 도와주고 싶다는 것임을 누구보다 내가 잘 알고 있었다. 그렇지 않아도 고마운 마음에 고 선생 같은 경우에는 제주도에 가 있어서 만나지는 못하고 한 번 보고 싶은 참이었는데 막상 이곳 보길도에서 얼굴을 보니 더 반가웠다.

대원들도 두 분 선생님을 잘 알고 있어서 새삼 인사를 시킬 필요가 없었다.

날이 완전히 어두워지고 저녁식사 시간이 되어 우리들 방 앞 마루에 식탁을 차렸는데 6개의 식탁 위에는 반찬 가짓수만도 20여 개가 넘어 상이 꽉 차도록 놓여 있었다. 나도 그렇고 아이들도 그렇고 일단은 맛도 보기 전에 배가 부른 것 같았다. 더더욱 나는 점심에 한바탕 실종소동을 겪느라고 점심도 거른 터라 배는 고팠지만 한 상 가득 차려져 있는 반찬을 보자 절로 배가 불러 오르면서 입안에는 가득 침이 고이기 시작했다.

그때 반찬을 준비하던 주인아주머니 옆에서 같이 상차림을 하던 아주머니 한 분이 우리를 보고 주인아주머니에게 무어라 말을 하니까, 주인아주머니가 나를 가리키며 한마디 했다.

"이 친구가 청별 선착장 전화 안내하는 내 친구여라우. 저번에 선생님하고 통화혀서 저희 집 소개해 준 친구여라우."

"아! 안녕하세요!"

나와 그 아주머니는 동시에 인사를 했다. 그리고 내가 한마디 덧붙였다.

"이런 좋은 곳을 소개해 주셔서 감사합니다. 덕분에 저희들이 편히 쉬다 갈 것 같아요."

"그러라우? 이 집이 넓어서 좋기는 헌디 선생님이 마음에 드신다니 나도 좋긴 좋네요! 아무튼 탈 없이 잘 쉬다 가셔요. 내일은 날씨가 좋다니까 배 뜨는 데에는 문제없을 거여라우."

아주머니는 지난번에 나에게 해남 가는 배가 일기가 안 좋으면 떠날 수 없다는 이야기를 해서 내가 학생들 걱정했던 것을 잊지 않고 있었던 것이다.

"아, 그래요? 정말 고맙습니다."

같은 말이라도 고운 말, 고맙다는 말 한마디에 듣는 사람의 마음은 쉽게 감동받는 것이다. 아직 머물러 보지도 않았고, 식사도 처음해 보는 것으로 아직 첫 숟가락도 떠보지 않았지만 이 정도 성의를 보여 주는 곳이라면 덕분에 고맙다고 인사를 해도 될 성싶어서 한 인사이기는 하다. 그러나 만일 식사도 별볼일 없고 주인이 별로 친절하지 않다고 해도 너무 좋은 곳을 소개해 주어서 고맙다고 인사를 한다면, 그것도 주인이 듣는 가운데 인사를 한다면 그 말을 듣고 기분 나쁠 사람도 없으려니와, 만일 그동안 잘못했었다면 그 말을 듣고 난 후부터라도 잘 하려고 노력할 것이다. 우리는 질책하기보다는 칭찬하는 것이 훨씬 개선 효과를 높인다는 평범한 진리를 알고 있으면서도 실행하기가 힘들어서 그렇지 그 진리는 변하지 않는 것이다.

다 함께 자리에 앉자 식사가 시작되었다. 대원들은 물론 새로 합류한 두 분 선생님까지 누구랄 것도 없이 아주 맛있게 식사를 했다. 가짓수 못지않게 음식 솜씨가 좋았다. 정결하면서도 야무진 음식 맛에 우리는 배부르게 먹을 수 있었다. 그것은 비단 나 혼자만의 느낌이 아니라는 것은 식사를 하는 표정을 보면 안다. 맛도 없는 것을 배가 고파 어쩔 수 없이 먹는 표정과 정말 맛이 있어서 즐겁게 먹는 표정은 다르다.

나는 대원들이 맛있게 먹는 것을 보니 내 아들이 맛있게 밥을 먹는 것 같아서 더 보기가 좋았다.

식사를 끝내고 갑판장을 불렀다.

"갑판장. 지금부터 한 시간 가량 자유시간을 줄 테니 너무 멀리 가지는 말고 민박집 부근과 선착장 등을 자유롭게 한번 다녀 봐. 다만 최소한 조별로 움직이는 것을 잊어서는 안 된다는 것 알지? 특히 낮에 있던 일을 거울삼아서 단체 행동이라는 것 잊지 않도록 갑판장이 다시 한 번 주지시키고."

"예, 알겠습니다."

갑판장이 대원들과 함께 밖으로 나가는 것을 보면서 고 선생과 정 선생과 나는 오랜만에 같이 자리에 앉았다.

"그래? 제주도 생활은 어떻습니까?"

"아이들 가르치는 거야 여기나 저기나 뭐가 다르겠습니까? 다만 제주도가 고향이다 보니 그만큼 푸근하게 느껴진다랄까? 뭐 그런 거죠.

그나저나 정 선생 부임하고 얼마 안 돼서 내가 학교를 떠났는데 정 선생은 학교생활 어때?"

"저야 학교에 계신 선생님들께서 은사님들이시다 보니 아직도 학생 같은 생각이 들 때가 종종 있어요. 그런데 그게 학생 때는 학생이라는 것이 마치 무언가에 억눌린 것 같아서 무거웠는데, 막상 같은 선생님이라는 지위에서 학생 같은 기분을 느낄 수 있으니까 의외로 가볍고 또 의지할 곳이 있다는 것이 얼마나 다행인지 모르겠어요. 당장 여기 계신 민 선생님부터 은사님이다 보니 제가 설령 실수를 해도 학생 지도하듯이 가르쳐 주시지 책망하지 않으시거든요. 저는 그게 너무 편하고 좋아요. 물론 빨리 그런 학생티를 벗어야겠지만 아직은 은사님들 도움을 많이 받지요."

"그래? 그게 내가 고향에서 느끼는 감정이랑 비슷한 감정일 것 같네, 그려."

이야기의 꽃이 막 피어오르는데 주인아저씨가 회 한 접시에 간단하게 안주상을 보아서 가지고 올라와 상에 놓으며 말했다.

"아까 식사 중에 드셨던 회도 맛있지만 이건 또 이거대로 맛있습니다. 선생님들께서 먼 길 오시느라고 피곤하실 텐데 간단하게 한잔하시라고 제가 서비스로 안주를 준비해 봤습니다. 술은 뭐로 대접할까요?"

"술이요? 아닙니다. 오랜만에 민 선생님도 만나고 또 제자가 선생이 되어 만나는 자리라 소박한 양주 한 병 가지고 왔습니다. 우리 술은 그것으로 합시다. 사장님도 앉아서 함께하시죠."

고 선생이 주인아저씨의 소매를 잡아 앉히고 자리에서 일어나 자기 방으로 들어가더니 양주 한 병을 꺼내 가지고 왔다.

"아닙니다. 저는 그냥 내려갈 테니 선생님들 말씀 나누면서 한잔하십시오."

"무슨 말씀을 그렇게 하세요. 이렇게 맛있는 안주까지 준비해 주셨는데 같이 한잔하셔야지요. 사람 사는데 특별히 구분 지어서 할 이야기가 있는 것도 아니고 이렇게 여행 왔으면 서로 만나서 이야기를 나누면 되는 거지 뭐 별거 있습니까?"

이번에는 내가 같이 자리를 하자고 권하자 주인아저씨는 못 이기는 체 자리에 눌러앉았다. 우리는 이런저런 이야기를 나누던 중 낮에 있었던 소위 실종미수사건 이야기가 나왔다.

"민 선생님 천당과 지옥을 왔다 갔다 하셨겠습니다. 다 키워 논 자식 어찌 되었다면 학부모들에게 그 원성은 어찌 들을 것이며, 학교에 돌아가서 앞으로 어떻게 지낼 뻔 하셨습니까? 막말로 다 키워 논 고등학생들이니 사고가 아닌 다음에야 큰일이야 있었겠습니까만, 만약 서로 만나지 못해서 아이들이 그냥 서울로 돌아가기라도 했던 날에는 두고두고 학생들 인솔 잘못했다고 원망을 들을 만한 일 아닙니까?"

"그러게 말입니다. 나도 두 시간이라는 시간 동안 별의별 생각을 다 해 봤다니까요?"

"충분히 이해가 갑니다."

나와 고 선생의 이야기를 듣고만 있던 정 선생이 입을 열었다.

"그럴 줄 알았으면 고 선생님은 나중에 오시더라도, 저라도 아침에 서울에서 같이 출발할 걸 그랬습니다. 저는 그런 생각까지는 해 보지도 않았습니다."

"나도 20년 교단에 서 있으면서 처음 겪은 일일세. 그 많은 행사에 학생들을 인솔해 봤지만 이번에는 정말 혼쭐이 났었다니까? 만일 정 선생이 같이 왔다면 둘 중 하나는 광주에 남았겠지? 그리고 어디를 연락 장소로 쓰고 그곳으로 전화를 했겠지. 아무튼 아이들이 그나마 판단을 잘해서 완도 버스터미널에 가만히 있어 주기를 다행이지 그렇지 않았으면 정말 난감했을 거야. 이렇게 술도 못 마시고 지금쯤 어찌 되었을지 생각도 하기 싫어."

내가 머리를 절레절레 흔들자 좌중에서 웃음이 터져 나오는데 주인아저씨는 걱정스런 얼굴로 나를 바라보며 한마디 했다.

"그람, 선상님은 점심도 못 잡수셨겠소, 잉."

"점심이 뭡니까? 물 한 모금 넘기고 싶은 마음이 없었는데."

"그랑께 우리 집에서 잡수신 것이 점심 거른 저녁이었겠네요. 잉. 우짜면 쓰나."

주인아저씨는 밥을 굶어 가면서 아이들을 찾아 헤매던 내가 너무 안쓰럽게 여겨졌던지 얼굴 표정이 펴지지를 않았다.

"밥 한 끼 굶은 덕에 아이들 무사히 만났으니 됐지요. 밥 먹고 아이들 못 만났으면 평생 후회했을 겁니다."

내가 한마디 하자 좌중은 모두 '그건 그렇다'고 하면서 고개를 꾸뻑였다.

우리가 이야기를 나누는 동안 아이들은 조별로 들어오기 시작했고 얼마 후에는 갑판장이 전원 귀소 했다고 보고하기에, 자유롭게 취침하라고 지시한 후 우리도 잠자리에 들기로 했다.

보길도의 밤은 그렇게 깊어 가고 있었다.

이튿날 아침 6시경 일어나 세면을 마치고 밖으로 나와 보니 어제보다 날씨가 포근하여 춥지 않고, 해가 막 떠오르는지 동쪽 하늘이 빨갛게 물들어 있어 여행하기에는 너무 좋은 날씨라 생각하고 마음속으로 감사드렸다.

아침 식사도 하지 않고 떠나야 하는 일정을 고려해서 대원들에게 줄 음료수라도 살 생각으로 민박집 상점 문을 열고 들어가니 주인아저씨가 방에서 나오면서 반갑게 맞이해 준다.

"일찍 일어나셨소, 잉."

"예. 덕분에 편히 잘 쉬었습니다. 일찍 나가야 하니까 일찍 일어났는데 막상 가고 싶지 않네요. 저 혼자 온 것이라면 하루쯤 더 묵어 가면 좋겠지만 아이들이 있어서 그럴 수도 없고요. 음료수 좀 주세요. 학생들 하나씩 주게요!"

"뭐로 드릴까 말씀만 하고 올라가쇼, 잉. 지가 배달해 드릴 거니까."

나는 웃으면서 음료수를 주문하고 값을 지불한 후 숙소로 돌아왔다. 이미 일정을 알고 있는 대원들은 열심히 이동 준비를 하고 있었다. 나는 이미 준비를 마친 터라 주인아저씨가 배달해 준 음료수를 대원들에게 돌리고 8시에 첫 배가 출발하니 서둘러서 준비하라 해놓고 식대와 방값을 계산하러 내려갔다.

"식대는 1인당 4,000원으로 하고 선생님들 것은 계산에서 빼고 20인 분만 하면 8만 원이고 방값은 1개에 3만 원 6개, 18만 원 도합 26만 원인데 25만 원만 주쇼."

"여기 있습니다. 이것 30만 원인데 받으세요. 너무 고맙게 잘해 주셨는데 더 드리지는 못해도 깎을 수는 없죠."

"뭔 소리라우? 학생들 데리고 다니시다 보면 돈 들어갈 때가 많을 텐데 그런 말씀 마시고 넣어두쇼."

내가 30만 원을 주면서 고맙다고 하자 주인아주머니는 얼른 5만 원을 다시 되돌려주면서 한사코 받기를 거부했다.

"감사합니다. 앞으로 돈 많이 버시고 혹시 제가 이곳 보길도에 또 올 기회가 생긴다면 반드시 다시 들리겠습니다."

결국은 돈을 받아 주머니에 넣으며 고맙다는 인사를 남기는 수밖에 없었다.

물론 그 뒤로 나는 보길도에 갈 기회를 얻지 못했다. 하지만 내가 보길도에 갔었다면 정말 그 민박집에 머물렀을 것이다. 5만 원을 돌려주어서가 아니다. 친절한 아주머니와 아저씨의 그 훈훈함은 돈 이상으로 여행을 하는 사람들의 마음을 편하게 해주었던 것이다. 그래서 사람은 마음으로 사는 동물이라고 했는지도 모른다. 그리고 그 마음에 쌓인 것들은 추억으로 변하는 것이다.

얼핏 생각하기에 추억은 기억하는 것이니 머리에 쌓인 것 같지만 마음에 쌓인 것이라고 한다. 머리에 쌓인 것은 단지 기억일 뿐 추억이 아니라는 것이다. 그냥 듣기에는 억지 같은 소리지만 분명히 일리는 있는 이야기다. 사람은 감정의 동물이라고 하는데 감정이 개입되지 않은 추억이라면 정말 기억일 뿐일 것이다. 그러나 감정이 개입되었기에 기억이 추억이 되는 것이 아닌가 하는 생각을 해 본다.

선표를 끊어서 대기하고 있던 배로 올라가며 갑판장에게 대원들을 모두 안전하게 선실로 들어오게 하라고 한 후, 9시면 해남에 도착할 것이니 '아침식사는 해남 땅끝에 가서 먹자'고 통보하고 선실에 앉아서 창을 내다보았다. 뱃고동이 울리면서 배가 출항하고 나자 보길도의 모습이 점점 멀어졌다.

이제 곧 해남이 눈에 들어올 것이다. 하나가 멀어지면 하나가 다가오는 것이 바로 인생이다. 인생은 그것을 반복하는 것이다.

해남은 내 고향이지만 초등학교 4학년 때 떠났고 더더욱 나는 해남 바닷가가 아니라 마산면 사람이니 지금은 낯설기만 한 곳으로 느껴질 만도 하다. 그런데 막상 가지 않고 이름만 들어도 내 고향이라는 생각에 낯설기는커녕 지금도 그곳이 눈에 밟히는 것 같으면서 어디를 가도 나를 아는 사람들이 반겨줄 것만 같았다. 그래서 고향이라는 단어가 포근한 것이리라.

해남으로 향하는 배에 승선하고 있으니 어릴 적 생각과 나이를 먹고도 방학 때만 되면 내려가서 친구들과 일가친척들과 지내던 기억들을 떠올리며 이런저런 생각을 하고 있는데 '붕- 붕-' 하는 뱃고동 소리가 들려와서 밖을 내다보니 어느새 땅끝 선착장으로 배가 들어가고 있었다.

배에서 내려 대원들을 수습한 후 식당을 찾고 있는데, 정류장에 있던 버스에서 손님들을 부르는 소리가 들린다.

"버스 출발합니다. 이 차 다음은 두 시간 후에 있습니다. 해남 가실 분들은 빨리 승차하세요."

두 시간 후에 버스가 다시 있다는 소리를 들으니 해남으로 나가서 아침을 먹는 것이 낫지 않을까 하는 생각이 들어서 고 선생과 정 선생에게 물었다.

"이 차를 타고 해남 가서 아침을 먹을까요?"

"바쁜 것도 아닌데 여기서 아침 먹고 땅끝전망대에 올라가서 구경도 하고 다음 차를 타는 것도 좋지 않겠어요?"

그 말을 듣고 나니 전망대 구경을 한다는 것을 깜박했다는 생각이 들었다. 나야 고향이 해남이니 언제 와도 다시 오겠지만 학생들 중 다시 해남에 올 기회를 가질 수 있는 학생이 그리 많지 않을 것을 미처 생각하지 못했던 것이다.

"22명이 아침 식사를 해야 되는데 준비가 됩니까?"

식당이 모여 있는 중에 제일 커 보이는 식당으로 들어가며 주인에게 묻자 주인은 20명이 아니라 50명도 식사를 할 수 있다고 하면서 메뉴는 백반으로 하시는 것이 좋을 것이라는 말까지 덧붙여 주었다.

"그러면 저쪽에서 이쪽으로 앉을 테니 준비 좀 해주세요! 우리는 여기에 짐을 놓아두고 잠깐 바깥 구경 좀 하고 오겠습니다."

"그렇게 하세요!"

주인이 식사를 준비하는 동안 나는 대원들을 선착장 바로 옆의 걸어 다닐 수 있는 통로로 인도하여 모래사장으로 안내했다. 모래사장에서 물이 들어오는 곳까지 발을 내밀어도 보고 파도가 치면 얼른 피해 모래사장 위로 뛰기도 하며 즐거운 시간을 보냈다. 짧은 시간이지만 즐거운 시간을 보내는 대원들을 바라보니 여간 기분이 좋은 것이 아니었다. 하지만 이미 주문해 놓은 식사도 있는지라 대원들을 데리고 다시 식당으로 돌아왔다.

밥상 가득 반찬이 놓여 있는데 식탁 다섯 개가 꽉 차 있었다. 남도여행은 먹는 맛이 최고라고 하던 어느 여행전문가의 말이 생각났다. 보길도에서도 마찬가지고 이곳에서도 반찬이 가득한 상을 보면서 그렇지 않아도 늦은 아침에 대원들도 절로 군침이 도는지 식사를 맛있게 했다.

"사장님 우리들 전망대 잠깐 다녀와야 하는데 짐 좀 맡겨 놓고 다녀오겠습니다."

주인아저씨가 흔쾌히 허락해 주어 우리는 가벼운 몸차림으로 10여 분 걸어가서 전망대에 올랐다. 날씨가 좋은 날은 그곳에서 제주도 한라산이 보인다고 한다.

사방을 둘러보다 쾌청한 날씨라서 그런지 사방이 확 트이고 바다도 잔잔해 수평선이 끝이 없다. 저 멀리 한라산이 보인다는데 무언가 아스라이 까만 것들이 보이긴 하지만 그것이 한라산이라고 꼭 짚어서 말하기는 좀 그랬다. 원래 섬이 많아 다도해라고 일컬어지는 이곳에서 멀리 아스라하게 보이는 높은 것이라고 한라산이라고 짚어서 말하기는 그렇지만 일단 땅끝마을이라고 불리는 곳이니 전망대에서 한라산을 보았다고 생각하면 그 나름대로 의미는 있는 일이라고 생각하면서 전망대에서 내려와 이곳저곳을 다니며 구경을 하고, 10시 30분쯤 대원들을 인솔하여 식당으로 돌아와서 맡겨 놓은 짐들을 찾아 버스정류장으로 갔다. 해남행 버스는 10여 분 뒤에 올 것이라는 관계자의 안내에 따라 버스를 기다리며 다음 일정을 점검해 보았다. 시간이 되면 대흥사에 들러 보았으면 좋겠지만 만일 그게 안 되면 대흥사를 포기하고 나머지 일정을 마쳐야겠다고 생각하고 있는데 저쪽 위에서 버스가 비탈길을 돌고 돌아 내려왔다.

겨울 날씨답지 않게 포근한 날씨에 잠깐 꾸벅거리는가 했는데 버스가 해남에 도착했는지, 유리창 밖이 시끌시끌하여 자세히 보니 마치 가는 날이 장날이라고, 5일 만에 한 번씩 서는 장날이어서 도로 주변까지 장사꾼들이 물건을 꽉 채우고 손님들을 불러대고 있었다.

해남의 5일장은 1일과 6일, 11일, 16일, 21일, 26일이 장이 서는 날이다. 다만 31일은 장이 서지를 않고 다음 날인 1일에 정상적으로 장이 선다.

해남 장을 구경하는 것도 좋겠지만 지금 시간이 11시 30분이니 진도 가는 버스가 바로 있으면 진도로 가서 점심도 먹고 3시경 버스를 타고 해남으로 와서 나머지 일정을 소화하는 것이 나을 것 같았다. 어차피 오늘은 해남에서 묵어야 하는 날이니 진도에 먼저 가서 진도 일정을 소화하고 돌아오는 것이 여러 가지로 편안한 여행을 할 수 있을 것 같았다.

정류장에 내리자마자 관계자에게 진도 가는 버스가 몇 시에 있느냐 물으니 세 번째 출구에 바로 있다는 것이다.

대원들에게 진도행 버스에 타라고 말해 주고 창구로 가서 버스표 22장을 끊어 진도행 버스로 올라가니 대원들이 앉아 있었다.

"민 대장님! 대원들 다 탔습니다."

내가 버스에 올라서는 것을 보자 정 선생이 먼저 말해 주었다. 어제 대원 중 네 명의 실종 아닌 실종사건을 겪은 뒤라 인원 파악에 대해 민감해져 있을 내 마음을 편안하게 해주려는 배려였을 것이다.

　1시간 후 진도대교에서 버스를 내리며 해남 가는 버스가 언제 있는가를 물어보니 우리가 타고 온 버스가 진도에 들어갔다가 다시 나오는데 두 시간이 걸린다는 것이다. 그때가 12시 30분이니까 2시 30분쯤에 돌아온다는 것이니, 우리가 점심식사를 하고 이순신 장군 전적지를 비롯하여 울돌목 등을 둘러보면 거의 시간이 맞을 것 같았다.

　근처 식당에서 점심식사를 하기로 했는데, 역시 반찬 가짓수가 20여 개가 넘도록 차려지다 보니 전부 다 맛있게 생긴 해물

〈남도여행 당시 진도대교를 배경으로(정 선생, 민경대, 고 선생)〉

들과 반찬들이었다. 남도여행을 하는 동안 매번 맛있는 음식을 먹는다고 하면서 대원들이 맛있게 식사를 하고, 식당에 짐을 맡겨 놓은 후 이순신 장군 전적지를 돌아보러 갔다.

바닷물이 원을 그리며 속도감 있게 내려가고 있는 울돌목을 가리키며 대원들에게 간단하게나마 소개를 해주었다.

"여러분이 이순신 장군에 대해서는 잘 알고 있는 터라 장군에 대해서는 길게 설명하지 않겠다.

다만 이곳이 임진왜란 때 이순신 장군께서 140여 척의 왜선들을 유인하여 저쪽 산 중턱과 이쪽 여기 절구같이 생긴 둥근 돌 위에 쇠사슬을 묶어 바다 속에 늘어뜨려 놓았다가, 아군 전선이 지나가면 소와 말 등에 밧줄을 묶은 쇠사슬을 잡아당기게 하여 뒤따라오는 왜군들의 전선이 쇠사슬에 걸려 100여 척 전선 대부분을 여기 울돌목 바다 가운데에 수장시켰다고 하는 곳이다.

이곳이 바로 여러분이 알고 있는 임진왜란 당시의 명량대첩을 이끌었던 장소인 것이다."

대원들은 여기가 바로 그곳인가 하는 감명을 받은 표정들이었다. 나는 그런 대원들의 표정을 보면서 이 기회에 대원들의 가슴에 남을 수 있는 말을 한 가지 더 해주고 싶었다.

"이렇게 감명 깊은 장소를 보면서 나는 여러분에게 한 가지 꼭 해주고 싶은 이야기가 있다.

지리멸렬해진 조선 수군을 되살리신 이순신 장군께서 선조에게 올린 상소문 중에 유명한 말이 있다.

'신에게는 아직 열두 척의 전선이 있습니다.'고 하신 말씀이다.

물론 기록에 의하면 열두 척이라고도 하고 열세 척이라고도 하지만 그게 중요한 것이 아니라, 남들이 보기에는 별 볼일 없는 열두 척의 전선으로 무슨 전투를 할 수 있느냐고 생각하는 그 시점에서 장군께서는 아직도 열두 척이라는 전선이 있으니 그 전선을 기본으로 얼마든지 왜군을 쳐부술 수 있다는 자신감을 가지고 나라를 구하기 위해서 목숨을 바칠 각오로 일을 도모하신 것을 우리가 교훈으로 삼아야 한다는 것이다.

그것은 비단 전쟁에 앞서는 장수의 마음만 그런 것이 아니다.

흔히 우리가 낙관적인 관점에서 세상을 보는 사람과 비관적인 관점에서 세상을 보는 사람을 예로 들면서 하는 말이 있다.

물 잔에 물이 반 잔 남았을 때 낙관적인 사람은 아직 반이나 남았으니 다음에 마실 물을 준비해야 한다고 한다. 그러나 비관적인 사람은 겨우 반밖에 남지 않았다고 하면서 불평만 한다는 것이다.

과연 어느 것이 현명한 것인지는 선생님이 말하지 않아도 여러분 스스로 잘 알 것이다. 이순신 장군께서는 바로 그렇게 긍정적인 사고방식으로 오로지 나라를 구하기 위해서 전념하셨던 것이다. 아직 열두 척의 전선이 남았으니 명령만 내리시면 전열을 가다듬어 싸워 보겠다는 장군의 충정심이 단순한 충정심이 아니라 모든 것을 낙관적으로 보면서 사태에 대응하기 위해서 노력하신 일상생활의 결과물이라 할 수 있는 것이다.

오늘 우리가 겨울 캠프에서 얻은 하나의 교훈이라고 생각해 주기 바란다."

1597년 선조로부터 수군을 없애고 육지로 나와 육군에 합류하라는 청천병력과 같은 왕명을 받고 장군이 왕에게 올린 장계에 "신에게는 아직 열두 척의 전선이 있습니다. 죽을힘을 다한다면 오히려 할 수 있는 일이 있을 것이고 신이 죽지 않는 한 적이 감히 우리를 업신여기지 못할 것입니다."라 하였다.

출처: 「충무공행록」

'신에게는 아직 열두 척의 전선이 있습니다.'고 하신 말씀은, 지금은 2016년에 〈명량〉이라는 영화가 개봉된 덕분에 많이 알려진 이야기지만 당시로서는 그렇게 흔히 알려진 이야기가 아니었다. 그런 이유에서 조금은 장황하게 연설을 했지만 대원들은 지루한 표정 없이 고개를 끄떡이며 손잡이를 만져 보고 밧줄을 당겨 보고 하며 전적지를 왔다 갔다 하기도 하고 사진을 찍기도 하고 나름대로는 얼굴 표정에 무언가 담아 가고 싶은 마음이 우러나 보였다.

그러는 사이에 버스가 올 시간이 되어 식당에 가서 짐을 찾아 버스에 올라 시계를 보니 정확히 2시 30분이었다.

해남에 도착하니 3시 30분이다.

해남 대흥사를 구경하고 고산 선생 고택(녹우당)을 다녀오려고 버스 시간을 알아보니 4시 30분에 버스가 있다 한다. 아무래도 무리가 따를 것 같아서, 고산 선생 고택인 녹우당에만 다녀오기로 했다. 아직 1시간 여유가 있으니 서울에 사는 아이들이라서 구경할 기회를 갖지 못했던 5일 장터를 구경해 보게 하는 것도 의미가 있을 것 같았다.

"이 부근이 전부 장터이니 아이들과 같이 장 구경을 하고 계십시오. 나는 30분 내에 숙박할 곳을 예약하고 오겠습니다."

나는 고 선생과 정 선생에게 대원들을 부탁했다. 두 분 선생님이 아니었다면 아이들과 같이 숙소를 예약하러 가든지 해야 할 일이었는데 정말 다행이었다.

장터에서 조금 떨어진 고도리라는 곳에 위치한 목욕탕이 딸린 여관방 6개를 예약하고 다시 장터를 향해 가면서 대원들의 모습을 살피는데, 옷을 팔고 있는 노점상 앞에 우리 대원들이 있어서 그곳으로 갔더니 한 대원이 색깔이 있는 T셔츠 하나를 사서 입는 모습이 보였다.

이곳저곳 장터 구경을 하다가 4시 30분이 가까워 버스정류장으로 가서 대흥사 가는 버스를 타고 10분 정도를 가다가 고산 선생 고택 '녹우당'이 있는 마을 앞에서 내렸다.

다시 10여 분을 걸어서 녹우당까지 갔다. 고산 선생이 사셨던 고택과 그 부근에 마을이 있는데 마을 이름은 연동리라고 했으며 비자나무가 많아서 비자열매가 많이 나는 동네라고 했다. 비자나무는 모양이 아름다워 관상용으로 많이 이용되며 열매는 기름과 약재로 쓰이는 유용한 나무다.

어부사시사로 유명한 조선 중기의 문신이자 시조 작가, 고산 윤선도가 살았던 집- 해남윤씨 녹우당 일원, 사랑채인 녹우당은 효종이 윤선도에게 내려준 집으로 원래 경기도 수원에 있던 것을 해체

해 그대로 해남에 옮겨 온 것이다. 녹우(綠雨)는 '늦봄과 초여름 사이 잎이 우거진 때 내리는 비'라는 뜻인데, 해남윤씨 후손들이 가꾸어 온 종가 뒤편 비자나무숲과도 어우러져 그 운치를 더한다.

출처: 문화유산채널

'녹우당'을 안내하는 표지를 마주하니 어제 보길도에서 마주했던 고산 선생이 새삼 떠오르는 것 같았다.

나는 외가가 해남윤(尹)씨여서 어렸을 때부터 고산 할아버지라고 불렀는데 막상 고산 할아버지가 생존해 계실 때 이곳에서 생활하셨다고 생각하자 대청마루에서나 뒤끝 고목나무 위에서 아까 보았던 유물을 남기신 할아버지께서 내려다보시는 것 같아 더욱 주위가 조용하고 엄숙해지는 기분이 드는 것 같았다.

대원들을 모아 놓고 어제 보길도 세연정에서 나누었던 이야기를 상기시키면서, 고산 선생께서 아무리 효종의 스승이라고 하지만 집을 내려 주실 정도면 얼마나 충절이 대단하신 분이셨는지를 다시 한 번 되새기게 했다. 그리고 이곳에서 지내셨던 때의 생활상 등을 이야기하고 「오우가」와 「어부사시사」에 대해서 이야기하면서 천천히 걸어 버스 타는 곳으로 오니 저쪽 커브 길에서 버스 한 대가 천천히 오고 있는 것이 보였다. 버스를 타고 해남읍에 들어오니 해가 떨어지는지 서쪽 하늘이 빨갛게 물들어 있었다.

5일장은 파장을 하는 분위기로 짐을 싸는 장사꾼들도 있고,

여기저기서 수레를 끌고 이리저리 옮기면서 마지막 흥정을 하는지 소리를 높여 물건값을 외치고 있었다.

버스에서 내리자 나는 대원들을 모아 놓고 말했다.

"혹시 개인적으로 필요한 물품이 있어서 구입해야 할 사람은 지금 다녀오면 된다. 물품을 구입한 후 저기 오른쪽 옆에 ○○여관이 있으니 그 여관 2층으로 올라오면 된다. 이미 수차례 이야기하지만 개인적으로 필요한 물품을 구입할 때에도 조별로 움직이는 것을 잊어서는 안 된다. 설령 나는 구입할 것이 없더라도 대원 중 누군가가 필요한 무엇을 구매하기 위해서라면 함께 동행해 주는 것도 단체생활을 하는 자세라는 것을 잊어서는 안 된다.

그리고 저녁식사 예정 시간이 6시 30분이니까 그 이전에는 반드시 여관으로 돌아와서 갑판장의 지휘 아래 저녁식사를 위해서 집합해야 한다."

대원들이 조별로 자유롭게 흩어지는 모습을 보면서 나는 두 분 선생님과 함께 아까 예약해 둔 여관으로 향했다.

대원들이 각자 개인적으로 필요한 물품을 사기 위해서 장을 보는 동안 세면을 마치고 나오는데 대원들이 저녁식사를 하러 가기 위해서 집합하는 것 같았다. 밖이 소란하다 싶더니 문을 두드리며 갑판장이 문을 열었다.

"선생님, 대원들 다 집합했습니다."

두 분 선생님과 여관 입구로 내려갔더니 대원들이 입구 한쪽에 몰려 있었다. 그리고 그 중 한 명이 질문을 했다.

"선생님. 오늘 저녁은 뭘 먹어요?"

"글쎄다. 너희들은 뭘 먹고 싶은데?"

"갈비 뜯어요."

그동안 남도에 와서 푸짐한 해물을 많이 먹기는 했지만 고기가 먹고 싶은 거였다. 나도 당연히 그 마음을 이해하기에 여행경비를 산출할 때 미리 갈비값을 계산해서 포함해 놓은 터였다.

"좋아. 여러분이 원하니 오늘 저녁은 갈비 먹으러 간다."

대원들을 인솔하고 해남극장 옆에 있는 천일식당으로 갔다. 그곳 떡갈비는 알아주는 곳이다. 22명이라고 했더니 식탁 7개가 쭉 놓인 방이어서 한자리에 앉기 좋은 방으로 우리들을 안내해 주었다.

식사를 끝내고 계산서를 보니 식사 3끼분을 한꺼번에 먹어치웠다. 속으로 많이들 먹었다고 생각하면서도 맛있게 먹는 대원들이 그저 예쁘고 귀여웠다.

대원들에게 내일 아침 7시에 기상할 테니 지금부터 잠을 자라 하고는 우리도 방으로 와서 셋이 함께 자기로 했다.

하루 종일 돌아다니며 신경을 써서인지 눕자마자 잠이 들었는데 밖이 소란하여 눈을 떠 보니 새벽 6시 30분이 되고 있었다.

세면실에 불이 켜져 있고 정 선생이 자고 있는 것으로 보아 고 선생이 씻고 있나 보다 하고는 얼른 일어나 옷을 입으려고 하는데 고 선생이 세면실에서 나오고 있었다. 나도 곧바로 세면실로 들어가서 세면을 끝내고 나와서 학생들의 방을 돌아보기 시작했다.

아직 이불을 뒤집어쓰고 있는 대원이 있는가 하면 세면실에서 나오는 대원도 있고, 앉아서 눈을 비비며 잠이 덜 깬 대원도 있어서 7시 50분까지 모든 준비를 끝낸 후 짐을 소지하고 아래층으로 집합하라고 한 후, 어제 저녁에 아침식사를 예약해 둔 식당으로 전화를 해 보니 아침식사 준비가 다됐다고 했다. 여관 주인에게 숙박비 계산을 끝내고 나오니 대원들이 모두 나와 나를 기다리고 있었다.

대원들을 식당으로 인솔하면서 길을 가다 보니 대흥사 가는 버스가 지나가기에 시간을 보니 8시 10분이었다.

'30분간 식사를 하고 9시경 대흥사 버스를 타면 9시 30분 대흥사에 도착해서 1시간 후 대흥사를 출발하면 해남읍 도착이 11시쯤 될 것이고…'

혼자서 시간 계산을 해 보았지만 대흥사 관광은 무리였다. 대흥사 관광을 포함했다가는 목포 시내관광에 차질이 생길 것 같았다. 목포 가는 버스 시간이 9시 30분이라고 하니 식사를 마치면 곧 바로 목포 가는 버스를 타는 것이 좋을 것 같았다. 차라리 조금 여유 있게 움직이는 것이 좋다고 생각했다.

이곳 식당 역시 식탁 위에 서울에서는 보지도 못했던 음식들이 차려져 있어 대원들의 눈이 휘둥그레지고 입맛을 다시며 자리에 앉더니 오늘도 변함없이 아침식사를 맛있게 먹었다.

식사를 마치고 여유 있게 버스정류장으로 향했는데도 20분 정도의 여유가 있었다.

버스가 출발하고 잠시 후 좌측으로 바다가 보이고 멀리 수평선 위에는 고기를 잡는지 어선 서너 척이 아물거리는 모습이 보였다.

"민 대장님! 다 왔습니다!"

어선이 왔다 갔다 하는 것이 보인다고 생각을 했는데 그사이 잠이 들었는지 뒤에서 고 선생이 다 왔다고 하는 바람에 눈을 떠 보니 목포정류장으로 버스가 들어가고 있었다. 이틀 동안 대원들을 인솔하며 여행을 하는 것이 힘들었던 가 보다.

배낭을 어깨에 메고는 대원들이 다 내리기를 기다려 좌우를 두리번거리다 마침 운전기사가 지나가기에 물었다.

"기사님 유달산을 가려면 어디 가서 버스를 타야 되죠?"

"저기 보이잖아요? 그냥 걸어가시면 됩니다."

운전기사는 손으로 유달산을 가리키며 말을 이었다.

"여기서 오른쪽으로 10분 정도 걸어가면 유달산 입구가 나옵니다."

"그러면 기차역은 어디예요?"

"기차역은 유달산에서 내려와서 버스 한 번 타면 기차역이 예요. 버스 타고 10분만 가면 될 겁니다."

친절한 운전기사의 안내에 나는 고맙다고 인사를 한 후 차에서 내렸다. 그리고 대원들에게 따라오라 하면서 앞장서서 걸었다.

유달산 입구에 가 보니 올라가는 계단이 보이고 옆에는 가수 이난영의 〈목포의 눈물〉 노래비가 자리하고 있었다.

나는 속으로 운율에 따라 '사공의 뱃노래…' 하며, 노래비를 읽어 보았다. 그러다가 감상에 젖어 있을 때가 아니라는 생각이 들었다.

"지금부터 유달산에 올라갈 것이다. 그러나 억지로 오르라고 말을 하지는 않겠다. 오늘 몸 컨디션이나 기타 등등의 이유로 산에 올라가지 않을 사람 있나?"

1학년 두 명이 손을 들었다.

"좋다. 몸 컨디션이 좋지 않으면 여기 이쪽에 앉아서 나머지 대원들이 등산을 마치고 내려올 때까지 기다려라. 그리고 나머지 대원들은 배낭을 여기 내려놓고 올라갔다 오자."

배낭을 벗어 마침 옆에 있는 벤치에 올려놓고 출발하려고 하는데 고 선생도 등산을 하지 않는 대원들과 함께 있겠다고 했다. 그렇지 않아도 마음이 찝찝했는데 마음이 탁 놓였다.

유달산은 계단이 많아서 힘은 좀 들었지만, 높지 않아서 금방 올라갈 수 있었다.

말로만 듣던 유달산 노적봉까지 올라가서 아래를 내려다보니 가물가물 여객선과 고깃배들이 오락가락하고 항구에서는 트레일러가 왔다 갔다 하며 화물선에서 부두로 짐을 내리는지 컨테이너를 실은 크나큰 트럭들이 즐비하게 늘어서 있었다. 특별하게 처음 보는 항구도 아닌데 이상하게 항구의 모습을 보면 무언가 이별을 하는 것 같은 생각이 자꾸 든다. 그게 인간에게 주어진 선입견이라는 것이리라.

잠시 후 다시 계단을 내려와 배낭을 벗어 놨던 벤치에 와서 배낭을 각자 찾아 메고 버스정류장으로 가면서 시간을 보니

12시가 다 되어 가고 있었다.

버스를 타고 목포역으로 향했다.

목포역에 도착해서 점심식사를 마친 후 대원들을 데리고 항구를 지나 전통 시장 쪽으로 가니 커다란 플라스틱 물통에 수산물을 가득 채워 놓고 손님들을 부르고 있었다.

이제 막 잡아 왔는지 이름도 모를 해산물 꼬리를 손으로 잡아 도마에 올려놓고 회를 뜨는지 가느다란 칼을 들고 있는 모습을 보고는 대원들이 놀라고 있었다.

항구를 구경하고 시내를 돌아 기차역으로 돌아가려고 하는데 고 선생과 정 선생이 말했다.

"민 대장님! 우리는 여기서 다시 완도로 가야 합니다. 정 선생하고 둘이서 제주도에 가서 2, 3일 더 놀다 거기서 정 선생 올려 보내고 전화 드리겠습니다. 그간 정말 잘 먹고 잘 놀았습니다. 감사합니다."

"아닙니다. 이렇게 함께해 주셔서 저희들이 오히려 고맙습니다. 다시 완도로 가야 하는 불편함도 마다 않으시고 함께해 주셔서 고맙습니다."

고 선생과 정 선생은 나는 물론 대원들과 일일이 악수를 나누며 인사를 했다. 정 선생은 내게 다시 와서 인사를 했다.

"민 대장님. 고맙습니다. 그간 잘 보냈고요. 서울 가서 뵙겠습니다."

"그래요. 두 분이 제주도 가서 맛있는 거 많이 먹고 잘 놀다가 서울 올라와서 학교에서 봅시다. 참, 고 선생은 계속 제주도에 계시겠네요?"

"그렇죠, 뭐. 다음 여름방학 때 서울 가서 한번 뵙도록 하겠습니다."

두 사람은 대원들에게 손을 흔들며 둘이서 반대 방향으로 걸어갔다. 나는 물론 대원들 역시 별거 아닌 이별임에도 불구하고 2박 3일 동안 정들었던 탓인지 공연히 마음 한구석이 빈 것 같으면서 콧등마저 시큰했다.

기차역으로 들어가며 시간을 보니 기차시간이 20여 분 정도가 남았다. 대원들에게 차표를 나누어 주고 승차하게 한 후 일일이 확인해 보니 19명 모두가 자리에 앉았다. 배낭을 내려 아까 전통시장에서 산 구운 오징어와 과자들을 꺼내 놓고 옆에 앉은 갑판장에게 나누어 먹으라고 한 후 나 역시 자리에 앉아서 오징어를 찢고 있는데 안내 방송과 함께 기차가 출발하고 있었다.

나도 앉아 바깥을 보는데 어느새 잠이 들었는지 기차가 '뽁~뽁~' 하는 소리에 잠을 깨어 보니 평택역에서 출발하고 있었다. 이제 한 시간 후면 서울에 도착할 것이다.

자리에서 잠시 일어나 대원들을 살펴보니 모두 자리에서 잠들이 들어 있는 모습이었다. 피곤하기도 했을 것이다.

얼마가 더 지나서 자리에서 일어나 위 짐칸에 있는 배낭을 꺼내 정리를 하고는 앉아서 밖을 내다보니 영등포역에 도착한다는 안내방송과 함께 영등포역 간판이 눈에 들어왔다. 그저께 서울을 떠나 겨우 이틀 만에 돌아오는 것인데 마치 여러 날이나 걸린 것처럼 아득하고 멀게 느껴졌다.

"다음은 이 기차의 종착역인 용산역입니다. 잊어버리신 물건 없이 안녕히 가십시오."

음악과 함께 안내 멘트가 나오자 모두들 일어나서 양쪽 입구로 걸어 나가기 시작했다.

배낭을 메고 대원들을 따라 천천히 내려가서 에스컬레이터를 타고 위로 올라가 승차권을 반납하고 다시 광장에 내려가는 계단 쪽으로 가는데 학부형 두 분이 인사를 했다.

"선생님! 수고하셨습니다!"

"대장님! 저희 엄마예요!"

대원 두 명이 앞으로 오더니 각자 자기 엄마들을 보고 웃으며 자랑스럽게 내게 소개를 한다. 나는 이렇게 마중까지 나와 주셔서 고맙다고 인사를 하자, 학부형 두 분은 다시 한 번 수고하셨다는 인사를 했다.

에스컬레이터를 타고 광장에 내려가 보니 대원들이 모두 모여 있었다.

"자. 그럼 여기서 이번 겨울 캠프를 마무리하고 헤어지기로 한다. 다만 선생님이 여행의 마지막으로 부탁하고 싶은 것은 다른 데 들리지 말고 곧바로 집으로 가라는 것이다.

오늘이 도착하는 날이라는 것을 부모님께서도 알고 계시니까 걱정하시지 않도록 즉각 집으로 향해 주기 바란다. 그리고 도착 즉시 선생님한테 전화해 주면 고맙겠다. 그래야 선생님도 마음 푹 놓고 잠을 잘 수 있을 거다. 알았나?"

"예."

대원들이 우렁차게 대답을 했다. 그런데 집이 의정부라고 했던 대원의 얼굴이 눈에 들어왔다.

"네 전화 오면 다 온 거니까 그렇게 알고, 나머지 대원들도 모두 전화 부탁한다."

"예! 알겠습니다."

갑판장이 대열 앞에 서더니 정렬을 시키고 구호를 외쳤다.

"전체 차려! 대장님께 대하여 경례!"

"충성!"

구호를 외치며 거수경례를 했다.

경례를 받고 손을 흔들며 천천히 광장 쪽으로 걸어갔다.

신호등을 건너 버스정류장으로 갔더니 마침 우리 동네로 가는 버스가 왔다. 버스에 올라 뒤쪽으로 가서 자리에 앉아 창밖을 보니 대원들 모두가 보이지 않는다. 이제 모두가 제 갈 길을 가고 있는 것이리라.

2박 3일 다녀온 여행도, 마치고 나면 제 갈 길을 가는 것이고, 3년이라는 긴 여정의 학교생활도, 마치고 나면 제 갈 길을 가는 것이다.

인생이라는 길에서 만나는 여정의 사람들은 항상 마찬가지다. 서로에게 주어지거나 서로가 만나서 해야 할 일이 끝나고 나면 각자 갈 길을 가는 것이다. 아무리 긴 세월을 함께해도 언젠가는 각자의 길을 가는 것이 바로 인생이다.

배낭을 무릎 위로 올리고 앉아서 이 생각 저 생각하는데, 해남 녹우당의 고택이 눈에 들어오면서 이번에는 고산 할아버지가 머릿속에서 뱅뱅 맴돈다.

이번 여행의 마침표는 이렇게 찍히는 것 같았다.

〈남도여행 단체사진〉

금강산을 다녀와서

　2000년 12월 20일부터 23일까지 3박 4일의 일정으로 금강산을 다녀오기로 했다.

　20일 아침 정동에 있는 현대의 본사 사옥 앞에서 동해항까지 왕복하는 관광버스에 몸을 실었다. 버스에서는 북한 땅에 내려서 주의해야 할 사항에 대한 비디오테이프를 시청했다. 테이프에 실린 내용은 금강산을 왔다 갔다 할 때와 북한 주민들과 마주쳐 대화를 하게 될 경우에 해야 할 말과 하지 말아야 할 말 등 주의 사항을 상세하게 설명해 주고 있었다. 외국여행을 가는 경우에도 이렇게까지 하지는 않는다. 근 20여 년 전 해외여행이 자유롭지 못하던 시절에 해외출장을 가거나 어쩌다가 여행이라도 가기 위해서 자유총연맹본부에 있는 교육센터로 가서 안보교육을 받아야 했던 시절이 떠올랐다.

　서글픈 현실이다.

　그 시절에 해외에 나가기 위해서 안보교육을 받으러 가면 지금 저런 식으로 교육을 시켰다. 해외에서 북한 사람들과 마주치면 일단은 대화를 조심하라고 한다. 그 사람들은 사상교육이 투철해서 대화를 하다가 잘못하면 포섭을 당할 수도 있다든가, 아니면 포섭을 당하지 않아도 그 사람들에게 위해를 당할 수 있다는 등의 교육을 통해서 일단 남북 간의 접촉은 안 하는 것이 좋은 것으로 인식하도록 만들었다. 물론 그 시절의 교육 내용과 차이가 날 수는 있지만 지금 교육하는 것 역시 북한과 북한 주민을 동족으로 보기보다는 관광지를 관리하는 사람들이지만 상대하지 않는 것이 좋다는 그런 이야기에서 크게 벗어나지 않는 이야기다.

6·25 동족상잔의 비극을 겪은 후, 세월은 50년이나 흐르고 겉으로 보기에는 남북이 어느 정도 녹아내려 이제는 물꼬가 트일 것 같지만 아직도 남북은 얼어붙은 그대로라는 생각이 들었다.

오후 5시경 출국심사를 끝냈다. 도대체 북한에 가는데 출국심사라니 그 역시 나로서는 도저히 납득이 안 가는 일이었다. 물론 우리의 현실을 몰라서 하는 이야기가 아니다. 하지만 동포요, 겨레라고 하면서 출국심사를 한다는 것도 우스운 일이고 마치 해빙무드가 무르익어 가는 것처럼 대외적으로 공표를 하면서도 이렇게까지 해야 하는 것인지 의문이 들지 않을 수 없었다. 그러나 절차는 절차다.

출국심사를 받는 동안 배낭이 별로 무겁지 않아서 그냥 메고 있는데 외국인 한 사람이 옆에서 왔다 갔다 했었다. 그런데 출국심사가 끝나자마자 내 옆으로 다가와서는, 내가 짊어지고 있던 배낭을 달라고 하더니 받아 들고 앞으로 가는 것이었다. 같이 갔던 선생님들과 고개를 돌리며 어리둥절 쑥스러워했지만 지금 이 자리에서 왜 그런지를 묻기도 그렇고 해서 그냥 따라가기로 하고 계속 따라갔더니 우리가 앞으로 3박 4일 동안 숙박을 해야 할 방으로 안내를 했다. 우리가 승선하고 가는 금강호의 선원이었던 것이다.

1달러를 팁으로 주고 나서 너무 적게 주지나 않았는지 슬그머니 눈치를 보게 되었지만, 나중에 들어 보니 선내에서의 모든 팁은 천원이나 1달러 지폐로 한 장 내지 두 장만 주라고 했다. 그 이상 주는 것은 받는 사람들로 하여금 기대치만 높이게 되어 나중에 여행을 하는 사람들에게는 더 많은 기대를 할 수도 있으니 자제하라는 것이었다. 그도 그럴 것이 배 안에는 승무원이 400여 명이 근무하고 있는데 그중 우리 한국인은 현대 직원들 약 50명뿐이고 나머지는 말레이시아, 필리핀, 중국, 베트남, 인도네시아, 태국, 러시아 등 외국인들이라고 했다. 현대 직원들이야 그렇다고 하지만 외국인들이 언제 어떤 위험이 닥칠 금강산에 와서 근무를 하는 것은 오로지 돈을 벌기 위한 수단일 뿐일 것이다. 그런데 그들에게 공연한 기대치만 높여 놓았다가는 나중에 그들을 고용한 사람들이 자신의 피고용인들을 다루기가 힘들 수도 있는 것은 당연한 일이었다.

그 말을 듣고 외국인들을 고용해서 이런 일을 시킬 수 있다는 우리나라의 국력에 잠시 우쭐한 생각을 하기도 했지만, 해외여행과는 또 다른 금강산 여행에 서먹서먹한 사람들에게 돈 씀씀이에 대해서까지 세심하게 안내해 주는 현대 측의 배려가 고맙기도 했다.

금강호에 승선하고부터는 이제 진짜로 북한에 가는구나 하고 설레는 마음이었다.

배 안에서 저녁을 먹고 두 시간여에 걸쳐 버스에서 본 비디오와 같은 내용의 주의사항을 실제로 금강호의 승무원들이 보여 주었고, 이어서 몇 가지 현대 승무원들의 특기들을 보여 주었다.

금강호는 선체 길이가 200m, 넓이는 40m, 높이는 14층 높이의 건물과 맞먹는 거대한 선체로 실내에는 한꺼번에 500여 명이 먹을 수 있는 식당을 비롯해 외국인들이 직접 노래를 부르는 실내 포장마차가 있었다. 그리고 포장마차와는 약간 품위가 다른 조용한 분위기의 카페도 있었고 300석 규모의 무대가 있는 극장식 바도 있었다. 그런가 하면 실내 골프연습장과 농구장, 수영장 등 운동시설이 갖춰져 있고 북한의 농산품이나 산나물 등을 팔고 있는 매점과 일상생활에 필요한 물건을 구입할 수 있는 슈퍼마켓 등 사람이 살아가는 데 필요한 제반 시설을 모두 갖추고 있는 곳으로, 실로 어마어마한 하나의 거대한 빌딩이자 생활공간 그 자체였다.

내가 잠에서 깨었을 때 시계를 보니 5시였다. 이제 21일 아침 5시가 된 것이다. 가만히 일어나 창문을 내다보니 아직 깜깜하기만 했다. 아직 배는 항해를 하고 있는 중이었다.

안내 방송이 나오고 7시부터 아침식사가 준비되었다고 하여 다시 한 번 밖을 내다보니 그제야 장전항의 항구 내에서 비추는 전등 불빛이 주변을 볼 수 있을 정도로 밝혀져 있는 모습이 보이며, 그 옆에는 동해항과 장전항을 왕복하는 현대의 또 다른 금강산 관광 왕복선 설악호가 자태를 뽐내고 있었다. 그리고 그 옆에는 금강 선상 호텔이 우뚝하게 자리하고 있었다.

그야말로 바다에 떠 있는 거대한 빌딩이라고 해도 과언이 아니었다.

후에 알게 된 일이지만 장전항 주변은 현대에서 북한으로부터 항만은 물론 주변의 모든 것 일체를 구입하여 관광객들을 위한 편의시설을 공사하여 현대식으로 바꾸어 놓았다고 한다.

아침식사를 마치고 8시 30분부터 금강산 산행을 출발한다고 했다.

모든 준비를 끝내고 밖으로 나오니 쌀쌀하기는 했으나 살을 에는 듯한 추위는 아니었다. 12월 21일이면 우리 대한민국도 몹시 추운 계절인지라, 북한이라는 생각만으로도 엄청나게 추울 것이라고 생각했던 것은 역시 선입견이었다고 생각하니 피식 웃음마저 나왔다.

25~6명씩 일개 조를 편성해 현대라고 쓰여 있는 버스에 승차하였다. 그런데 겨우 500m쯤 가더니 내리라고 했다. 그곳에서 어제의 출국심사 때와 같은 방법으로 이번에는 입국심사를 받아야 한다는 것이다. 김포공항에서 출입국 검사를 하는 것처럼 일일이 몸 검사를 했다. 그리고 소지품 중에서 특히 카메라는 망원렌즈가 있는 것은 가지고 들어가지 못한다고 했다. 금강산에서 먼 거리에 있는 또 다른 북한의 시설물을 촬영하는 것을 금지하겠다는 조치인 것 같아서 당연히 받아들였다.

입국심사장에는 금강산 관광단이라는 사진이 붙어 있는 일종의 여권심사가 있었는데 북한 당국의 관원의 눈매가 너무나 예리하여 오싹할 정도였다. 어제 출국심사를 받을 때와는 전혀 다른 기분이었다.

북한의 관원은 자기가 가지고 있던 명단과 일일이 대조하는 과정에서 얼굴과 사진을 번갈아 보고는 이상이 없다 싶으면

스탬프 도장을 꽉 찍어 주었다.

정말 외국의 공항에서 입국심사를 받는 것과 하나도 다를 것이 없었고, 비로소 북한은 우리와는 같은 나라가 아니라는 것을 몸으로 실감할 수 있는 순간이었다. 왠지 안타까우면서도 서럽고 속상하고 뭐라고 표현하기 힘든 심정이었다.

말투는 조금 다르지만 분명히 한 핏줄이고 같은 말을 쓰면서 지척지간인 같은 하늘 아래 살고 있으면서도 이렇게 살아야 한다는 것이 표현하기 힘들 정도로 속이 상했다.

입국장을 통과하여 기다리던 버스에 조별로 승차하기 위해서 밖으로 나갔다.

"반갑습니다. 반갑습니다. 동포 여러분 반갑습니다."

많이 듣던 노래가 스피커를 통해 흘러나왔다. 그 노래는 우리가 매스컴을 통해 여러 번 들었던 노래여서 드디어 북한에 왔다는 실감은 났지만 오늘은 하나도 반갑지 않았다. 그리고 저 노래가 위선 투성이라는 생각마저 들었다. 정말 반가우면, 아니, 정말 동포라서 반갑다면, 이런 식은 아니라는 공연한 뒤틀림이 솟아나기조차 했다.

그러나 현실은 현실이다.

어쩔 수 없는 현실을 거부할 수는 없는 것이다.

다만 내 가슴 가득 안타깝고 속상한 그 마음이 있을 뿐이지 현실을 부정하고자 하는 것은 아니다.

언제 통일이 되어 나처럼 속상한 사람들이 속을 끓이지 않고 자유롭게 여행을 할 수 있을까 하는 생각을 하며 버스에 자리를 잡고 앉았더니 안내원으로 동승한 현대 직원이 운전기사를 소개했다.

우리 차의 운전을 하실 분은 중국 연변에 있는 중국 동포라고 소개를 해주었다.

"안녕하십네까? 반갑습네다."

동포라는 운전기사가 모자를 벗고 함경도 억양의 친근한 우리말로 밝게 웃으면서 인사를 했다. 모두가 진심으로 반기는 마음으로 박수를 보내고 이어서 온정리까지 이동했다.

10여km 정도 되는 길 양쪽으로는 철조망이 쳐져 있고 곳곳에 북한의 군인들이 경비를 서고 있는 모습이 차창 밖으로 보였다. 이곳저곳에 마을들이 보였으나 왕래하는 사람들은 별로 보이지 않았다. 특히 철조망 중간 중간을 통과해야 하는 곳에서는 우리가 탑승한 버스가 지나가기를 기다리는 주민들이 가끔 있었는데 우리들은 손을 흔들어 보였으나 북한의 주민들은 본척만척 무표정 그대로였다.

30여 분이 지나 온정리 마을에 도착하니 그곳에는 큼직큼직한 현대식 대형건물이 세 채가 있었다. 중앙에 있는 건물은 관광객들이 점심을 먹는 건물이고 앞쪽에 있는 것은 모란봉 교예단이 공연하는 공연장이라고 했다. 또 뒤쪽으로 보이는 제법 큰 건물은 온천장이라고 소개했다.

삼십여 분 정도 휴식을 취하고 본격적으로 금강산 여행을 떠나기 시작했다.

버스에 승차하여 제1조는 만물상 쪽으로, 제2조는 내금강

쪽으로 정했다. 각 조가 산행 장소를 되도록 많이 경험할 수 있도록 인원을 양쪽으로 분산시켜 교차 진행하는 것이었다.

굽이굽이 아슬아슬한 길을 올라가 주차장에 도착하여 산행을 시작했다. 곳곳에는 남녀가 한 조를 이룬 감시원들이 경비를 하고 있었다. 우리는 익히 들은 바였기 때문에 감시원들에게는 신경도 쓰지 않고 산행을 계속하고 있었다. 그런데 얼마쯤 올라갔을 때였다.

감시원 중 한 남자가 내가 쓰고 있던 보이스카우트 베레모를 벗기며 물었다.

"이게 뭣입네까?"

갑자기 베레모를 벗기는 것이 당황스럽기도 하고 한편으로는 불쾌하기도 해서 한참 동안 감시원을 쳐다보다가, 자기들 딴에는 신기해서 그런 것이려니 생각하고 기분 좋은 목소리로 대답해 주었다.

"여기에도 소년단이 있지요?"

"그렇습네다."

"남쪽에서는 소년단을 보이스카우트라고 부르며 나는 그 보이스카우트 대장이었기 때문에 보이스카우트 베레모를 쓰고 있는 겁니다."

내 말을 들은 그 감시원은 모자 안쪽을 보더니 거기에 보이스카우트라는 마크가 새겨져 있는 것을 보았다.

"아니? 왜 우리말로 소년단이라는 말이 엄연히 있는데 외국말로 보이스카우트라고 쓰는 겁네까?"

그 감시원은 따지듯 물었다.

그때 같이 올라오던 몇몇 선생님들 중 한 분이 차분하게 설명해 주었다.

"보이스카우트라는 것은 세계 200여 개 국에 있는 소년들의 심신 수련단체로 외국어라고 하기보다는 일종의 고유명사화된 공용어로 보이스카우트라고 하는 겁니다. 단체명이라는 것이죠."

"아무리 기러트라두 소년단이라는 좋은 우리말을 놔두고 왜 외국어를 쏩네까?"

감시원은 궁금하다는 것인지 논쟁을 하자는 것인지 모를 투로 다시 한 번 불만스런 목소리로 되물었다. 그러자 더 이상 소모적인 논쟁은 불필요하다고 생각하신 다른 선생님이 말씀하셨다.

"남쪽에서도 소년단이라고도 합니다."

그러자 그 감시원은 자신의 뜻을 관철했다고 생각했는지 아니면 자신이 논쟁에서 이겼다고 생각했는지, 씩 웃으면서 모자를 건네주며 인사를 했다.

"고맙습네다."

나는 무엇이 고맙다는 것인지 알 수가 없었다. 남쪽에서도 소년단이라고도 하는 것이 고맙다는 것인지, 자신이 공연히 트집을 잡았는데 잘 참아 주어서 고맙다는 것인지, 자신이 소년단이라고 해야 한다고 주장한 것에 대해서 일부나마 그렇게도 부른다고 공감을 해주어서 고맙다는 것인지 도통 알 수가 없었다.

다만 한 가지 확실하게 느낄 수 있는 것은 서울에서 생각했던 것보다 남북 간의 차이가 너무나도 크게 벌어져 있다는 것이었다.

나는 북한 전문가가 아니기 때문에 경제적인 것이나 군사적인 것은 잘 모르겠지만 적어도 사고방식은 엄청나게 벌어져있는 것만은 틀림이 없는 것 같았다. 일개 감시원이 보이스카우트 대원의 베레모 하나 가지고 우리말 운운하는 것을 두고하는 말은 아니다. 그 감시원은 그 말을 할 때 맹종하는 표정이었다. 그리고 같이 조를 이루고 있던 여성 감시원도 그 말에전적으로 공감한다는 표정이었다. 만일 그 남자 감시원이 다른 사람들과는 다르게 혼자서 외국어 운운한 것이라면 같은조를 이뤘던 여자 감시원이 말렸을 것이다. 당연히 관광객에대한 예의도 아닐뿐더러 서울같이 일반적인 사고가 통하는 곳이라면 전혀 시비 거리도 되지 않을 일인데 그냥 방치했을 리가 없다. 오히려 관광객에게 죄송하다고 자신이 대신해서라도사과를 했을 것이다. 그러나 그 여자 감시원은 전혀 그런 표정이 아니라 외국어를 쓰는 것이 아주 못마땅하다는 표정이었다.

속상하게도 갈라져 가는 거리가 점점 멀어져 가는 남과 북의 현실을 확인한 것 같아서 씁쓸하기만 했다.

그날 정오경 만물상 정상에 도착했다.

그곳에 있던 감시원 하나가 내 명찰을 보고 질문을 했다.

"남한에서 교원입니까?"

"그렇습니다만?"

"무엇을 가르치십니까?"

"체육 선생입니다."

"선생님은 모든 운동을 다 잘 하는가 봅네다?"

"그렇지는 않습니다. 기초체력을 바탕으로 해서 자기의 전공을 가르치는데 나는 태권도가 전공이에요. 북한에서도 태권도가 많이 발전돼 있지요?"

"그렇습네다. 태권도야 국기입네다. 그런데 선생님을 그렇게 아이 봤는데 대단하십네다."

"그렇게 안 보셨으면 어떻게 보셨습니까?"

"체육 선생님이 아이라 력사나 국어선생님 아인가 생각했습네다."

"왜요?"

"체육 선생님은 우람하고 해야 하는데 그렇지 않아서지요."

감시원의 그 말이 주변에 있던 사람들로부터 함박웃음을 웃게 했다.

비록 감시원이 그냥 던진 농담일지라도 북한 땅을 밟고 처음 웃는 웃음이라 그런지 나는 유독 크게 웃었다. 그 웃음 한 번이 조금 전까지 아프던 가슴을 조금이나마 스스로 위로해 주는 것 같았다.

그러면서 갑자기 생각나는 것이 있었다.

"아참! 경비원님. 혹시 최홍희 장군 아시죠? 국제태권도연맹 (ITF) 총재 말입니다."

내 질문을 받은 경비원이 깜짝 놀라는 눈으로 나를 바라보며 말을 받았다.

"아니? 선상님께서 어캐 그분을 아십네까?"

나는 웃음 띤 얼굴로 대답했다.

"그분이 50년대 군을 중심으로 무술 수련을 하면서 태권도를 창시하신 분 아녜요? 60년도에 이승만 대통령으로부터 태권도라는 명칭을 부여받아 1966년에 국제태권도연맹(ITF)을 창설하신 분이죠? 그분은 그 당시 박정희 정권과의 불협화음 때문에, 전 세계에 태권도를 보급하신다는 꿈을 가지신 최홍희 장군은 캐나다로 이민을 갔다가 북으로 오셔서 북한에 태권도를 보급하신 분입니다. 지금은 남북이 다 같이 태권도라고 부르며 남에서는 세계 태권도를 관장하는 세계태권도협회를 창설하고, 북에서는 국제태권도연맹을 이끌어 세계적으로 인정받는 분 아니십니까?"

내 말을 들은 여자 경비원은 입까지 벌리며 놀라고 있었다.

"민경대 선상님이시네요? 선상님 고맙습니다. 정말 고맙습니다."

내 명찰을 보더니 고맙다고 하면서 거수경례까지 했다. 나는 솔직히 무엇이 고맙다는 것인지 정확히는 알지 못했지만, 그 여자 경비원 역시 최홍희 장군을 존경하는데 내가 알아주어서 고맙다는 것이 아닌가 하는 생각을 하면서 나 역시 보이스카우트식으로 답례를 하고 걸음을 옮겼다.

다시 온정리에 내려와서 늦은 점심을 먹고 모란봉 공연장에서 텔레비전에서나 보아 왔던 북한 공예예술단의 아슬아슬한 묘기들을 보았다. 마치 우리들이 어린 시절에 보았던 서커스 같은 것이라고 할 수도 있겠지만, 솔직히 그것에 비하면 훨씬 묘기도 다양하고 예술적인 것만은 사실이었다. 하기야 북한에서야 악극단을 국가에서 운영할 정도니 그 수준이 짐작은 갈 일이다. 특히 외국 관광객을 주로 상대한다는 모란봉 악단은 당연히 그 기술이나 예술적인 면에서 뛰어날 것임은 자명한 일이다.

저녁 어스름이 내려앉자 버스를 타고 아침에 입국했던 장소로 다시 가서 반대로 출국심사를 하고 또 다시 버스를 타고 금강호로 돌아가는데, 안내양이 출입국 심사장소가 멀어서 이곳 근처에다 심사장소를 다시 지으려고 한다고 설명해 주었다. 그렇게 하면 버스를 타고 내리고 하는 수고는 없겠지만 어차피 마음이 아픈 것은 마찬가지라고 생각하며 금강호 쪽으로 가는데 반대편 쪽의 부두에 설봉호라는 배가 정박해 있으면서 거기서도 관광객들이 삼삼오오 몰려나왔다.

안내원의 말에 의하면 오늘 오후에 2박 3일간 일정으로 속초에서 출항하여 3시간 30분 정도 항해해서 이곳에 온 관광객들이라고 했다. 그들과 서로 인사를 나누는데 서로가 반대쪽으로 가는 중이었다. 우리는 금강호로 가고 그들은 지금부터 온정리로 온천을 하러간다고 했다. 금강산에 왔으니 금강산 온천을 하는 것도 의미 있는 일이기는 하지만 유난히 온천을 좋아하는 우리들의 문화가 다시 한 번 떠올랐다.

저녁식사 후의 프로그램은 금강호에 승선하고 있는 외국인 승무원들이 각기 자기 나라의 독특한 문화를 보여 주는 무대였다. 그리고 보니 이 배에 승선하고 있는 승무원들이 그냥 단순한 승무원들이 아니었다. 자기들 나름대로는 자기 나라에서 민속무용이나 민속음악 등의 장기를 가진 사람들이 승무원으로 채용된 것이었다.

하기야 낮 시간만 허용되는 관광을 마치고 승선을 하고 나면 지루한 시간을 보낼 관광객들을 위해서는 필요한 조치이기에 선사에서도 그렇게 고용을 했을 것이라는 생각이 들었다. 잘하고 못하고를 평할 만한 식견도 없는지라, 그저 낯설고 처음 접하는 문화에 대한 호기심으로 즐거운 시간을 보냈는데, 그 중에서 중국의 여자 한 명이 보여 주는 장기는 인기가 대단했다. 그것은 자기 몸을 도저히 생각할 수 없는 모양을 만들어 이것저것 보여 주는 것이었다. 가끔 TV에 등장하는 것처럼 자신의 몸을 감았다 폈다 한다고 할 정도로 부드럽게 움직이는 모습을 보면서 어릴 적에 서커스 구경을 가면 자신의 몸을 마음대로 움직이는 무용수들을 보면서 식초를 많이 먹으면 몸이 자유자재로 굽었다 폈다 할 수 있다고 하던 소리가 기억이 나 혼자 피식 웃기도 했다.

공연을 보고 나서 9시경 몇몇 선생님들과 포장마차에 들러서 소주를 시켰는데, 서울에서 마시는 소주병의 1/4 정도 되는 작은 플라스틱 병에 들어 있는 것이 4,000원이나 한단다. 서로가 눈을 동그랗게 뜨고 아연해 있는데 같이 갔던 교장선생님 한 분이 말씀하셨다.

"술값이 비싸기는 하지만 배 타고 오다보니 그렇게 된 것 같습니다. 오늘은 제가 계산할 테니 신경 쓰지 말고 적당히 드십시다."

"술값 계산을 떠나 이건 비싸도 너무 비싸네요? 무슨 일본에 가서 우리 소주 수입한 것 마시는 것도 아니고?"

"관광이라는 게 다 그렇지 않습니까? 비싼 줄 알면서도 필요해서 마시고 또 싼 줄 알면서도 입에 안 맞아 못 먹고.

기왕 우리가 이렇게 북한까지, 그것도 금강산까지 온 것만 해도 복 받은 거다 생각하고 그냥 한잔씩 하시자고요."

교장선생님이 포장마차에 근무하는 선원을 불러서 주문을 하자 오히려 안주값은 생각보다 저렴했다. 술은 반출할 때 또 다른 세금이 붙은 것인지 아니면 안주는 이곳 북한에서 직접 물자를 조달한 것인지는 모르겠지만 희한하게 균형이 맞지 않았다. 그러나 교장선생님 말씀처럼 관광이라는 것이 다 그런 것이다. 써야 할 곳인데 안 쓰기도 하고 안 써야 할 곳인데 자신도 모르게 쓰는 것이 여행이다.

안주 서너 가지를 시켜서 간단하게 소주를 마시며, 소주에 취하기보다는 러시아인 가수들이 부르는 샹송에 취해 숙소로 돌아와서는 나도 모르게 잠이 들어 아침 안내 반송을 듣고서야 깨어났다.

아침식사 시간에는 한꺼번에 몰려드는 관광객들 때문에 뷔페식 식당이 붐볐다. 음식을 담은 식판을 들고 일행과 함께 앉을 자리를 찾던 어떤 손님 한 분이 여러 명이 앉을 자리가 비어 있는 곳이 눈에 들어오지 않자 일행에게 말했다.

"자리가 없네?"

그러자 가까이 있던 인도네시아 여자 승무원 하나가 그 말을 받아 똑같이 말했다.

"자리가 없다?"

그 인도네시아 여승무원이 그 말을 왜 했는지는 정확히 모른다. 하지만 미루어 짐작하건데 자리가 붐벼서 죄송하니 일행이 굳이 모여 앉지 마시고 나누어 앉아서 식사를 해 달라는 의미의 말을 하고 싶었던 것이리라. 그런데 우리나라 말이 서툴다 보니 자신도 모르게 자리가 없기는 왜 없냐는 투의 물음표를 꼬리에 단, '자리가 없다'라는 말로 대신해 버리고 만 것이다. 그것도 나이가 지긋하신 고객이 하는 말에 반말로 대답을 하고 만 것이다. 주변의 모든 사람들이 대충 그런 의도를 짐작했기에 무어라 말하지 않고 그냥 껄껄 웃었더니 정작 그 말을 한 아가씨는 어리둥절해하며 얼굴이 홍당무가 되어 어쩔 줄 몰라 하면서 승무원 대기 장소로 들어가 버렸다.

오늘은 아침부터 기분 좋은 웃음으로 출발하고 있었다.

어제와 같은 순서로 내금강 쪽 주차장에 도착해서 조별로 설명을 듣고 올라가기 시작하던 중이다. 마침 우리 3조 C반 고등학생 한 명이 북한의 감시원에게 꾸중을 듣고 있었다. 당황한 우리 조장이 북한 감시원에게 왜 그러냐고 물었다.

"저런 걸 거기다 버리면 되겠습네까?"

북한 감시원이 손가락으로 가리킨 곳에 떨어져 있는 것은 그 학생이 그간 귀 뒤쪽에 붙이고 다니던 멀미 예방 딱지였다. 조장은 다시 그 딱지가 떨어져 있는 곳으로 내려가 딱지를 들고 올라와서 죄송하다고 정중하게 사과했다.

"죄송한 것과는 별개로 갔다가 오면서 벌금을 내시라요."

감시원은 일단 갔다가 돌아오는 길에 벌금을 내라고 했다. 북한에서는 쓰레기를 버리면 30달러의 벌금을 내야 하는 등 여러 가지 벌금 조항이 있었다. 그리고 주차장에 공중화장실이 있고, 그 다음부터는 곳곳에 우리의 간이 화장실 같은 화장실이 있는데 그곳에서 소변은 남자가 1달러, 여자들은 2달러를 내야 사용할 수 있었다.

자신들의 말로는 자연보호에 만전을 기하기 위해서 그렇게 조치하는 것이며, 그 덕분에 어디를 가도 골짜기의 물은 약수 이상의 식수로 손색이 없다고 하지만 조금은 의아했다.

쓰레기를 버리면 벌금이 30달러니 우리 돈으로 3만 원이 조금 넘는다. 그렇지만 쓰레기를 버렸으니 자연보호를 위해서 과중한 벌금을 매긴다고 해도 할 말이 없고 좀 과하다는 생각은 들지만 납득할 수 있는 일이었다. 다만 공중화장실도 자연보호를 목적으로 사용료를 낸다는 것은 납득이 가지를 않는 말이다. 사람의 용무가 그냥 심심해서 하는 일도 아니고 어쩔 수 없는 경우에 보는 일인데 그것마저도 돈을 받는다는 것은 솔직히 외화벌이를 위해서라고 하는 편이 옳다는 생각이 들었다.

우리나라 6~70년대, 일부에서는 80년대까지도 시장통에서 용무를 보기 위해서 공중화장실에 가면 몇 원씩 받고 사용하게 했었다. 그리고 그 화장실을 소유하고 있는 집은 그게 가업이었다. 아주 못사는 나라는 화장실에 대한 개념이 없으니 그렇다고 하지만, 그래도 어느 정도 사는 나라 중에서는 못사는 나라일수록 화장실 문화가 저급하고 그곳에서 돈을 받는다.

물론 아무 곳에서나 용변을 보면 자연을 오염시키는 것은 사실이다. 그렇다고 화장실 요금을 받으면서 자연보호 운운하는 것은 정부가 관광객들에게 무료 화장실을 제공할 형편이 되지 않든가, 아니면 그 화장실을 이용해서 돈벌이를 하자는 수단 이상은 아무것도 아니라는 생각이 들었다.

내금강의 아름다운 폭포를 목표로 올라가며 단체로 사진을 찍고 올라가는데 눈이 내리기 시작하여 아이젠을 착용하고 산행을 계속했다. 12월의 겨울 산행은 우리나라에서나 북한에서나 뜻하지 않은 기후를 만날 수 있음으로 미리 아이젠을 준비하라는 지시를 따르기를 잘했다.

내려올 때는 뜻하지 않게도 여자 감시원과 이야기할 수 있었다.

우리가 먼저 말을 거는 것은 하지 말라고 되어 있어서 우리가 먼저 한 것이 아니라 그 여자 감시원이 무엇이 궁금했는지 먼저 말을 걸었다.

"남한에서는 세종대왕님의 동상을 쓰러뜨리고 난리라고 들었는데 정말 그랬습네까?"

여자 감시원은 상당히 고조된 얼굴로 물어 왔지만 우리는 서로의 얼굴만 바라보며 의아해했다.

"글쎄요? 전혀 모르는 말인데요?"

"거짓말 마시라요! 세종대왕님의 동상을 쓰러뜨리고 그것도 모자라 목까지 부러뜨렸다고 알고 있습네다."

그 소리를 듣자 생각나는 사건이 있었다. 얼마 전 신문에 시골 어느 초등학교에서 그곳의 어떤 종교단체에 속해 있던 몇몇 사람이 단군 동상을 쓰러뜨리고 목까지 훼손한 적이 있다는 기사를 본적이 있던 생각이 들었다.

"아! 그게 아니라 혹시 세종대왕님이 아니고 단군상을 훼손했다는 이야기를 그렇게 말씀하시는 것 아닌가요? 시골 어느 학교에서 종교적인 문제로 그런 일이 있었다는 신문기사를 본 적이 있습니다만?"

그러자 그 여자 감시원은 더욱 흥분하여 되물었다.

"어떻게 그럴 수가 있을 수 있습네까? 세종대왕님도 아니고 국조이신 단군님을 훼손했다니 학교에는 감시원도 없습네까?"

"예. 대한민국의 학교에는 감시원은 없고 선생님들만 계십니다. 일부 못된 사람들이 자신들의 종교를 내세워 벌인 일이지만 잘못된 일이 분명하기 때문에, 학교에 무단침입을 해서 기물을 파괴한 데 대해서는 엄중한 벌을 받을 겁니다."

여자 감시원이 말하는 감시원이라는 것이 경비원을 의미하는 것임을 알면서도 대한민국에는 그런 감시 따위는 하지 않는다는 의미로 감시원은 없다고 했지만 여자 감시원은 그 말에는 개의치 않고 자신이 궁금한 것을 질문했다.

"그런 사람들은 판사의 벌을 얼마나 받습네까?"

"글쎄요? 우리는 판사가 아니라 잘 모르지만 아마도 상당히 엄한 벌을 받을 겁니다."

"기래요? 기런 사람들은 민족의 정기를 해치는 사람들이니 엄벌에 처해야 한다고 남조선에 가시면 판사님에게 꼭 좀 전해 주시라요. 민족 자주성을 해치는 사람들은 북이든 남이든 필요 없는 존재 아인가요?"

"알겠습니다. 전해 드릴 수 있으면 전해 드리겠습니다."

나는 나 스스로 별로 전하고 싶은 생각이 없지만, 지금 흥분해 있는 감시원 앞에서 딱히 대답할 말이 없어서 알았다고 했다. 재판은 판사가 알아서 할 일이지 내가 이래라 저래라 할 일도 아니다.

내가 보기에는 오히려 북한 여자 감시원의 외골수적인 생각에 더 문제가 있었다.

북한은 평양에 단군릉을 만들어 놓았다.

그들은 자신들이 고조선 이래의 적통 정권이라는 주장을 하고 싶어서일 것이다. 하지만 그건 엄청나게 큰 오류를 범하고 있는 것이다.

북한이 자신들의 정권에 대한 적통을 주장하기 위해서 평양에 단군릉을 만들어 놓고 있는 것 자체가 국조이신 단군 성조들께서 광활한 대륙을 호령하시던 모습을 축소시키는 것에 지나지 않는다. 그들은 주체사상 어쩌고 하지만 실제 그들의 정권 유지를 위한 수단일 뿐 아무런 의미가 없는 헛소리에 불과한 메아리일 뿐이다.

그런 상황에서 여자 감시원과 더 이상의 실랑이를 벌이고 싶지 않아서 판사님에게 말을 전해 준다고 그냥 얼버무리고 말았던 것이다.

온정리에 돌아와 어제처럼 늦은 점심을 먹고 온천을 하고는 곧바로 아침의 역순으로 금강호로 돌아왔다. 저녁에는 금강호 관광객들을 위한 노래자랑이 있었는데 여러 사람 들이 신청하여 재미있게 노래 부르고 초청 가수들도 몇이 나와 노래를 불렀다.

숙소로 돌아가는 중에 보니 낮에 찍은 단체사진이 벌써 현상되어 벽보에 붙어 있어서 그들의 상술에 다시 한 번 입을 다물지 못했다.

그간의 노정으로 초저녁에 잠자리에 들었던 나는 새벽 4시경에 잠이 깨서 바깥을 내다보았는데 역시 이곳저곳이 반짝이며 휘황한 불빛이 빛나고 있었다.

50여 년의 긴긴 세월을 대립과 갈등으로만 마주보던 남과 북이 1990년대부터 무너지기 시작한 이데올로기의 벽 사이로, 서로에 대한 국가 경제 이익에 최우선을 두고 시작한 대화의 결실이 이제야 서서히 매듭지어져 가고 있구나 하는 생각이 들었다. 그러나 금강산 여행을 통해서 느껴야 했던, 점점 더 넓어져 가는 남북 간의 의식구조의 차이는 무엇으로 메꾸어야 할지 답답하기도 했다.

2000년, 새천년의 6월 15일, 드디어 우리 대한민국의 대통령과 북한의 국방위원장의 힘찬 포옹으로 시작하여, 그간 만나지 못했던 이산가족들의 통한의 한을 풀어 주기로 하였다. 서로가 지정하는 장소에서 아버지, 어머니와 형제자매가 서로 얼싸안고 통곡하며 다시는 헤어지지 말아야 한다고 대성통곡하는 장면은 전 세계 그 어느 나라의 그 어떤 슬픈 드라마로도 연출해 내지 못하는 극한 장면이었다. 다시는 이 땅에서 그런 비극이 일어나서는 안 된다고 조용히 기도하면서, 이산가족들이 하루라도 빨리 상봉하기를 기원하였다.

그러나 무엇보다 중요한 것은, 비록 서로의 의식과 생활방식에서 다르게 변한 것이 있어서 그 사이에 틈이 생겼을지라도 그건 추후에 서로 봉합해 나가면 될 일이니, 우리 7,000만 민족 모두의 염원인 남북통일이 어서 오기를 기도드리면서 금강산 여행을 추억 속에 간직하기로 하였다.

제15회 일본 간토지역 해양체전 참가기

그동안 3번이나 일본을 다녀왔는데도 오늘은 왜 이렇게 마음이 설렐까?

고등학교 2학년 해양소년단 학생 4명을 인솔하여 일본 해양소년단 주최 제15회 2002년 간토지역 해양체전에 참가하기 위해 일본에 가는 날이어서 그럴까?

일본이라는 곳이 처음 가는 곳도 아니고 세 번을 다녀온 곳이기에 단순히 일본에 간다는 것 때문도 아니고, 그렇다고 해외여행을 안 가 봐서 그런 것도 아니다. 나이가 쉰 살이 넘었어도 낯선 곳을 향하는 마음에 기대와 초조함이 교차하기는 마찬가지인 것 같았다.

새벽에 잠을 깨서 말똥말똥한 눈으로 천장만 바라보다 아침을 맞았다.

9시에 인천국제공항에 도착해서 학생들과 만나기로 한 장소에 갔더니 연맹의 관계자가 여러 가지 서류를 가지고 우리를 반겨 주었다.

여권과 왕복 항공권, 국제 교류를 하게 되면 교환해야 하는 격에 맞는 선물 등 한국대표인 우리들이 가지고 가야 할 물건들을 챙겨 주었는데 그 세심한 배려에 새삼 놀랐다.

연맹 관계자와 통영에서 온 학생의 모친들을 보내고 항공기 출발 통로로 가서 비행기에 앉으니 그제야 긴장이 조금 풀리는 것 같으면서 마음이 다소 진정되었다. 아마도 새벽에 잠까지 설친 이유는 출발을 한다는 부담이 있었던 것 같다. 나 혼자 출발하는 것도 아니고, 집에서 식구들과 함께 나오는 것도 아니기에, 공항에서 학생들과 연맹 관계자들을 만나야 되는 일들에 대한 부담이 나도 모르게 신경을 자극했던 것임에 틀림이 없었다.

비행기가 이륙한 후 2시간여의 비행을 마치고 나리타 공항에 도착했다. 역시 일본은 가깝고도 먼 나라다. 지리적으로는 이렇게 가깝기만 한데 왜 두 나라는 서로 멀리 등을 돌리고 앉아 있어야만 하는지 조금은 안타까웠다.

물론 일본이라는 나라가 36년 동안이나 대한민국을 강점하고도 엉겁결에 체결된 1965년의 한일협정에 의해 자신들은 모든 잘못을 보상했다고 주장하지만, 한일협정 체결 당시에는 미처 부각되지 않았던 문제들이 제기되어도 이렇다 할 공식적인 사과 한마디 없이 자신들의 잇속만 차리는 데 공분한 대한민국의 국민들이 일본을 적대시하는 이유가 가장 클 것이다. 소위 그들이 위안부라고 주장하는 할머니들에 대한 공식적인 사과와 보상 문제나 징용으로 끌려가서 죽을 위기를 넘겨 가면서 일본의 군수물자 생산에 동원되어 혹사당한 분들에 대한 사과와 보상 등에 대해서는 자신의 책임이 아니며, 이미 보상하였다고 우기는 데에서 기인된 일이니 당연히 일본 책임임에는 틀림이 없다. 그리고 우리나라 6·25 민족상잔의 비극 덕분에 자신들이 경제적으로 엄청난 성장을 거듭했음에도 불구하고 전후 대한민국을 우습게 보고 일체의 지원도 하지 않았던 것 역시 일본의 잘못이다. 그뿐만이 아니라 자신들이 36년이라는 기나긴 세월을 강점해서 그렇게 커다란 피해를 입혀 놓고도 한일병합은 일본이 한국의 근대화에 기여한 사건이라는 등의 말도 안 되는 망발을 하는 관료가 있는가 하면, 역사적으로나 모든 정황으로 볼 때 대한민국의 영토임이 분명한 독도가 자기네 영토라는 헛소리까지 중얼거려 대한민국 국민들의 감정을 자꾸만 건드려서 두 나라가 헤어나지 못할 구렁텅이로 몰아넣고 있다. 도저히 사람이라면 이해할 수 없고 이웃으로서 해서는 안 되는 짓들을 자꾸만 벌이기에 두 나라의 돌려진 등이 마주하지를 못하는 것이다.

그럼에도 불구하고 두 나라는 교역을 하고 기술 교류와 학문교류를 하면서 지낸다. 정말이지 미웠다가도 막상 민간 차원의 행사에 접하면 그런 마음보다는 행사에 먼저 임하게 되는 멀고도 가까운 나라임에 틀림이 없다.

이런 민간 교류의 활성화를 위해서라도, 일본이라는 나라가 조금만 더 진정성을 가지고 대한민국과 마주한다면 얼마든지 가까워질 수 있는 나라라는 생각이 들었다. 정말 안타깝기 그지없는 일이다.

수하물 통관대를 지나서 입국장 출구로 나서자 우리를 기다리고 있던 일본 해양소년단 관계자들이 영어권의 통역사와 우리를 맞아 주었다. 이번 국제 교류는 일본에서 주최하였는데 우리나라와 캐나다, 일본, 이렇게 3국이 참가하였다고 했다.

우리는 남자 고등학생들이 4명인 반면 캐나다는 남학생이

1명이고, 여학생이 3명이었다. 버스를 타고 나리타 공항에서 숙소로 오면서 서로가 인사를 나누었는데, 일본 학생들은 도쿄지부의 담당관이 인솔을 하였고, 캐나다의 지도자는 몸집이 큰 반면 항상 웃는 얼굴이었다.

캐나다 남학생은 레슬링을 한 사람이라고 소개를 했는데, 역시 온몸이 근육질로 되어 있는 단단한 학생이었다. 서양 사람들의 체격에 레슬링을 해서 그런지 유난히 단단해 보였다.

첫날은 숙소가 호텔이었는데 방에 들어가 보니 꼭 있어야 할 것만 갖춰 놓은 숙소였다. 기본적으로 작은 방을 특징으로 하는 일본의 전형적인 호텔이었다.

저녁식사를 한 후 다음의 일정을 담당자로부터 브리핑을 받고 방으로 올라가서 학생들에게 내일의 일정을 설명하고 일찍 잠자리에 들었다.

둘째 날부터 2박 3일간 도쿄 만으로부터 꽤나 떨어진 이추오시마라는 섬으로 이동하여 행사를 진행한다고 했는데, 지하철을 이용하여 배를 타는 곳으로 이동해서 보니 우리나라로 말하자면 유치원생부터 대학생까지 약 150여 명의 대원들이 기다리고 있었다.

항구인 그곳에서 그들과 합동으로 첫 행사인 대회 개회식을 가졌다.

개회식의 모습이 꽤 엄숙했는데 조그마한 유치원 학생들도 움직이지 않고 행사에 참가하는 모습을 보자 대단하다는 마음이 들었다. 만일 우리나라에서 이런 행사가 있었다면 저 일본 유치원생만한 아이처럼 우리나라 유치원생 아이들이 꼼짝도 하지 않고 행사가 끝날 때까지 참을 수 있었을까 하는 의문이 들기도 했지만, 국제대회라는 것을 주지시킨다면 우리나라 어린이들도 해낼 수 있었을 것이라는 생각도 들기는 했다. 하지만 행사가 진행되는 동안 열심히 참석해 준 그들의 행동에 대해 마음으로부터 박수를 보냈다.

초고속 쾌속선을 타고 한 시간 남짓 질주하여 이추오시마에 내렸다. 그곳에서 다시 버스로 갈아타고 우리들이 묵어야 하는 야영장까지 이동했는데 꾸불꾸불한 산길을 올라갔다 내려갔다 약 한 시간 가까이 이동했다.

야영장에 도착하여 시설을 둘러보니 참으로 대단하다는 것을 느낄 수 있었다. 우리나라 같으면 허허벌판인 야영장을 연상할 수 있었는데 이곳은 지상에서 약 1m 높이까지 평평하게 나무로 단을 만들고 그 위에 텐트를 쳐 놓았다.

마침 저녁식사 준비를 하고 있는 각 텐트를 돌아볼 기회가 있었는데 텐트마다 불을 피울 수 있는 화로 같은 것이 있어서 거기다 불을 피워 각종 음식을 만들고 있었다. 우리나라에서는 야영이라고 하면 으레 각종 가스버너에 최고급 코펠을 자랑하며 음식을 만드는데, 이곳에서는 아이들이 가스버너를 사용하면 위험하다고 오로지 화로에 나무로 불을 피워 그릇이 새까맣게 그을리도록 그곳에서만 음식을 만들었다.

안전이라는 것을 교육하는 것은 좋기는 한데, 그리고 안전을 위해서 나무를 이용하는 것도 좋기는 한데 가스버너가 꼭 그렇게 위험하기만 한 것인지 약간은 의아했다. 사용하는 사람이 주의하면 훨씬 용이할 것 같기도 했다.

그리고 야영장에서 한 가지 더 느낄 수 있었던 것은, 우리나라는 각종 청소년 단체가 대부분이 학교 단위로 되어 있는데 반해 일본은 지역 위주의 단체활동을 하고 있었다. 그렇기 때문에 유치원생부터 대학생, 아니 어머니, 아버지도 다 같이 온 가족이 모두 참석하여 활동한다는 것이다. 물론 각각에 대한 장단점은 있다.

학교 단위로 활동을 하다보면 친구들과의 우정이나 연대감과 협동정신 등이 훨씬 더 많이 길러진다. 하지만 가족이 함께 한다는 면에서 본다면 학교 단위의 청소년 활동보다는 지역 단위의 청소년 활동이 더 좋은 효과를 가져올 것이다. 학교 단위의 활동이 또래끼리의 수평적인 우호를 다지기 좋다면, 지역 단위의 활동은 또래끼리의 수평적인 관계보다는 나이로 상하관계가 이뤄지는 수직적인 관계 개선에 더 많은 도움이 될 것 같았다.

셋째 날 오전에는 조별로 매듭과 신호에 대한 실습을 했고 오후에는 실내수영을 하였다.

일과가 시작되기 전인 아침에는 산책을 나와 바닷가를 거닐다가 그곳에서 누군가 낚시를 하고 있어서 호기심에 이끌려 내려갔다. 낚싯대가 그냥 담가진 채로 있기에 내가 잠시 해도 되느냐고 물었더니 낚시를 하고 있던 아주머니가 해도 좋다고 했다. 미끼로 지렁이가 있기에 내려져 있던 낚시에 지렁이를 꿰어 멀리 던졌다. 5분쯤 후에 손목에 무언가 요동치는 감각이 왔다. 낚시를 채고 릴을 감았더니 우리나라의 우럭과 비슷하게 생긴 손바닥보다 큰 물고기가 퍼덕거리며 미끼를 물고 올라왔다.

아까부터 낚시를 하고 있던 아주머니는 한 마리도 잡지 못했는데 나는 오자마자 한 마리를 건져 올려 조금은 미안한 마음이었지만 상쾌한 기분으로 하루를 보낼 수 있었다.

넷째 날 저녁식사 후에는 캠프화이어가 진행됐는데, 우리는 우리나라 고유 민요인 아리랑을 합창하였다. 캐나다 친구들은 캐나다 국가를 연주했고, 일본은 각 조 별로 장기자랑을 했는데 모두가 열심히 하였다.

우리 대원들이 일본 학생들과 캐나다 학생들과 같이 춤을 추고 노는 것을 보고 나도 저절로 흥이 났다. 저녁 늦게까지 캠프화이어장에 있다가 지도자 숙소로 돌아왔는데 일본 지도자 한 분이 아이스크림을 사서 나에게 먹으라고 권했다. 작은 일에도 고맙다는 인사를 연발하는 일본사람들의 비위에 맞춰 고맙다는 인사를 몇 번인가 해주고 난 후, 시원하게 먹고 다음 날 도쿄로 이동을 해야 하기 때문에 일찍 잠자리에 들었다.

다섯째 날은 도쿄로 돌아왔다.

이추오시마로 갈 때는 초고속선으로 이동했는데, 돌아올 때는 일반 선편을 이용했기 때문에 시간이 많이 걸려 4시간 정도가 지나서 도쿄에 도착하였다.

도쿄에 와서는 올림픽 유치 기념 문화회관에 숙소가 마련되어 있었는데, 내가 묵은 방은 엊그제 있었던 호텔보다 너무 좋았다. 그런데 우리 학생들은 둘씩 자게 되어 있는 침대로 배정받았다고 투덜거렸다. 목욕탕 시설도 공동 목욕탕이라고 하면서 불평하는 것을 어제 저녁은 어디서 잤느냐고 물으며, 그나마 텐트보다는 훨씬 좋고 샤워도 할 수 있으니 불평하지 말고 오히려 고마워하라고 타일렀다.

여섯째 날은 하루 종일 자유시간이라고 하여 숙소에서 두 정거장 거리에 있는 신주쿠에 가기로 하였다. 도쿄의 심장이라고 불리는 곳이다. 우리나라로 말하자면 서울의 종로나 명동에 비교해도 전혀 손색이 없는 곳이다. 우리가 신주쿠에 가는 동안 캐나다 학생들은 지도자와 함께 실내 수영을 하기로 했다는데 그 중 여학생 한 명이 수영장에 가지를 않고, 통역을 하는 아케미 양과 우리와 동행해도 되느냐고 묻기에 흔쾌히 허락했다.

신주쿠에서 학생들하고 이곳저곳을 돌아다녔는데 그곳도 지하철 공사가 한창이었다. 평소에도 복잡하기로 유명한 곳이라는데 하필 지하철 공사를 하고 있으니 더 복잡했고, 공사 중에 복잡한 것은 우리나라와 별로 다를 바가 없었다.

우리 대원들은 일본의 패션에 대해서 관심이 많은 것 같았다. 하기야 한창 자신에 대한 스타일을 추구하는 나이이기는 했다. 대원들은 백화점의 의류매장을 많이 둘러보며 우리나라와 가격 비교도 하고 나름대로 자신에게 어울리는 스타일을 고르기도 하면서 재미있는 아이쇼핑 시간을 즐겼다.

일곱째 날은 도까이도 특급 열차를 타고 시미츠로 이동했는데 아침부터 서둘렀는데도 예약 기차를 놓치고 30분쯤 뒤에 온 열차를 타고 시미츠에 도착했다.

시미츠에 도착하여 점심식사를 하고 짐을 그곳에 맡겨 두고 시미츠 항을 견학했다.

견학을 끝내고 짐을 찾아 시미츠 근교에 있는 숙소로 이동했는데 2층에 자리 잡은 방이 너무 더워서 이틀 동안 어떻게 지낼지 걱정이었다.

아니나 다를까, 저녁에 잠을 자려고 하는데 손가락만한 바퀴벌레가 침대 사이에서 기어 나와 기겁을 하고 휴지로 잡아 다음 날 아침 주인아주머니에게 보여 드렸더니 깜짝 놀라면서 허리를 꺾으며 죄송하다고 몇 번이나 사과를 했다. 역시 일본인들의 사과 방법이 우리나라와 판이하게 다르다는 것을 느낄 수 있었다. 그들의 사과는 연신 허리를 굽히며 오히려 이의를 제기한 상대가 미안할 정도로 '스미마셍'이라고 미안하다는 말을 반복한다. 그런데 그 말투가 정말 미안해서 그렇게 하는 것인지 아니면 그냥 인사치레로 하는 것인지 종잡을 수 없었다.

평소에 인사를 하는 것도 마찬가지다. 그들은 서로 마주쳐서 스쳐 지나가게 되면 으레 '스미마셍'이라고 인사를 하면서 지나친다. 어찌 생각하면 정말 인사성 밝고 예의가 바른 사람들이라는 생각이 든다. 그런데 일본사람들이 그렇게 하는 이유가 막부 시대부터 전래된 것이라는 이야기를 듣고 나서부터는 그 인사들이 진심인지 아니면 그저 틀에 배인 것인지에 대해 의구심이 많이 들었다.

어쨌든 우리 한국 대원들이 캐나다 대원인 맥과 같은 방을 배정받은 것을 보고 나는 우리 학생들에게 맥과 친해질 수 있는 기회라며 친하게 지내라고 했다.

여덟째 날 아침부터는 시미츠 시의 해양소년단 관계자들과 함께 수영과 보트를 타고 오후에는 해수욕장 앞의 바다에서 200m가 넘는 그물을 모터보트로 이동하여 물고기를 잡았는데 각종 물고기가 그물에 걸려 있었다.

저녁식사는 오후에 잡은 물고기로 요리하고, 고기도 굽고 하여 식사와 함께 바닷가 모래사장에서 재미있게 놀았다. 나는 그곳에서 일본의 지방 위주의 청소년단체 그룹이 결성되고 단체활동도 활발하다는 것을 느낄 수 있었다. 이추오시마 행사처럼 여러 부류의 학생들과 부모들이 함께 참여하여 학생들과 재미있게 활동하는 것을 보니 우리나라도 지역 위주로 청소년 단체가 형성되어도 좋을 것 같다는 생각이 들었다.

여러 사람들과 어울려 이야기하다 보니 우리 한국 대원들도 자기가 잡은 고기로 음식을 해 먹으며 다른 대원들과 재미있게 놀고 있었다.

아홉째 날은 이호 문화센터와 시미츠 항의 박물관 견학을 했는데 그곳에는 인류 역사와 함께 진행되어 온 모든 것이 전시되어 있었다. 공룡의 화석을 비롯하여 그 지방의 특산물이나 해수의 변화를 측정하는 기계며, 어족 탐지기 등이 특이했고, 수족관의 온갖 모양의 물고기를 보고는 그 규모에 눈이 둥그레졌다.

크지도 않은 조그마한 도시에 이런 아기자기한 시설들이 있다는 것을 볼 때 우리나라도 지역적으로 우수한 지방문화에 좀 더 신경을 쓸 때가 아닌가 하는 아쉬움이 들었다.

이제 마지막으로 시미즈 시에서 도쿄 동쪽에 위치한 죠우 시로 이동하여 그곳에서 일본 해양소년단 동부지구 대회에 참가하여야 한다.

열째 날 아침부터 짐을 꾸려 버스를 탔는데 잠시 후에 그간 시미츠에서 같이 활동했던 해양소년단 단원들이 같이 동승했다.

버스를 타고 이동을 하는 동안 오전에 동경 만을 통과하여 점심 때 동경 만 중간지점에 있는 인공섬에 도착해 점심식사를 했는데, 그곳까지 9.8Km의 해저터널을 통하여 왔던 것이다.

참으로 대단했다.

절반은 해저터널을 통과했고 나머지 절반은 바다 위에 만들어 놓은 다리를 통과했는데, 그 시설을 보고 어떻게 이렇게 만들 수 있을까 참으로 신기하기만 했다.

7시간 정도의 버스여행 끝에 죠우 시의 공업고등학교에 학생들의 숙소가 있어 그곳에 들렀다가 저녁에는 호텔에서 열리는 제15회 해양소년단 간토 지구 해양체전 개회식 전야제에 참가하였다.

한국대표의 인사말을 부탁하기에 단상에 올라 어쭙잖은 일본어로 인사만 하고 난 후 또렷한 우리말로 정식 인사를 했다.

"저희들을 이렇게 환대해 주셔서 대단히 고맙습니다. 이곳에 계시는 교육청 관계자와 여러 학교의 교장선생님 또, 간토 지역의 해양소년단 관계자들에게 진심으로 감사의 말씀을 드립니다."

인사가 끝나자 박수 소리가 요란했다.

여러 관계자들과 함께 인사하며 재미있는 저녁을 보냈는데, 거기서 한국에 2번이나 왔었던 요꼬하마에서 참가한 일본의 대학생 남매를 만났다. 일본에 오기 이틀 전에 우리나라에서 개최한 국제대회에 참가한 각국 대원 및 지도자들과 인사할 기회가 있었는데, 2년 전 국제대회에 참가했던 일본의 대학생 남매를 이번에 2번째로 부천의 숙소에서 만났던 것이다. 우리는 너무너무 반가워 어쩔 줄 몰라 했는데, 한국에 가서 재미있게 지내다 어제 일본에 도착해서 오늘 이곳에 참가하게 되었다며 무척이나 반갑게 맞아 주었다.

열 하루째 날 아침 9시.

죠우 시 공업고등학교 운동장에는 각 지구에서 모여든 많은 단체들이 개회식을 하기 위해 기다리고 있었다. 그곳에는 도쿄 지역 교육청 국장과 각 학교의 교장선생님들을 비롯하여 관청의 여러분들이 자리를 같이하고 있었는데 우리나라에서도 해양소년단 관계의 행사를 할 때 이렇게 여러분이 참여할 수 있을까 하는 생각을 많이 해 보았다.

초·중·고 대학생별로 수영장에서 경영대회를 하고 또 코스트가드 함으로 죠우 시 만에서 단체별 체험 항해도 있었다.

재미있게 이틀을 보내고 도쿄로 돌아오는 길에 디즈니랜드에 구경을 갔는데 우리나라의 에버랜드와 비교가 되었다.

놀이기구는 여러 개가 있었는데 비해 면적은 우리나라의 에버랜드가 더 넓은 것 같았다. 다행이 일요일이 아니어서 5~6개의 놀이기구를 타고 식사도 하고 했는데 우리 학생들이 제일 좋아하는 것 같아 인솔자인 나는 덩달아 즐거웠다. 항상 어떤 행사에 가든지 참가하는 대원들이 힘들어 하면 인솔자는 더 힘들다. 그러나 대원들이 즐거워하면 인솔자는 힘이 들어도 절대 피곤하지도 않고 신이 나는 법이다.

지하철을 타고 도쿄의 숙소인 올림픽문화회관에 도착하여 저녁식사를 하고 다음 날은 자유시간이라고 하여, 내일을 위해 빨리 취침을 하라고 하고 방에 들어갔다.

열두째 날은 자유시간이라기에 일본에 계시는 외사촌누님에게 전화를 했더니 70이 가까운 누님과 매형이 아침 일찍 우리 숙소로 찾아오셨다.

학생들과 함께 신주쿠로 와서 시청의 50층 관망대에서 이곳저곳을 설명해 주시고 점심을 사 주셨다.

학생들은 그곳에서 처음으로 한국음식을 먹었는데, 맛있다고 하며 다들 그릇을 비웠다. 맛있게 먹는 모습을 본 누님도 즐거워 하셨고 나 또한 기뻐했는데 누님께서 그간에 일본에서 생활하며 겪었던 이야기를 할 땐 숙연해지기도 했다.

누님과 헤어져 우리들은 여러 곳을 둘러보며 돌아다니다가 오늘 저녁이 일본에서의 마지막 밤이라고 생각하니 새로운 기분이었다.

그래서 식사 후 캐나다 지도자를 내 방으로 불러 약간의 이별주를 마시며 그간에 일들을 이야기했다. 참으로 이야깃거리가 있는 일본 여행이었다.

마지막 날.

돌아오는 기내에서 지금 우리나라에 많은 비가 내리고 있다는 기상예보를 듣고는 그동안 일본에서는 한 번도 비를 맞아 본 일이 없었기에 거꾸로 된 느낌이었다. 원래 일본은 비가 많이 오는 나라로 알고 있었는데 13일 동안 한 번도 비가 온 적이 없었던 것이다.

일본에서 동해를 통해 우리나라로 오는 동안 비행기 속에서는 장마 기류에 휩쓸린 비행기가 갑자기 20~30m씩 급락하는 바람에 모두들 가슴 조이며 놀랐는데, 지상에 바퀴가 닿자 모두들 안심하는 눈치였다.

인천공항에 도착할 때 바깥을 보니 장대 같은 비가 쏟아지고 있었다.

짐을 찾아 밖으로 나오니 해양소년단 연맹에서 나와 기다리고 있다가 우리들을 반갑게 맞아 주었다. 너무나 친절한 연맹의 환대에 정말 고맙다는 말밖에 할 수가 없었다.

너무 유익하고 재미있는 국제대회 참가였고, 학생들도 한결같이 많은 것을 배울 수 있는 좋은 기회였다면서 이러한 기회를 주신 연맹 관계자들께 감사를 드렸다.

아름다운 대한민국의 해양소년단의 일원이 된 것이 오늘은 웬일인지 더욱 가슴 뿌듯함을 느낄 수 있었다. 그리고 끝까지 안전하게 아무 탈 없이 무사히 함께해 준 대원들에게 진심으로 고맙다는 인사를 마음으로 전하면서 가벼운 마음으로 그간의 모든 것을 아름다운 모습으로 가슴에 아로새기기로 했다.

2. 군 생활을 하면서 묻어 두었던 이야기들

 ## 소대장 시절 잊지 못할 이름, 추 병장

1971년 10월 중순경, 점심식사를 하러 콘셋 막사를 막 나서려는데 분대장 하나가 헐레벌떡 뛰어오더니 거수경례도 하는 둥 마는 둥 숨넘어가는 소리로 외쳤다.

"소대장님! 큰일 났습니다. 지금 식당에서 추○○ 병장이 술을 마시고 식칼을 들고 난리를 부리고 있습니다."

분대장은 더 이상 말을 못 하고 손으로 대대식당을 가리켰다.

헐레벌떡 뛰어오는 모습하며, 거수경례도 제대로 못하고 숨이 턱에 차서 말을 하는 폼이 무언가 다급한 일이 생긴 거라고 생각은 했지만 의외의 보고를 받은 나 역시 당황하지 않을 수 없는 이야기였다.

"추 병장이? 왜?"

"내용은 모르겠습니다. 식칼을 들고 난리를 쳐서 이유를 묻기도 전에 보고 드리러 온 것입니다."

그 말을 들으면서 나는 우리 화기소대 박격포반장 추○○ 병장을 머리에 떠올렸다. 얼굴이 새까맣고 경상도 상주가 고향이라던 녀석이 생각나는 동시에 평소에는 우직하고 말도 별로 없던 그의 모습이 생각났다. 분명히 무언가 사연이 있을 것이라는 생각에 급하게 식당으로 달려 내려갔다.

가서 보니 추 병장이 웃옷을 벗어 버린 채 자기 배를 식칼로 그어대고 있었다.

"야! 추 병장. 왜 그래?"

"가까이 오지 마. 오면 다 죽여 버릴 거야!"

내가 이유를 물으면서 앞에 섰지만 이유는 말하지 않고, 가까이 오면 다 죽여 버릴 것이라고 엄포를 놓으면서 칼을 허공에 휘둘러 댔다. 저렇게 자신의 감정을 억누르지 못해서 나댈 때는 우선 제압을 해놓고 대화를 해야지, 그냥 놓아두고는 일을 해결할 수 없을 것 같았다. 옆에 있던 분대장에게 작은 소리로 말했다.

"분대장. 내가 추 병장에게 말을 시킬 테니 3~4명이 뒤에서 준비하고 있다가 내 말에 대답을 하는 틈을 타서 눈치채지 못하게 기습적으로 제압해."

내 말을 들은 분대장은 서너 명에게 눈짓을 해서 추 병장 뒤쪽으로 갔다.

"추 병장. 불만이 있거나 애로사항이 있으면 말을 해야지 이렇게 난동을 부리면 어떻게 해결을 하나? 설령 이 소대장이 들어줄 수 있는 일도 이렇게 난동을 부리면 해결을 할 수가 없는 거야. 그러니 그 칼 내려놓고 소대장과 대화를 하자.”

“대화로도 풀릴 수 없는 일입니다. 고향에 계신 어머님만 불쌍합니다.”

“어머니 불쌍하다는 사람이 이렇게 난동을 부려? 그러다가 네가 잘못되기라도 한다면 고향에 계신 어머님께서 더 불쌍해진다는 것은 생각 안 해 봤어?”

내가 추 병장의 시선을 끌기 위해서 손짓까지 해 가면서 열심히 설득을 위해서 말을 시키자, 그 틈을 이용해서 추 병장의 뒤로 가 있던 분대장 둘이서 칼 잡은 손을 치며 발을 걸어 식탁 밑으로 쓰러뜨렸다. 그리고 손과 발을 붙잡고 꼼짝을 못 하게 제압한 후 손을 뒤로 하여 밧줄로 묶었다.

나도 모르게 ‘휴~’ 하는 한숨이 나왔다.

만일 1:1로 대결을 하는 것이라면 상대방이 칼을 들고 있는 것 정도를 걱정할 나는 아니다. 고등학교 때부터 태권도를 시작해서 대학에서 태권도를 전공했다. 저 정도는 얼마든지 제압을 할 수 있는 일이지만 이건 상대가 자해를 하고 있는 상황이니 만일 내가 공격적으로 나간다면 상대는 아예 더 끔찍한 일을 벌일지도 모르는 상황이었다. 남을 공격하는 것이라면 긴급조치라도 취할 수 있지만 자해를 하는 데에는 어떤 조치를 취한다고 해도 자해를 하는 그 행동만 더 심각해질 것이다.

이런 상황에서 내가 대처할 방법이라고는 상대의 관심을 돌려서 다른 방법으로 제압을 해야 하는데 다행히 잘 마무리된 것이다. 이렇게 마무리가 안 되고 추 병장이 어떻게 되는 날에는 소대장인 나 역시 책임을 면할 길이 없겠지만 그보다는 어머니가 불쌍하다는 말을 하면서 자해를 하던 추 병장을 무사하게 제압해야 한다는 생각이 먼저 들었었다. 맨정신도 아니고 술에 취해서 저지르는 행동이니 공연히 감정이 고조되어 더 큰 일을 벌이지 않은 것만도 천만다행이었다.

식당에서는 병사들이 점심식사를 하러 와서 추 병장의 행동을 보고 모두들 밥도 못 먹고 있었는데 밧줄에 묶여 끌려가는 것을 보고서야 엎어진 식탁도 제대로 놓고 식사를 하기 시작했다.

다행이라고 하기에는 그렇지만, 다행인 것은 추 병장 본인 외에는 다친 사람이 없어서 큰 문제는 되지 않을 수도 있지만 일단 무기를 들고 난동을 부렸으니 주번사령께 보고를 해야 했다. 그냥 소리나 지르고 한 것이라면 내 선에서 어떻게 처리를 하겠지만 이건 그렇게 해결될 일이 아니었다. 내 보고를 받은 주번사령 역시 일단 손에 무기를 들었던 사건이니, 대대장에게 보고해야 한다 하였고 나는 담당 소대장으로서 대대장에게 따로 보고할 수밖에 없었다. 당시 우리 중대 중대장이 전보된 후 아직 후임 중대장이 부임하기 전이라 선임 소대장인 내가 중대장 대행을 하고 있던 까닭이었다. 만일 중대장이 있었다면 중대장에게 보고를 하는 것으로 내가 할 일은 마무리되고 사건은 어떻게 해결이 되었을지 모르지만 일단 당시 상황은 그랬었다.

"단결! 3중대 화기소대장 대대장님께 용무 있어 왔습니다."

"어떻게 된 거야? 민 소위!"

대대장실에 보고를 하러 갔는데 이미 주번사령으로부터 보고를 받은 대대장께서 약간은 화난 목소리로 물었다.

"네! 추 병장 고향이 경북 상주인데 고향에 계시는 어머님을 보고 싶어 술김에 자해했다고 합니다."

나는 주번사령에게 보고를 한 후 대대장에게 보고를 하기 위해 추 병장을 묶어 놓은 나무로 가서 추 병장에게 이유를 물어보았다. 그러자 추 병장이 울면서 했던 말을 있는 그대로 대대장에게 보고한 것이다. 그러자 대대장의 말은 간단했다.

"헌병대 연락해서 영창에 집어넣어."

순간 나는 그래서는 안 된다는 생각이 들었다. 추 병장의 제대도 이제 겨우 석 달 정도밖에 안 남았고 더더욱 그가 술김일지라도 자해를 한 이유가 고향에 계시는 어머님 걱정 때문이라고 했다. 요즈음으로서는 이해하기 힘든 일일 수도 있지만 당시 군에 온 병사들 중에는, 특히 시골에서 국방의 의무를 다하기 위해서 군에 온 병사들 중에는 홀어머니를 모시고 있다가 군에 와서, 자나 깨나 어머니 걱정을 하는 병사들이 많았다. 대개 시골에서 군에 온 병사들은 농사일을 하다가 왔는데, 아버지가 계시면 덜했지만 아버지가 계시지 않고 홀어머니를 모시고 살던 사람들은 홀어머니가 힘든 농사일을 혼자서 해나가야할 것을 걱정하면서 밤잠을 이루지 못하던 병사들이 많았다.

"대대장님. 한 번만 용서해 주십시오. 제가 소대원들 교육을 잘 시키지 못해서 오늘 같은 불미스런 일이 벌어졌습니다. 소대원들 교육을 제대로 하지 못한 죄는 제가 달게 받겠습니다."

"안 돼. 그런 놈은 영창 가서 한 열흘 고생해 봐야 해. 더더욱 술 취해서 자해를 하는 놈은 용서 못해."

그 당시 대대장의 성함은 강우○ 중령이셨다.

"대대장님 제가 책임지고 교육시키겠습니다. 한 번만 용서해 주십시오."

"안 된다니까? 그런 자식은 고생 좀 해야 해!"

대대장은 단호하게 말을 하면서 문을 열고 나갔다. 하지만 자리에 앉아서 당장 영창 보내라고 불호령을 하지 않고 자리에서 일어나 나가는 것을 보면 고향에 계신 어머니 때문이라는 말에 조금은 고려해 볼 수 있는 여지를 남겨둔 것 같기도 했다.

대대장이 나가고 나서 나 역시 자리에서 일어나 추 병장이 묶여 있는 나무로 갔다.

그 사이에 추 병장은 밧줄에 묶인 채로 의무병에게 치료를 받았는지 자해한 배며 팔 등에 빨간 약이며 연고 등이 묻어서 치료한 흔적을 드러내고 있었다. 나는 추 병장이 묶여 있는 나무 밑에 마주 앉았다.

"정신 좀 드나? 너 도대체 왜 그런 거냐?"

그러나 추 병장은 아무런 대답도 없이 고개를 푹 숙인 채 눈물을 뚝뚝 흘리고 있었다.

"고향에는 누구누구 계시냐? 형제는 있니?"

그래도 말이 없었고, 눈물만 폭포수처럼 쏟아 내고 있었다.

"어머님이 걱정이 돼서 그랬다고 했는데 아버님이 안 계시니까 걱정이 될 수도 있겠지만 그렇다고 그래서야 되겠니? 어쨌든 왜 그랬는지 정확하게 이야기를 해줘야 소대장이 너를 도와줄 수 있지 않겠니? 만일 네가 잘못되면 고향에 계신 어머님은 어떻게 할 거냐?"

"아버지는 제가 군에 입대하기 2년 전에 돌아가셨습니다. 동생들 둘이 있기는 하지만 하나는 아직 초등학교 6학년이고 그 위에 중학교 3학년짜리 남동생이라 그 어린것들이 어머님께 무슨 도움이 되겠습니까? 오히려 어머님께서 농사일하시랴 동생들 돌보시랴 더 힘만 드시는 거죠. 가을 추수철이 되었는데 힘은 드시고 일은 제대로 할 수 없어서 발만 동동 구르고 계실 어머니 생각이 나자 술 한잔 먹은 김에 저도 모르게 제 감정을 누르지 못해서 그랬습니다. 소대장님. 죄송합니다."

고향에 계신 어머님 이야기를 꺼내더니, 연신 눈물을 흘리며 코까지 훌쩍거리면서 대답했다.

대대장의 영창 이야기 때문에 이 일을 정말 어찌 해야 할까 고민하던 중인데 아까와는 많이 달라진 추 병장의 태도도 그렇고 진심에서 우러나오는 추 병장의 이야기를 듣자 일말의 희망이 보이는 것 같아서 조금은 안심이 되기도 했다. 식당에서 난리치던 때와는 달리 술이 깨어 가는지 몸을 부르르 떨며 추위를 느끼는 추 병장이 안 돼 보였다. 그렇다고 섣부르게 풀어 줄 수도 없는 일이라 그 김에 하나 더 물어보았다.

"술은 어디서 나서 먹었니?"

"오전에 사격장에서 사격훈련이 끝나고 오다가 상점에서 몰래 한 병 사 가지고 와서 먹었습니다. 솔직히 하도 속이 상해서 한잔 먹으려고 그런 것이지 이렇게 일을 벌이려고 한 것은 아닌데 술 한잔 마시자 어머님 생각이 더 나고 해서 제 마음을 주체할 수 없었습니다. 소대장님. 정말 죄송합니다."

그러면서 고개를 들지 못하고 계속 흐느껴 울고 있었다.

"네가 뭘 잘못했는지는 알고 있니?"

"예. 군대에서 회식 등 공식적으로 허가되지 않았을 때는 영내에서 금주해야 하는데 술을 먹고 난동을 피운 것입니다."

"제대로 알고 있네. 아무리 고향이 걱정된다고 하더라도 사사로운 감정에 얽매이면 어떻게 하나? 지금 우리 대대에, 아니 우리 소대에만 하더라도 추 병장 같은 사연 없는 사람이 얼마나 되겠어? 아무튼 네 잘못을 더 반성해 봐."

나는 이제는 풀어 주어도 될 것 같았지만 혹시 대대장이 보더라도 이렇게 벌을 받고 있는 모습을 보여 주는 것이 낫다는 생각도 들었고 추 병장 자신도 더 생각해 볼 시간을 주는 것이 나을 것 같아서 그냥 놓아두었다.

저녁식사 때가 다가오면서 이런 병사를 영창에 보내면 내 마음도 아프지만 추 병장 자신도 고향 생각이 더 나면서 남은 군대생활이 점점 더 힘들어질 것이라는 생각이 났다. 다른 일도 아니고 순진한 마음에 고향 홀어머니 생각으로 그랬다는 것이 내 마음을 더 아프게 했던 것이다.

담당 소대장으로서 다시 한 번 대대장에게 빌어 보자고 결심했다.

박격포 분대장을 불러 추 병장을 데리고 숙소에 가서 깨끗한 전투복으로 갈아입혀 데리고 오라고 같이 보냈다.

잠시 후 분대장과 함께 온 추 병장에게 타이르듯이 말했다.

"추 병장. 너 나하고 같이 대대장님께 가서 용서를 구하자. 사실은 대대장님께서 너 영창 보내라고 하셨지만 네 사정을 알고 있는 소대장으로서는 그렇게 할 수가 없구나. 나 역시 고생하시는 부모님을 두고 군에 온 외아들인데 어찌 네 마음을 이해하지 못하겠니? 또, 대대장님도 마찬가지로 개인적으로는 네 마음을 충분히 이해하실 거다. 하지만 군이라는 곳이 그렇게 자기 자신의 사사로운 감정을 앞세우다 보면 조직 운영이 되지 않으니 대대장님께서도 어쩔 수 없이 너를 영창에 보내라고 하신 거야. 개인적으로야 왜 네 마음을 이해 못 하시겠어?

그러니 우리 같이 가서 사정 이야기를 하고 용서를 구하자. 만일 대대장님께서 무어라고 말씀을 하시면 내게 이야기한 대로 솔직하게 말씀드리는 것은 물론 무조건 살려 달라고 빌어. 알았지?"

추 병장을 데리고 대대장실로 갔는데 대대장이 안 계셨다.

"대대장님 오실 때까지 여기 무릎 꿇고 앉아 있자."

내가 먼저 대대장실 문 밖에서 무릎을 꿇고 앉았더니 추 병장도 나를 따라 꿇어앉았다.

한 시간이 넘게 앉아 있는데 정문 초소에서 위병의 구호 소리가 들렸다.

"단결! 근무 중 이상 무!"

대대장이 차를 타고 들어오실 때 외치는 구호다.

"야! 뭐하는 짓이야!"

얼마 후 발소리와 말소리가 들리더니 대대장이 들어오시며 무릎을 꿇고 있는 우리를 보고 한마디 하고는 대대장실로 들어가셨다. 나는 추 병장의 옆구리를 찔러서 눈짓으로 일어나게 하여 대대장을 따라 들어가 책상 앞에 다시 무릎을 꿇고 앉았다.

"대대장님, 정말 죄송합니다. 벌은 제가 받겠습니다.

추 병장은 제가 교육하겠습니다. 헌병대만은 보내지 말아주십시오."

한마디 한마디를 절도 있게 끊어서 내 간절함을 담아서 말씀드리자, 대대장은 아무 말씀도 안 하고 앉아만 계셨다.

30여 분인가 우리가 무릎을 꿇고 앉아 있자 맞은편 책상에 앉아 계시던 대대장이 입을 열었다.

"민 소위. 저녁 안 먹었지? 가서 저녁 먹고 다시 와."

그 말씀에 일어나려는데 무려 한 시간 반 동안이나 무릎을 꿇고 앉아 있던 다리가 잘 펴지지 않고 쥐가 났지만 꾹 참고 벌떡 일어나려는데 한쪽 발이 너무 저려서 나도 모르게 잠시 휘청했다. 추 병장 역시 마찬가지였다.

대대장에게 경례를 하고 추 병장과 함께 대대장실을 나와 장교식당으로 갔다. 하사관들과 장교들 대부분이 식사를 끝낸 후인지라 식당은 텅 비어 있었다. 식당반장에게 두 사람 분을 시키고 나서 추 병장에게 '빨리 먹고 가자'고 했지만 밥맛이 나지를 않았다. 그렇다고 내가 밥을 안 먹으면 추 병장도 밥을 못 먹는다. 그래서 억지로라도 먹으려고 하는데 추 병장 역시 밥이 넘어가지를 않는지 밥을 먹지 못하고 나를 바라보고 있었다.

"뭐해? 빨리 먹고 대대장님께 가 봐야지? 퇴근하시기 전에 가야 돼. 지금 상황으로 보니까 영창은 면할 수 있을 것 같은데 공연히 퇴근하시고 내일 아침에 마음 변하면 안 되니까 얼른 밥 먹고 가 보자고."

"소대장님 죄송합니다."

그러나 추 병장은 먹으라는 밥은 먹지 않고 다시 울기 시작했다. 두 사람 모두에게 식사는 더 이상의 의미가 없었다.

다시 대대장실로 가서 문을 두드린 후 들어오라는 대대장의 목소리를 듣고 들어섰다.

"대대장님! 다시는 이런 불미스런 일이 생기지 않도록 앞으로 소대원들을 철저히 교육시키겠습니다. 죄송합니다!"

"일어나라."

방에 들어서자마자 다시 책상 앞에 무릎을 꿇고 앉아 머리를 숙이고 죽을죄를 졌노라고 하자 대대장은 일어나서 소파에 앉으라며 의자를 가리켰다.

"아닙니다, 괜찮습니다."

"알았어. 그만 하면 됐어. 일어나, 앉아."

대대장의 명에 따라서 나는 추 병장과 함께 일어나 의자에 앉았다.

"추 병장이랬지? 내가 대충 보고는 받았지만 본인 입에서 들어 보자.

그래, 집은 어디고 부모님과 형제는 어떻게 되고 농사는 얼마나 짓나?"

추 병장은 이미 내게 이야기했던 그대로 숨김없이 이야기했다.

"그래! 지금 한창 추수철인데 고향 생각도 나고 혼자서 동생들 돌보랴, 가을걷이는 해야 하는데 일손은 딸리고, 여러 가지로 고생하고 계실 어머니 생각도 나겠지만, 너는 그 모든 걸 떠나서 국가방위의 크나큰 임무를 가지고 군 생활을 하고 있다는 걸 잊었나? 물론 가족 생각까지 하지 말라는 것은 아니다. 그러나 네가 지금 수행하고 있는 임무는 네 가족은 물론 다른 사람들의 가족까지 지키는 국가방위의 크나큰 임무라는 것이 중요한 것이다. 네가 국가를 지키지 않으면 네 가족의 행복은 물론 우리 군을 믿고 있는 후방의 모든 가정들이 평화를 위협받을 수도 있다는 것이다. 그런 막중한 임무를 망각하고 오늘 낮에 벌였던 추 병장의 도를 넘은 행동은 그 어떤 변명으로도 용서받을 수 있는 행동이 아니다."

나는 속으로 아차 싶었다. 공연히 추 병장에게 영창은 면할 수 있다는 말을 너무 성급하게 한 것이 아닌가 하는 생각마저 들었다. 나와 추 병장은 말이 의자에 앉아 있는 것이지 땅에 닿을 듯이 고개를 푹 숙이고 아무런 말도 못 하고 있으니, 바늘방석 이상으로 불편하기 그지없었다.

5분 정도의 시간이 흘렀다.

그동안 대대장은 아무런 말씀도 없이 조용히 무언가를 생각하고 있었다.

조용히 무언가를 생각하던 대대장이 다시 우리를 보면서 몸을 일으키며 물었다.

"어떻게 생각하나?"

"네! 도저히 용서받을 수 있다고 생각하지 않습니다. 그러나 벌은 소대장인 제가 받겠습니다. 추 병장은 제대가 3개월 정도밖에 남지 않았습니다. 그래서 남은 3개월, 혼신의 힘을 다해 근무할 수 있도록 해주십시오!"

대대장의 물음에 대답을 한 것은 추 병장이 아니라 나였다. 대대장이 몸을 일으키며 던진 물음에 나 역시 벌떡 일어나며 실제로 두 손을 모아 싹싹 빌면서 대대장에게 용서를 빌고 있었다. 그러자 이번에는 추 병장이 일어나더니 소파 아래에 그대로 무릎을 꿇고 앉아서 진심 가득한 소리로 말했다.

"대대장님 어떠한 처벌도 달게 받겠습니다. 저를 헌병대에 넘겨주십시오."

대대장 발밑에 엎드려 울면서 자신을 처벌해 달라고 진심으로 뉘우치고 있었다. 그런 추 병장의 모습을 보던 대대장은 나를 쳐다보면서 말했다.

"민 소위. 추 병장 대신 벌을 받겠다는 말 정말이지! 나 원망 안 할 거지?"

"네! 그렇습니다. 대대장님."

나는 부동자세를 취하며 어떤 벌이라도 달게 받을 각오를 내비쳤다.

"아닙니다. 대대장님. 소대장님께서는 아무런 잘못이 없으니 저를 벌해 주십시오. 제가 헌병대에 다녀오겠습니다."

내가 벌을 받겠다고 하자 이번에는 추 병장이 자신이 영창에 가겠다고 하면서 두 눈에서 눈물을 뚝뚝 흘렸다.

그 모습을 보던 대대장이 무겁게 입을 열었다.

"좋아! 두 사람이 모두 자신이 벌을 받겠다고 하니 내가 벌을 나누어 주지.

추 병장은 내일부터 기상과 동시에 연병장 10바퀴씩을 돌고 매일 소대장에게 보고해라. 그리고 소대장은 추 병장이 벌을 제대로 받는지 매일 감시하도록. 알았나?"

"네! 그렇게 하겠습니다."

대대장의 용서한다는 그 말에 나는 아주 큰 목소리로 대답을 하고 대대장 앞에 엎드려 울고 있는 추 병장을 일으켜 세워 인사를 한 후 소대 막사로 돌아왔다.

박격포 분대장을 불렀다.

"이제 대대장님께서도 오늘의 사건을 마무리하셨으니 더 이상 오늘의 사건을 가지고 왈가불가하지 않도록. 만일 오늘 사건이 다시 입에서 입으로 회자될 시에는 박격포 분대 전원이 벌을 받아야 한다는 것을 잊지 않도록. 알겠나?"

"예. 알겠습니다."

다시는 이 사건으로 인해서 잡음이 없도록 당부를 하고 추 병장과 함께 돌아가도록 했다.

그리고 선임하사를 불러 대대장실에서 있었던 모든 내용을 이야기했다.

"내일부터 아침 기상 후 추 병장은 무조건 연병장을 돌게 되어 있으니 그렇게 관리하세요."

"소대장님. 정말 큰일 하셨습니다. 이제 3개월 남은 놈이 영창에 갔다가 오면, 몸도 다치겠지만 그 마음의 상처가 얼마나 깊게 남겠습니까? 정말 잘하셨습니다."

선임하사는 마치 자신이 잘못한 일을 내가 덮어주기라도 한 듯이 머리를 숙여 가면서 잘했다고, 고맙다고 인사를 했다.

소대장실로 들어와 그날 있었던 모든 일을 다시 한 번 생각해 보았다.

무거운 짐을 지고 가다 내려 놓은 기분이었다.

어쨌든 누가 크게 다치지 않고 추 병장도 헌병대까지 가지 않아도 된다는 가벼운 마음에 모든 것을 털어 버릴 수 있었다. 있어서는 안 되는 일이었지만 정말 다행이었다.

옆에서 동료 소대장들도 잘했다고 하며 악수들을 청했다.

그로부터 추 병장은 아침에 기상과 동시에 다른 병사들과는 달리 아침 구보를 쉬지 않고 하였는데 제대하기 10일 전 오전에 대대장이 추 병장을 호출했다기에 나는 중대장을 모시고 추 병장과 셋이서 대대장실로 갔다. 사고 당시에는 궐석이던 중대장이 부임한 뒤인지라 매일 연병장 구보를 하고 있는 추 병장의 사건 내막을 중대장도 알고 있던 터였다.

대대장실에 들어갔더니 부대대장을 비롯하여 각 참모들까지 7~8명이 앉아 있다가 우리가 들어가자 자세를 바로 하며 우리를 쳐다보았다.

"추 병장! 아침구보는 잘 하고 있나?"

"네! 잘 하고 있습니다."

추 병장이 일어서며 부동자세로 이야기하자 대대장이 서 있는 우리들을 보고 자리에 앉을 것을 권했다.

"앉아. 앉아서 이야기하자고. 중대장. 추 병장 제대가 며칠 남았지?"

"예! 10일 정도 남았습니다."

"그래? 추 병장, 좋겠다.

그러나 저러나 한 백일 정도는 체력단련 열심히 했지?

추 병장 이제 제대하는 날까지 운동장 구보는 안 해도 좋다. 그 정도의 체력단련과 그간의 정신력으로 고향에 내려가 어머니께 효도하고 동생들 뒷바라지 잘해라."

대대장이 손을 내밀며 추 병장에게 악수를 청했다. 그리고는 책상서랍에서 봉투를 하나 꺼내 추 병장 손에 쥐어 주며 말했다.

"얼마 안 되지만 고향에 내려갈 때 어머니께 고기나 한 두어 근 사다 드려라. 그리고 동생들하고 맛있게 먹어!"

추 병장은 어쩔 줄 모르며 엉거주춤 일어나 대대장의 손을 잡고 한 손으로는 눈물을 훔치고 한 손으로는 봉투를 받아들고 있었다.

"야! 임마, 이렇게 순진한 녀석이 그날은 왜 그랬는지 모르겠다. 어이! 중대장! 이 녀석 데리고 가서 점심이나 잘 먹여!"

대대장은 추 병장의 등을 토닥여 주며 중대장에게 데리고 나가라고 했다.

나는 대대장의 세심한 배려에 새삼 놀랐다. 추 병장에게 기상과 동시에 구보를 시킨 후 아무런 별도의 지시가 없어서 혹시 잊고 있는 것이 아닌가 하는 생각까지 했었는데 그 모든 것을 기억하고 있다가 막상 제대가 열흘 남은 시점에서 불러서

는 그동안의 노고를 치하하면서 여비까지 챙겨 주는 섬세함을
보인 모습에 '지도자가 되려면 저렇게 해야 하는 것'이라고 스
스로 감복하면서 내 머릿속에 그 모습을 각인시키고 있었다.

어제 저녁 내렸던 눈으로 온 산야가 하얗게 옷을 입고 바람
에 눈들이 춤을 추며 식당으로 내려가는 우리들의 몸을 휘감
고 있었다. 대대장실에서의 훈훈한 이야기로 인해 추운 줄도
모르고 추 병장의 제대 후 내려갈 고향 생각으로 머릿속이 꽉
찼다.

10여 일 후 추 병장이 다른 전역병사 20여 명과 함께 대대장
께 전역신고를 마치고 중대로 돌아와 중대본부에서 이 사람
저 사람과 악수를 하고 내 앞으로 왔다.

"제 평생 소대장님은 잊지 못할 것입니다."

나와 악수를 하는 추 병장의 눈에서는 벌써 눈물이 흐르고
있었다.

본부 밖에 서 있는 3/4톤 트럭 뒤에 올라타는 추 병장의 뒷
모습을 보며 내 눈에서도 아스라이 눈물이 비쳐졌다. 나 역시
부모님 생각도 났지만 그보다는 추 병장이 사고를 치던 당일
얼마나 자식으로서 가슴이 아팠으면 그런 모습을 보였을까를
생각하니 눈물이 나도 모르게 흘러 내렸다.

잠시 후 전역병사들을 태운 3/4톤 트럭이 정문을 나서서 멀
리 사라질 때까지 멍하니 서 있었다.

만나면 알게 되고 헤어지면 잊는 것이 인간지사다. 특히 군

에서는 더 그렇다.

그래서 헤어지면 잊게 마련인데, 잊고 있었던 추 병장의 모습이 마치 봄 아지랑이처럼 아련히 다시 떠오른 것은 3월 중순경 봄 햇볕이 제법 따스한 어느 날, 고구마 박스가 중대에 내 이름으로 도착했다는 소대전령의 보고가 있어서 대대본부에 내려가 보니 추○○ 이름으로 보내온 고구마 박스가 두 개나 있었다.

추 병장이 고향에서 캔 고구마를 보내온 것이었다. 부모님 걱정을 하며 난동까지 피우던 추 병장이 고향에서 어떻게 지낼까 하는 모습을 그려 보았다.

"뭐야? 추 병장이 고구마를 보내와? 녀석, 그 정도로 순진하고 착하더니 잊지 않았구면, 그렇게 부모님 걱정을 하는 친구라면 잘 살 거야."

두 박스 중 일부를 대대본부로 가지고 가서 상황을 보고드리자 대대장은 활짝 웃으며 기뻐했다.

"대대장님! 정말 감사합니다."

"고맙긴? 민 중위 덕분에 사람 하나 구했다고 생각했었는데 이건 구한 게 아니라 얻은 거나 다름없으니 내가 더 고맙구면."

대대장이 기뻐하기에 나도 덩달아 얼굴에 웃음을 담고 고맙다고 인사를 했다. 그 당시 내 마음을 이해하고 내 부탁을 들어 준 대대장이 진심으로 고마웠다.

대대장실을 나와 대대장에게 일부 가져간 것을 제외하고는 중대 내무반으로 가지고 와서 중대장에게 추 병장이 보내온 것이라고 하며 본부에 놓고 전했다.

"추 병장 그놈 겉으로 보기엔 마냥 순하게 생겼더만 어찌 그런 험한 일을 했을까? 그러나 이렇게 옛 전우들을 잊지 않고 고구마를 보내온 것을 보면 정말 순진한 놈이 맞기는 맞는 것 같은데?"

"예. 중대장님 말씀이 맞을 겁니다."

고구마는 중대장에게 전해서 중대 병사들이 나누어 먹게 하고 나는 소대 내무반으로 돌아와 추 병장의 편지를 꺼내 읽었다.

나는 그때 3월 1일부로 중위로 진급해 있었다.

소대장님 전상서!

제가 군에서 제대한 지가 엊그제 같은데 벌써 입춘이 지나 봄 날씨가 확연히 느껴지는군요.

특히나 이곳은 그곳 전방과 달라 남쪽이라서 더욱 봄 냄새가 물씬 나는 것 같군요.

대대장님께서는 건강하게 잘 계시는지요?

그리고 소대장님 건강하게 군 생활 잘 하고 계시겠지요. 그리고 같이 근무하던 병사들도 다들 건강하게 근무하리라 생각합니다.

참 우리 박격포 분대장님 임 하사님도 잘 계시리라 믿습니다.

특별히 박격포 반장이라고 잘 챙겨 주고 그러셨는데 그때는 제가 왜 그랬는지 지금 생각해도 도저히 용납할 수 없는 바보 같은 행동이라고 반성하고 자중하고 있습니다.

특히 생각나는군요. 인자하신 대대장님이 아니었으면 지금의 나로 존재할 수 있었을까요?

그때, 행동에 대해 정말 소대장님께 면목이 없습니다.

다시 한 번 감사드립니다.

제대하고 고향에 내려와 가족들과 함께 생활하다 보니 군에서 활동했던 저의 모든 행동이 영화의 필름처럼 새록새록 잊혀지지 않고 생각나는군요. 대대 뒷산 동두천과 문산을 오가는 큰 도로에서 대대 방어 작전하던 때가 엊그제 같기도 하고, 중대원 모두가 전방에 나가 방어 작전을 한다고 깊숙이 호를 파고 들어앉아 밤새도록 잠 한숨 못 자고 방어 작전에 여념이 없을 때, 우리 화기소대는 대대 방어진지 후방 뒷산에서 박격포 진지를 구축하고 저녁을 먹은 다음, A4기관총 1, 2분대는 1소대와 3소대로 배속 보내고, 소대장님과 분대장님과 같이 배속 보낸 부대원들이 얼마나 고생하고 있는지를 걱정하던 모습이 있는 그대로 생생하게 기억나는군요.

그때 제가 대대장님의 용서가 없었다면 어떻게 오늘의 제가 있겠습니까?

지금은 고향 집에서 어머님을 모시고 열심히 농사일을 돕고 있습니다.

그때 초등학교 6학년이었던 막내는 상주중학교에 입학했고, 중3이던 둘째는 상주고등학교에 합격하여 상주로 통학하면서 재미있게 공부를 곧잘 하고 있습니다.

주변의 이런저런 생각을 하면 가슴 뿌듯함을 느끼면서도 군에서의 일을 생각하면 오싹오싹 소름이 끼칩니다.

주변의 고향친구들과 어르신들, 모든 분들이 아버지가 안 계셔서 그렇지 아들 3형제와 오손도손 재미있게 살고 있다고 늘 어머니에게 말씀하신답니다.

1월에 전역하고 내려와 보니 가을 추수 걱정은 하지 않아도 될 수 있도록 어머니께서 얼마나 잘 해놓으셨는지 공연히 제가 바보 같았다는 생각만 듭니다. 어휴! 지금 생각해도 아찔하기만 합니다.

대대장님이 주신 돈으로 소고기 3근을 사고, 나머지 돈으로 소주 됫병 두 병과 갖은 양념을 사 들고 집에 들어갔더니 어머니께서 눈이 휘둥그레지시며 놀라셨습니다.

"아들이 군대 있다 건강하게 오면 됐지 이런 것이 다 무어꼬?"

그리고 동네 어르신들에게 얼마나 큰 소리로 자랑을 하시던지요.

"아재들! 우리 큰아들 군대 갔다 왔소! 그런데 그 놈이 소고기를 사왔으니 같이 들 구어 먹읍시데이!"

사람들을 불러 모으신 어머니는 닭장의 닭 3마리까지 잡아서 어깨 춤을 추시며 동네 사람들에게 이만저만 자랑을 하신 것이 아닙니다.

동네 어른들도 군대 있던 놈이 어디서 돈 벌어서 이런 걸 사왔느냐고 다들 한마디씩 하시고는 부러워하는 모습을 보며 저 또한 기쁨을 감출 수가 없었습니다.

이게 전부 소대장님과 소대장님의 간절한 청을 들어주신 대대장님 덕분입니다.

소대장님!

지금은 중위로 진급을 하셨겠죠?

저는 설날 지나고 얼마 지나지 않아서 가까운 김천시에 있는 노○○이라는 아가씨와 선을 보았습니다. 마음씨는 어떤지 모르지만 제가 보기엔 얼굴은 너무 잘생겨 다른 사람이 빼앗아 가기 전에 결혼하려고 중매를 선 아주머니에게 뻔질나게 아가씨 집에 찾아가게 했습니다. 그랬더니 그쪽에서 모내기가 끝나는 6월 정도에 혼인 날짜를 잡자고 해서 흔쾌히 승낙했습니다.

6월에 결혼하는데 초대하오니 소대장님 꼭 오셔서 축하해 주십시오.

어머니께서도 그 색시 마음씨가 착하게 생겼다고 해서 여간 마음이 놓이지 않는군요.

먼 길이지만 초청장을 보내 드리겠습니다.

그러고 보니 소대장님도 장가드셔야 하는 것 아닌가요?

제가 먼저 가게 돼서 대단히 죄송합니다.

올려 보낸 고구마는 저희 밭에서 어머님께서 거둬 두신 것을 겨울내 보관하고 있다가 대대장님과 소대장님 생각이 나서 보내 드립니다. 더 많이 보냈으면 좋았을 텐데 미안합니다.

모든 중대원들과 중대장님, 대대장님께 안부 전해 주십시오.

할 말은 아직도 많지만 다음에 또 연락드리기로 하고 오늘은 이만 줄입니다.

안녕히 계십시오.

"단결!"

1972년 3월 ○○일

추○○ 올림

(추신)

4월에 약혼식을 한다고 했으니 둘이서 약혼식 끝나고 부대로 소대장님 한번 찾아뵙겠습니다.

겸사겸사 대대장님도 뵙고요.

감사합니다.

편지를 읽는 나의 얼굴은 처음부터 끝까지 미소가 떠나지 않았고 3개월 후에 있을 결혼식을 마음을 다해 미리 축하해 주고 싶었다.

지금 생각하면 아련하게나마 즐거움이 곁들여진 사건이다. 그러나 그 당시의 10월을 생각하면 온몸에 소름이 돋을 정도로 아찔하다. 만일 그때 무어라도 잘못되었으면 어땠을까 하는 생각을 지울 수가 없다. 하지만 현명하게 대처를 했고 그런 내 마음을 이해해 주신 대대장 덕분에 모든 일은 무사히 마무리 되어 지금은 추억처럼 이 이야기를 쓰고 있으니 다행이라는 말밖에는 더 할 말이 없다.

소대장은 신나고 즐겁다.

초급장교로서 병사들과 호흡을 같이한다고 생각하면 한없이 즐겁다. 병사들을 지휘한다는 것이 군림이 아니라 호흡을 같이하는 것이기에 더 즐거울 수 있는 것이다.

지금도 이런저런 애로사항을 가슴에 품은 채, 개인적으로나 집안일로나 마음이 아프지만 국가방위를 위해, 국민의 생명과 재산을 지키기 위해, 오늘도 그 아픈 마음을 드러내지 못한 채 온몸을 바쳐 나라와 국민들을 위해서 국토방위에 전념하고 있는 우리나라의 현역병들에게 잠시나마 위로의 글이 되었으면 한다.

가슴 아픈 임진강변 이야기

대대본부의 이동으로 어수선한 부대 내의 분위기와는 달리 부대 철조망 너머 저쪽에는 울긋불긋한 철쭉꽃이 이제 막 활짝 피기 시작했다.

"우리가 없어도 너희는 잘 크고 있겠지?"

나는 마치 옆에서 같이 생활하던 이웃에게 인사라도 하듯이 철쭉을 바라보며 중얼거렸다. 일상생활에 굴곡이 없이 항상 같은 하루가 반복되는 군대에서 봄이 온다는 것을 알려 주고 주위 환경을 환하게 바꿔 주던 철쭉꽃이다. 식물이라고 하지만 보고 싶을 것 같은 생각이 들었다. 우리가 이동하는 그곳에는 더 아름다운 꽃들이 있을지 모르지만 사람 사는 게 항상 이별은 슬픈 마음을 들게 한다. 이동을 해서 그곳에서 새로 정이 드는 것이 생기면 언제 철쭉꽃을 바라보며 이런 생각을 했는지 기억에도 없을 것이 분명하지만 헤어지는 순간만큼은 섭섭한 것이 인간의 감정이다.

식당으로 내려가다 짊어지고 있던 배낭을 벗어 대대 연병장 구령대에 올려놓고는 사방을 '휘' 하고 둘러보았다.

오늘 점심식사가 끝나고 14시부터는 부대 이동이 시작되는데 병사들은 하나둘 배낭을 어깨에 메고 철모와 M1소총은 옆구리에 끼고 대대 연병장에 모여들기 시작했다.

이번 부대 이동은 임진강변에 방어진지를 구축하기 위해 참호를 설치하러 이동하는 것이다.

참호는 임진강변 북쪽 언덕에다 DMZ 쪽을 향해 관측이 편리한 지점에 위치를 선정하여 구축한다.

임진강변의 폭은 좁은 데는 70m~80m 쯤 되는 데도 있고 150m~200m나 되는 넓은 곳도 있다. 그 강을 통해서 침투할 수도 있는 적을 미리 발견해 내기 위해서 관측을 위한 참호를 구축하는 것이다.

대대 이동은 철저한 원칙에 따라서 이루어졌다.

길 양쪽에 첨병을 앞세운 소대가 먼저 앞장서고 그 뒤를 순위에 따라 걸어가는데 50분 정도 도보로 행군을 하고 10분 휴식을 취한 후 또다시 걷기를 반복하여 4시간 후 임진강변에 도착했다.

대대본부를 중심으로 이미 3일 전 모양새 있게 설치해 놓은 천막으로 각 소대별로 들어가 군장을 벗어 놓고 저녁식사를 했다.

예전에는 대대식당에서 대대의 전 병력을 한꺼번에 소화를 했는데, 지금은 중대 간 거리 때문에 세 곳에 식당을 차려 놓고 1중대와 2중대, 3중대와 화기소대, 대대본부가 따로 식당을 운영했다.

일찌감치 저녁식사를 한 후 임진강변 모래밭을 걸으면서 석양을 바라보니 둥근 해가 빠알간 원형을 이루며 DMZ 철조망을 넘어 산등성이에 걸려 있었다. DMZ는 긴장으로 적막하기조차 했지만 석양으로 지는 해는 서울에서 보는 해와 조금도 다를 것이 없다. 아니 어쩌면 복잡한 서울을 벗어나서 한가로운 시골 풍경을 배경으로 보는 석양이다 보니 더 한가롭고 여유로우며 오히려 아름일찌감치답기 그지없었다. 어쩌다 남북

으로 이렇게 나뉘어 저 아름다운 석양에마저 잔뜩 긴장을 하
는 적막이 휩싸이고 있는지 가슴이 아플 뿐이었다.

　내일 하루는 쉬고 금요일에는 대대간부 전원이 전곡에 있는
군단사령부에 가서 참호 설치에 대한 교육을 받기로 되어 있
었다.
　처음 와본 곳이지만 강물이 흘러가는 소리가 힘차게 들리는
터라 그런지 크게 적막하지는 않은 것이 분명한데 이곳이 적
과 조우하고 있는 최전방이라는 생각을 하면 적막감이 온몸을
휘감는 것을 어찌 할 수는 없었다.
　깊은 산속이 아니고 흐르는 물을 곁에 두고 있어 얼마든지
평화로울 수 있는데도 마음이 마냥 여유로운 것만은 아니었다.

　하루가 지난 목요일, 병사들 모두의 얼굴이 상기되어 있었
다. 오늘은 작업이 없어 그다지 큰일은 없지만 새로운 곳에 있
다고 생각하니 조금은 들뜬 분위기일 수도 있다. 우리가 대대
본부가 있던 곰시에는 철조망이 앞을 막고 있어 답답하기 그
지없었는데 반하여 비록 적과 조우하는 곳이라고는 하지만 사
방을 둘러봐도 답답한 곳이 없고 앞으로는 강물이 흐르고 뒤
로는 30분만 나가면 적성면 소재지가 있어서 탁 트인 기분에
마음들이 한결 놓인 까닭일 수도 있었다.

　아침식사 후 중대별로 간부 회의를 한 후 중대장과 함께 우
리 3중대가 맡아 설치해야 할 참호의 위치가 어디가 좋을지 건

너편 강둑 위로 지형정찰을 나갔다.

지형이라 해도 뒤에는 강물이 계속 흐르고 있고, 그 앞쪽으로는 듬성듬성 소나무들이 많이 있어 소나무들을 제거한 후에 되도록 높은 곳을 골라 저쪽과 중간 그 다음 옆 중대와 인접한 곳 3곳 정도가 좋다고 의견들을 모았다.

오전에는 중대장과 지형 정찰을 마치고 1시간 정도 각 소대장들과 의견을 나누며 회의를 한 후 점심을 먹고 중대본부로 돌아오니 1소대장 윤 소위와 3소대장 정 소위가 반갑게 맞이했다.

"민 소위. 오늘 저녁때 마지리(적성)나 나가자."

"마지리는 나가서 뭐 하는데?"

"글쎄, 뭐 특별히 할 일이 있어서는 아니고. 그냥 한번 나가보자는 거야. 거기 나가면 음식점도 많고 술집도 몇 군데 있다는데 괜찮은 곳도 있다고 하더라."

"에이, 그래도 잘 모르는데 나가서 뭐 하니?"

"그럼 민 소위는 오지 마. 우리 둘이서 다녀올게. 공연히 민 소위 혼자 남겨 놓고 나갔다가 원망 들을까 봐 이야기한 건데 가기 싫으면 그만둬."

"그래. 너희 둘만 나갔다가 와. 소대장들 다 나가면 병사들 통솔은 누가 하니?"

내가 남아 있기로 자청을 하자 두 사람은 남아 줘서 고맙다는 인사를 남기고 떠났다. 나는 중대장께 일정을 여쭤볼 것이 있어서 중대장실을 들러보니 중대장은 없고 인사계 이 상사만 앉아 있었다.

"중대장님 어디 가셨어요?"

"점심 드시고 나가시며 내일 아침에 오신다고 하셨는데요? 무슨 급한 용무라도 있나요?"

"아니요. 내일 일정에 관해 여쭤 볼 게 있어서 왔습니다. 내일 아침에 뵙고 말씀드려도 됩니다."

나는 급한 일은 아니기에 그냥 중대장실을 나서서 돌아서는데 이 상사의 목소리가 들렸다.

"저도 지금 나갔다 내일 들어올 겁니다."

"아참! 인사계님 댁이 이쪽 어디라고 했죠?"

"예. 바로 적성에 있어요. 소대장님도 적성에 한번 나오시죠? 적성에는 없는 게 없어요. 식당도 고급이구요, 서울 나가는 버스도 있고 술집들도 곰시 하고는 아주 달라요. 아가씨들도 아주 예쁘고요."

하면서 총각 소위에게 농을 걸었다. 악의 없는 농담이라는 것을 알기에 나도 웃음으로 되받아서 '언제 한번 날 잡아서 나가겠노라.'고 하고는 그냥 나왔다.

중대 인사계가 나가고 이곳저곳을 돌아다니며 강변을 한참이나 내려갔다가 올라오니 병사들이 식판을 들고 이동하고 있었다. 벌써 저녁때가 되었나 하며 시계를 보니 오후 6시를 지나고 있었다. 식당 막사 쪽으로 발길을 돌려 저녁을 먹고 각 소대 막사들을 한 번씩 둘러보고 소대장천막으로 와서 잠시 앉아 있는데 8시경이 되어 소대장들이 막사 안으로 들어왔다. 입에서는 술 냄새가 많이 났고 눈꺼풀도 풀려 있었다.

"야! 민 소위. 우리만 나간 게 아니라 다른 중대 소대장들도 많이 나왔더라. 그래서 같이 한잔했다. 다음 주에는 우리 다 함께 한번 나가자!"

"그래? 뭐 재미있는 게 있어?"

"재미는 무슨 재미냐? 그냥 사람 사는 데 한번 나갔다 왔다는 데 의미를 두는 거지. 여기도 사람 사는 곳이라고는 하지만 사람 사는 곳이라기보다는 군인이 기거하는 곳이라는 표현이 맞는 거 아닌가?"

그렇게 말해 놓고는 자신들도 우스운지 웃기만 했다.

그러더니 보자기를 풀어 소주 2홉들이 5병과 통닭 한 마리를 종이컵과 함께 내려놓았다.

"우리만 먹기 뭐해서 같이 한잔하려고 사왔다."

5병의 술은 양이 많은 것이라 2소대장과 각 소대 선임하사들을 불러 같이 마셨다.

부대에 있었다면 상상도 못 할 일이다. 오늘 이렇다 할 일이 없어서 중대장도 일찍 나가고 인사계도 일찍 나가는 등 간부들에게는 외출이 허용되었지만 원래는 아무런 일이 없어도 시간과 장소를 지켜야 하는 것이 군대다. 다들 파견 근무를 하는 바람에 융통성을 발휘했던 것일 뿐이지만 옳은 일은 아니었다.

저녁 10시에 취침점호를 끝내고 내일 해야 할 일들을 생각해 봤다.

내일은 부대의 전 간부들이 전곡 쪽에 있는 ○○군단 사령부로 참호 설치 방법을 교육받으러 가는 날이다. 이것저것 교육에 필요한 물건들을 챙겨 정리하고 밖으로 나와 임진강물에 얼굴을 씻었다. 아직도 아침, 저녁으로는 봄의 끝자락이어서 그런지 물이 제법 차가웠다.

소대장실로 들어와 잠을 청하는데 참호 걱정 때문인지 정신만 말똥말똥해지고 눈은 감고 있어도 잠은 오지 않는다.

이런저런 생각을 하다 어슴푸레 잠이 들었는가 했는데 발자국소리가 들리고 식기를 닦는지 버석버석하는 소리에 눈을 떠 보니 뚫린 천막 바깥이 훤해져 있었다.

부랴부랴 일어나 옷을 입고 강가에 나가 세면을 끝내고 식당으로 가니 대대장이 앉아서 들어오는 나를 보더니 물었다.

"3중대는 누가 남나?"

"예! 각 소대 선임하사와 중대 인사계가 남기로 했습니다."

나를 보고 생각이 나서 물은 질문이지만 당연히 우리 중대장이 대답을 하는 것이기에 중대장이 답했다. 그러자 대대장은 다른 중대장들에게도 똑같은 질문을 하고는 마무리를 했다.

"대대본부에는 부대대장과 대대인사장교가 남을 테니까 그렇게 알고 부대 정리 잘하고 있으라고 해! 알았나?"

"예! 알겠습니다."

일제히 대답을 한 후 식사를 마치고 소대 천막에 가서 선임하사와 소대원들에게 정리정돈을 당부하고 대기하고 있던 트럭에 올라가 앉아 있자 대대 전 장교와 하사관이 타고 대대장 지프차를 선두로 하여 트럭 3대가 전곡을 향해 출발했다.

1시간이 조금 넘은 9시 30분경에 도착해서 교육장이 있는 연병장으로 가 보니 우리 사단뿐 아니라 다른 사단에서도 부대 잔류 병력을 제외한 장교와 하사관들이 모여 있었다.

오전에 2시간 동안 참호 작업에 대해 설명을 듣고 12시에 점심식사를 했다. 전곡 군단에서 준비한 점심을 맛있게 먹고 따스한 햇볕에 앉아 졸음을 쫓고 있는데, 오후 교육이라며 연병장으로 모이라는 방송이 나왔다.

또 다시 시작된 오후 교육은 참호의 골격과 전면을 바라보는 시야 등 각 참호마다의 병기의 크기에 따라 높이와 넓이에 대해 2시간 30분 정도 시뮬레이션 등을 보여 주며 중요한 곳이 있을 때마다 중점적으로 강조를 하며 참호 작업의 중요성과 앞으로 전 군과 장병들은 DMZ 내의 이러한 참호 속에서 근무하게 될 것이라고 부연설명을 하면서 강의를 끝냈다.

4시가 거의 되어 갈 무렵에 아까 왔던 차를 타고 다시 임진강 대대 막사를 향해 털털거리며 트럭이 가고 있는데, 하루 종일 앉아서 교육받은 후인지 엉덩이가 아플 정도로 차가 털털대며 뒤뚱거렸다. 어제 밤에 잠도 설친데다 꼬박 앉아서 교육을 받느라고 피곤했던지, 차가 뒤뚱거리는 것과 상관없이 눈꺼풀이 내려앉아 졸고 있는데 어느새 대대 막사 정문에 도착했는지 어수선거리는 와중에 우리 소대 전령이 달려오며 외쳤다.

"소대장님! 큰일 났습니다"

"중대장님! 큰일 났습니다!"

소대 전령이 내게 외치는 것과 거의 동시에 중대 인사계가 중대장에게 '큰일 났다'고 한다.

"중대장님 가시고 난 뒤 1소대 선임하사가 소대원 5명과 같이 물고기 잡는다고 임진강을 건너는데 제일 뒤에 가던 김 병장이 물살에 휩쓸려 떠내려갔습니다."

"뭐야? 그게 무슨 소리야? 좀 더 자세히 설명해 봐."

"임진강변에서 강폭이 70m 정도 되고 깊이는 어른 허리에 닿을까 말까 하는 데를 건너다가 뒤에 가던 김 병장이 손을 마구잡이로 흔들며 떠내려가면서 물속으로 빨려 들어가더니 나오지 않았습니다."

인사계 옆에 서 있던 병사가 설명했다. 같이 고기잡이에 참여했던 다른 병장이라는 것이다.

"1소대 선임하사 데리고 와."

중대장은 너무 놀란 나머지 어쩔 줄 모르며 고기잡이를 나갔던 1소대 선임하사를 찾았다. 1소대 선임하사가 하는 이야기도 앞에서 들은 이야기와 다를 것이 없었다. 다만 한 가지 덧붙인 것이 있다면 '지금 소대원들이 실종자를 찾고 있다'는 것뿐이었다.

그때 1소대장 윤 소위가 물었다.

"야! 김 중사! 월남 갔다 온 그 김 병장 말이냐?"

"예. 그렇습니다."

윤 소위가 강변을 바라보며 허탈한 표정을 감추지 못했다. 그런 윤 소위의 표정을 보며 내 머릿속에는 어렴풋이 월남에서 근무하다 온 김 병장이 생각났다.

월남에서 돌아온 지 1개월이 안 됐고 제대가 4일인가 남았다던 그 김 병장을 말하는 것이었다.

"야! 민 소위. 대대장님께 보고하고 올 테니 중대원들 저녁식사하고 전부 집합시켜!"

중대장이 대대장에게 보고하러 가는 것을 보고, 나는 1소대장 윤 소위와 임진강 사고 현장 쪽으로 가면서 둘러보았다. 대대 막사가 있는 곳에서 200여m 더 올라가서 강폭이 70~80m 정도 되는 곳으로 물살이 조금 급하게 내려가는 곳이었다.

"여기서 선임하사님 뒤를 따라 일렬로 가는데 김 병장이 저쪽으로 떠내려가며 머리가 물속으로 내려갔다 올라왔다 3번인가 하더니 저쪽에서 쑥 들어가더니 위로 떠오르지 않았습니다."

같이 고기를 잡으러 나갔던 병사가 윤 소위와 나를 번갈이 보며 손가락으로 여기저기를 가리켰다.

손가락으로 가리키는 쪽을 바라보니 강굽이가 90° 정도로 휘돌아 왼쪽으로 내려가는 곳으로 반대쪽은 30m 정도 높이의 낭떠러지기로 길이는 80m~90m 정도 되고 강폭은 120m가 넘어 보였다. 우리가 현장을 살펴보고 있는데 대대장이 중대장과 함께 올라왔다. 우리가 먼저 와서 들었던 내용대로 김 병장이 떠내려간 상황을 설명하고 중대장에게 건너편 쪽에도 병사들 6명을 보내 찾고 있는 중이라고 보고했다.

"민 소위. 공병대에 이야기해서 모터보트 가지고 오라고 할 테니까 내일부터 민 소위가 김 병장 찾는 데 수고 좀 해야겠다. 1소대장은 본인소대니까 놔두고 민 소위가 밧줄에 쇠갈고리 몇 개 달고 왔다 갔다 찾아봐."

보고를 받은 대대장이 직접 나에게 지시했다. 그리고 대대장과 중대장이 막사로 내려가기에 나도 윤 소위와 같이 내려오면서 1소대장인 윤 소위를 위로했다.

"윤 소위! 일이 이렇게 벌어진 것을 어떻게 하냐? 김 병장 집에다 연락하고 최선을 다해 찾아보는 수밖에 없잖아!!"

내 딴에는 위로를 한다고 말을 했지만 윤 소위는 대답이 없었다. 무언가 말을 하고 싶으면서도 할 수 없는 그런 분위기였다.

사람이라는 것이 다른 것은 몰라도 죽음 앞에서는 숙연해지기 마련이다. 월남전에 참전해 총알이 빗발치는 전투를 겪으면서도 살아서 돌아온 병사가 임진강에 물고기 잡겠다고 나가서 허리밖에 안 차는 물줄기에 휩쓸려 실종이 되었으니 소대장으로 할 말이 없을 수도 있다. 아니 무언가 말을 하고 싶어도 그 말이 입 밖으로 나오지를 않았을 것이다. 비록 자신은 참호에 대해서 교육을 받으러 간 사이에 일어난 일이라고 해도 어이가 없어서 할 말이 없었을 것이다.

다음 날인 토요일 날이 밝자 우리 작업구역 안에 공병대대에서 가져온 모터보트가 공병대 병사와 함께 와 있었다.

나는 보트에 30m짜리 밧줄 4개를 걸은 다음에 굵은 철사로 갈고리를 만들어 묶어 놓고 쇳덩어리를 추 대신 달아, 보트 양쪽에 한 명씩 앉게 하여 밧줄을 꼭 잡고 걸리는 것이 있으면 바로 이야기하라 해놓고 보트와 함께 온 공병부대 병사에게 위 아래로 시신이 있을 만한 곳을 오르락내리락하자고 했다.

점심시간까지 몇 번인가를 왔다 갔다 해도 밧줄에는 걸리는 것이 없었다. 점심식사를 하고 다시 시작해 저녁 무렵까지 찾고 있는데 소대 전령이 나를 부르며 손으로 가리키는 쪽을 바라보니 민간인 둘이서 어린아이와 함께 이쪽으로 오고 있었다.

직감적으로 김 병장 가족이구나 하는 생각이 들었다.

강변으로 나가서 배에서 내려 그쪽으로 가니 윤 소위와 같이 있던 중대장이 소개를 했다.

"민 소위. 여기 김 병장 부인하고 아들이 왔어. 이쪽은 삼촌이시고."

"무슨 말로 위로를 드려야 할지…."

얼떨결에 인사를 하며 부인이라고 했던 여자를 보니 아직 자신의 남편이 죽었다는 것이 믿기지 않는지 네 살 정도 된 아들의 손을 꼭 잡고 고개를 숙여 인사를 했다.

"어떻게 된 겁니까?"

이럴 때는 무슨 말을 해야 할지 머뭇거리고 있는데 삼촌이 물었다. 나는 어제 있었던 상황을 사고지역을 가리키면서 그대로 설명 드렸다.

바구니를 하나씩 가지고 인솔자까지 5명이서 강을 건너던 중 저쪽 위 지점에서 제일 뒤에서 따라오던 김 병장이 떠내려가며 손을 휘저으며 수면 위로 두 번인가 떴다가 수면 밑으로 사라진 다음 그때부터 김 병장의 모습이 나타나지 않았다고 들은 대로 설명을 드렸다. 그러자 갑자기 부인이 그 자리에 쓰러지듯이 주저앉아 땅바닥을 치며 통곡하기 시작했다.

"어이! 어이!"

부인이 통곡을 하자 네 살짜리 아들은 엄마의 어깨를 부둥켜안고 울기 시작했다.

"엄마! 엄마!"

유족들의 이런 행동을 옆에서 지켜보던 중대장이 너무나도 안쓰러웠는지 나를 불러서 지시했다.

"민 소위. 저분들 저 아래쪽 천막으로 모셔라. 대대 막사 아래쪽에 따로 천막을 쳐 놨으니 유가족들을 그쪽으로 모시라는 대대장 말이 있었다."

통곡을 하며 일어설 줄 모르는 부인을 어렵게 달래서 아래쪽에 있는 천막으로 모시고 가서 자리에 앉도록 안내했다. 삼촌이라는 분은 어제 떠내려갔다는 곳으로 가서 왔다 갔다 하고, 부인은 멍하니 강물만 바라보고 있고, 꼬맹이는 아까와는 달리 이곳저곳을 뛰어다녔다.

저녁식사 때가 되어 식당으로 모시고 가려 했는데 계속 안 가겠다고 하여 식판 세 개에 우리가 먹는 음식을 가지고 와서 탁자에 올려놓고 식사하시라고 한 후에 우리들은 식당으로 향했다.

식사를 하고 와서 보니 식판의 음식이 그대로 남아 있고 아이에게 조금 먹인 흔적밖에 없었다. 하기야 식사를 할 정신이 아닐 것이다. 이제 나흘만 있으면 월남전에 참전해서도 살아온 그리운 남편이 제대를 한다는 기대에 한껏 부풀어 있었는데 지금 저 강바닥 어디엔가 차가운 강물에 휩싸여 시신으로 남아 있을 남편을 생각하면 어떻게 밥을 넘길 수 있겠나 하는 생각이 들었다. 그렇다고 뭐라고 위로의 말을 할 처지도 못 되었고, 할 말도 없었다. 당시 월남전 참전은 병사들도 돈을 벌기 위해서 자원을 했었기 때문에 분명히 시골에서 제대 후의 삶을 위해서 목숨 걸고 참전을 했던 것일 텐데 목숨까지 걸고 벌어 온 돈도 소용이 없고 그저 남편이 살아 돌아오기만 바랐던 아내의 심정이 오죽할까 싶어서 그 앞에 머무르는 것조차 송구스러웠다.

몇 가지 소대의 맡은 일을 처리하고 나니 해가 강둑에 걸려 있었다.

삼촌이라는 분에게 저녁에는 어떻게 할 것이냐고 묻자 지금부터 적성에 나가 여관을 잡아야 한다고 하여 그들을 부대대장 지프차에 태워 적성에 나가 이리저리 다니다 그중 조금 넓고 깨끗한 데를 골라 방 두 개를 계약하고 편히 쉬시라는 인사를 남기며, 내일 아침에 차를 보내겠다고 하고 부대로 돌아왔다. 부대로 돌아와서 대대본부로 가서 대대장께 보고하고 이어서 중대장에게 보고를 한 후, 1소대장 숙소로 가서 윤 소위를 만나 김 병장 가족을 여관에 데려다 주고 왔다고 이야기를 해주었다. 윤 소위는 차마 자신이 김 병장의 소대장이었다고 말할 용기가 나지를 않는다고 하면서 김 병장 시신이라도 빨리 찾았으면 좋겠다고 하며 얼굴 가득히 미안함과 죄스러운 표정이 배어 있었다.

윤 소위와 헤어져 소대 취침점호를 끝내고 소대장 숙소로 돌아와 잠을 청하였으나 잠이 올 리가 만무하였다.

오늘 하루 종일 했던 일들을 머릿속에 떠올리며 이런저런 생각으로 머리를 굴리다 어렴풋이 잠이 들었는가 했는데 어느새 밖이 훤해지고 아침이 돌아왔다.

아침식사가 끝나자 부대대장 운전병에게 어제 갔던 여관에 가서 기다리고 있다가 유족분들이 나오면 모시고 오라 하고 공병대 보트 운전병을 독촉하여 또다시 어제의 끌기 작업을 실시했다. 입수지점 아래쪽으로 500m를 오르내리기를 여러 차례 해 보았으나 감감무소식이었다.

9시경이 되어 삼촌과 부인, 아이가 어제의 천막에 와 있는 것이 보이기에 보트에서 내려 그들에게 인사를 하고 같이 앉아 이런저런 이야기를 하다 30여 분쯤 지나 다시 보트를 타고 끌기를 계속했다.

점심 때가 되어 다시 식판 3개에 식사를 담아 테이블 위에 올려놓고는 꼬맹이에게는 군대건빵 2봉지를 쥐어 주며 먹으라 했더니 자기 엄마 눈치를 보고 건빵봉지를 뜯어 달라더니 맛있게 먹는 것이었다. 점심식사가 끝나고 유가족들이 있는 천막에 와 보니 어제와는 달리 식판의 밥이 많이 비워져 있었다. 식판을 당번병에게 식당으로 가져다주라 하고 가족들과 앉아 있는데, 중대장과 대대장이 와 의자에 앉으며 나에게 지시했다.

"민 소위. 조금 있다가 공병대에서 저 아래쪽에 두꺼운 밧줄을 가지고 저쪽에서 이쪽으로 연결할 테니 저녁에는 텐트를 치고 1개 분대를 배치해서 혹시 떠내려갈지 모르니까 잘 지키면서 수고 좀 해야겠다."

대대장도 어떻게든 시신만이라도 찾아서 유가족에게 돌려주어야 한다는 사명감을 가지고 있는 것이 틀림없었다. 나 역시 그런 마음이었기에 기꺼이 지시를 받들겠다고 대답을 한 후 오후에도 계속하여 보트를 타고 오르락내리락 계속했으나 역시 걸리는 것이 없었다.

일하고 있는 우리도 그렇지만 보고 있는 유가족들도 실망스럽기는 마찬가지였을 것이다.

다시 유가족들을 적성으로 모시라고 해놓고 저녁에는 밧줄을 묶어 놓은 10여m 안쪽에 텐트를 치고 소대 박격포 1분대원

6명과 함께 밤새도록 밧줄을 묶어 놓은 곳을 중심으로 감시를 했다. 취침 시간 전인 밤 10시까지는 함께 감시를 했다. 그리고 10시 이후부터는 2명씩 2시간 간격으로 교대를 시키며 주위가 잘 보이지 않는 캄캄한 밤이니 졸지 말고 잘 보라 지시하고 나는 강변을 오르락내리락하다가 새벽 2시경이 되어서 천막으로 들어갔다.

화요일에도 하루 종일 이제까지 해온 것과 같이 끌기를 계속했는데 역시 시신은 걸리지 않고 삼촌과 부인 보기가 무안했다.

그런데 6시쯤에 못 보던 중령 한 분이 오셔서 나를 불렀다.

"나, 사단 인사참모 강○○ 중령인데 3대대장에게 이야기했어. 이따 밤 9시경 이 밧줄을 좀 이용할 테니 그렇게 알고 있어."

"이 밧줄은 지금 실종된 병사 시신을 찾고 있는 중입니다. 그런데 이걸로 뭘 하시려고요?"

"여기 임진강에는 참게가 많이 나는 데야. 저녁에 참게잡이를 하려고 그래."

나는 무슨 영문인지는 모르겠지만 이 상황에서 참게를 잡는다니 그건 또 무슨 소리이며 도대체 참게를 어떻게 잡는다는 것인지 기가 막혔다. 아무리 자신의 직속 부하는 아니라고 하지만 사단 인사참모씩이나 된 사람이 병사가 죽어서 그 시신을 찾고 있는 곳에 와서 참게를 잡겠다고 하는 그 발상 자체가 말도 안 된다고 생각했다. 그러나 당시 나로서는 되고 안 되고를 이야기할 군번이 아니기에 묵묵부답으로 있었다.

중령이 간 다음 어제처럼 부대대장 차에 삼촌과 부인을 적성의 여관으로 보내고, 저녁식사를 하고 밧줄을 묶어 놓은 천막 쪽으로 가서 오늘은 박격포 2분대원 6명을 대기시켜 놓고 기다리는데, 서산의 해는 산 너머로 사라지고 저녁 어둠이 까만 비를 내리듯 주위를 수놓아 제법 깜깜해졌을 때 대대정문 저쪽에 지프차의 불빛이 아른거리더니 아까의 그 중령과 3명의 병사들이 탄 지프가 와서 멈췄다.

새끼줄과 수수가 들어 있는 대야와 바구니를 들고 내리더니 모래가에 있던 보트에 병사 셋을 타라 하더니 가느다란 새끼줄에 수수를 30cm 간격으로 사이에 끼워 그 줄을 우리가 연결해 둔 밧줄보다 1m 정도 위쪽에 강물에 잠기게 해놓고 가버렸다. 그리고는 2시간 정도 후인 9시 30분경 다시 지프를 타고 아까 왔던 4명이 와서 우리 보트를 강물로 끌고 가서 우리가 설치한 밧줄을 붙들고 한 명은 앞에서 밧줄을 잡고 보트를 앞으로 당기고 2명은 우리 밧줄 위쪽에 설치한 수수를 달아 놓은 새끼줄을 당겨 그 위에 붙어 있는 참게들을 떼어, 가지고 온 바구니에 넣기 시작했다.

그렇게 반복해서 저 반대쪽까지 갔다 다시 올 때도 똑같이 잡아 가지고 큰 바구니 두 개가 가득 차도록 참게들을 잡아왔다. 그리고 한 시간 후인 10시 40분경 다시 한 번 아까와 똑같은 방법으로 참게를 잡아서 가지고 온 가마니에 넣었다.

"민 소위, 고맙다. 조금 이따가 민 소위도 우리처럼 한번 해봐 많이 잡힐 거야."

지프에 오르며 고맙다고 하며 나에게도 참게를 잡아먹으라고 하면서 가 버렸다.

나는 지프가 떠나고 나서도 한참을 그 뒤를 바라보았다. 참 별의별 인간을 다 본다고 생각하였다. 누구는 시신을 찾으려고 시신이 떠내려가지 못하게 쳐 놓은 밧줄을 이용해서 시신을 찾으려고 요청해 놓은 보트를 타고 참게를 잡아먹겠다는 데 도대체 이해가 가지를 않았다. 나는 아직 소위라 그렇고 나도 중령이 되면 저렇게 될 것인지 궁금하기조차 했다.

그렇게 수요일까지 5일이 넘도록 별의별 수단을 다해 찾아보았지만 결과는 마찬가지였다. 그동안 잠수부들도 동원하고 민간인이 운영하는 산소통을 배 위에 올려놓고 펌프질을 해가며 물속 깊이 들어가는 머구리들도 투입하는 등 온갖 방법을 다 동원해 봤지만 허탕만 치자 대대장이 유가족들에게 하루만 더 해 보고 못 찾으면 시체 손망실 처리를 하겠다고 하자 유가족들도 그동안 우리들의 행동을 보아 왔는지라 흔쾌히 그렇게 하자고 했다.

다음 날 아침부터 마지막이라 하여 최선을 다했지만 결과는 마찬가지로 성과가 없었다.

오후 3시경이 되자 삼촌이라는 분이 나보고 그동안 수고 많이 하셨다고 하며 대대장에게 안내해 달라고 했다. 조카며느리와 이야기했다며 대대장께 인사하고 가겠다고 하여 대대장 막사로 안내했다. 안에 계시던 대대장이 시신이라도 찾았어야 했는데 찾지 못해서 죄송하다고 하자 삼촌과 부인이 그간 그렇게 힘들여 노력했어도 못 찾았으니 누구를 탓하겠느냐며 인사하고 뒤돌아섰다.

"민 소위. 부대대장 차로 의정부까지만이라도 모셔다 드려."

"아닙니다. 그냥 여기서 버스 타고 가겠습니다."

대대장이 차로 모셔다 드리라고 하자 삼촌과 부인이 손사래를 치며 마다했지만 그냥 보낼 수 없어서 부대대장 차를 불렀다.

삼촌과 부인, 아이를 뒤로 앉게 하고 나는 앞에 앉아 의정부 시외버스터미널까지 오면서 이런저런 이야기를 하다 보니 어느새 시외버스터미널에 도착했다. 정류장에 와 보니 용산 가는 버스는 불광역에서 있다고 하여 내친김에 운전병에게 불광역까지 가자고 했다.

불광역에 와 보니 마침 용산으로 가는 버스가 막 출발하려 하고 있었다. 가까스로 버스를 태워 출발을 하자 두 분께 엄숙하게 고개를 숙이고는 우리도 오던 길을 다시 되돌아 임진강 공사하는 곳까지 왔다. 그동안 잠도 제대로 못 잔 탓에 온몸이 피곤으로 가득해서 보통 때 같으면 차 안에서 졸기라도 했으련만 졸리지도 않았다.

남편의 죽음을 접하고 시신만이라도 찾고 싶어서 애태우던 아내를 그냥 돌려보낸 것이 마치 내가 죄를 지은 것 같아서 미안한 것은 물론이요, 지금 버스 안에서 눈물을 흘리고 있을 김 병장의 아내를 생각하니 가슴이 터질 것만 같았다. 인간의 삶이라는 것이 이렇게 허무해도 되는 것인지 대답해 줄 사람이 있으면 물어보고 싶었다.

다음 날 아침 식사 후 우리 화기소대 선임하사로부터 공사현황에 대한 설명을 들었다. 우리 중대에서는 참호 공사를 3군데만 하기 때문에 1, 2, 3소대가 한 군데씩 맡아 공사하고 우리 화기소대, 박격포분대는 1소대에, A4기관단총 1분대는 2소대에, A4기관단총 2분대는 3소대에 가서 공사를 도와주고 있었다.

그동안 김 병장 시신 찾느라 공사장에는 한 번도 가 보지 못해서 화기소대 선임하사들과 병사들은 물론 중대장이나 다른 소대장들에게도 많이 미안했다.

하기야 우리 화기소대는 공사할 참호가 없었기에 한편으론 안도를 하며 오전 중에 공사현장을 둘러보았는데, 4일 동안에 흙 파기 공사를 많이도 해 놨다. 세 군데를 다 둘러보는 동안 우리 화기소대원들과 분대장들이 특히 반가워했다.

참호 공사를 하는 동안 만들어 놓은 임시 막사에 계시는 중대장에게 가서 인사를 했더니 그간 수고 많았다 하며 내일이 토요일이니 일요일까지 푹 쉬라고 했다.

"제가 한 게 뭐 있습니까? 저도 이제는 일을 해야지요."

"그래? 그럼 저쪽 1소대 공사장에 가 봐."

금방 푹 쉬라고 하더니 1소대 공사장에 가 보라고 한다. 나는 그 뜻을 알 수 있었다. 요즈음 김 병장 사건으로 마음고생이 심한 윤 소위에게 가서 위로라도 해주라는 무언의 부탁이자 지시였다. 흙 파기가 한창인 1소대 참호 공사를 하는 아래쪽으로 가서 윤 소위를 불렀다.

작업장에서 병사들과 함께 땀을 흘리며 삽질을 하고 있던 윤 소위가 나를 보더니 들고 있던 삽을 땅바닥에 찍어 놓고 내가 앉아 있는 언덕 위로 올라왔다.

옆자리에 앉으며 무슨 일이냐는 듯 손을 털면서 주머니에서 담배를 꺼내 한 개비는 나를 주고 한 개비를 입에 물며 라이터를 켜 담배에 불을 붙였다.

"중대장님이 나더러 내일이 토요일이니 며칠 쉬라고 해서 제가 뭐 한 게 있냐고 했더니 1소대 공사현장 쪽으로 가 보라고 해서 이쪽으로 온 거야. 나는 그렇다 치고 윤 소위 그간 마음고생 많이 했지? 중대장님이 그걸 아시니까 너 위로해 주라고 나를 이리로 보내신 거야."

"고생은 무슨 고생?"

윤 소위는 피우던 담배를 오른손으로 잡아 재를 털면서 쓴웃음을 웃었다.

"그나저나 시신이라도 찾았어야 했는데 정말 마음이 아프다. 내가 시신 찾는 일을 맡았었는데 찾지 못한 게 마치 내 잘못 같아서 영 마음이 안 좋아."

그러자 윤 소위는 피우던 담배를 손가락으로 멀리 튕기며 엉뚱한 대답을 했다.

"야. 민 소위. 이따 저녁에 소주나 한잔하자."

그 말을 남기며 공사장 쪽을 보더니 부스스 옷을 털고 일어나 걸어 내려갔다. 나도 올라오던 길로 다시 내려오며 2소대 공사현장을 지나 3소대 공사현장으로 천천히 내려갔다.

점심식사를 끝내고 중대본부로 돌아와 이것저것 정리하며 강가를 내려다보니 강물은 중단 없이 흐르는데 물고기들이 폴딱폴딱 뛰어내리는 곳에 물보라가 둥글게 원을 그리고 그 사이에 빗방울이 떨어지는지 방울방울거리며 후두둑 천막을 때리는 소리가 들렸다. 일기예보에도 없던 빗방울이 제법 세차게 몰아치는 바람에 중대원들이 식판으로 머리를 가리며 이리저리 뛰어다녔다.

흙 파기 공사를 하던 참호 공사현장에도 비가 내려 천막들을 가져와 덮으며 네 군데 끝을 잡아당겨 말뚝을 박아 놓고 공사장 가운데는 네 명의 병사가 들어가 자기 키보다 큰 통나무를 곳곳에 바쳐 빗물이 고이지 않도록 천막을 위로 밀어 올렸다.

공사장 현장에 있던 병사들은 그대로 있게 하고 중대본부로 돌아온 선임하사와 소대장들은 비가 그치기를 기다리며 임진강변의 물길을 내려다보며 이런저런 이야기를 하고 있었다.

여섯 시가 되어도 비는 그칠 줄 모르고 계속 내리고 서서히 해가 지는지 어둑어둑해질 무렵 공사현장에 있던 병사들도 전부 철수시켜 저녁식사를 하도록 했다.

장교식당에 중대장과 함께 4명의 소대장이 들어가자 중대장 3명과 참모 4명, 대대인사계 윤 상사 그리고 부대대장이 기다리고 있었다.

"자, 옆으로 앉지. 그리고 연 중위. 아까 준비한 것 가져와."

부대대장이 자리를 가리키며 앉기를 권하면서 군수장교인 연 중위에게 지시를 했다. 그러자 식당 안쪽에 있던 병사들이 돼지고기 삶은 것 하고 김치와 마늘, 고추장과 쌈장, 통배추와 상추 등 몇 가지 안주와 술을 가지고 나와 식탁에 올려놓았다.

부대대장이 먼저 잔을 받은 후 중대장과 소대장들에게도 잔을 따르며 함께 마셨다. 주는 대로 받아 마시다 보니 어지간히 취한 것 같아 다른 소대장들에게 눈짓을 해서 같이 일어났다.

"부대대장님! 감사합니다. 잘 먹었습니다"

"왜? 좀 더 하지?"

"아닙니다. 많이 마셨습니다."

이쯤에서 소대장들은 자리를 피해 주는 것이 맞는 것이다. 공연히 술에 취해서 실언이라도 하는 날에는 골치 아프다.

아직도 비는 내리고 있었고 주위는 더 캄캄해서 강물이 흘러가는 소리 외에는 아무것도 보이지 않았다.

다른 소대장들은 각기 자기네 막사로 들어가고 윤 소위와 나만 둘이서 강물 쪽 천막 문을 걷어 올린 뒤 윤 소위 천막 안에 앉아 흘러가는 강물 소리를 들으며 서로가 말은 안 했지만 그간 김 병장 사건으로 1소대장인 윤 소위의 마음고생이 어떠했는지 짐작이 갔다.

"윤 소위. 지나간 일이라 생각하고 잊어버려라."

어떠한 말로도 위로가 되지 않을 것이라 생각하면서도 윤 소위의 마음을 이해하기 때문에 그냥 아무 말도 안 할 수 없어서 한마디 했다.

"민 소위. 그간 네가 고생 많았다. 김 병장 생각은 이제는 잊어야지. 하여간 고맙다."

그 말만 하고는 아무 말 없이 비가 내리는 천막 바깥을 바라보고 있었다. 더 이상 말을 시키는 것도 그렇고 해서 30분 정도 앉아 있다 일어서서 내 텐트로 돌아와 잠을 청했다.

빗소리와 강물소리에 잠을 설치고 일어나니 5시 30분이었다.

어제 저녁에 내리던 비는 말끔하게 개고 부옇게 아침이 밝아 왔다.

오늘은 토요일, 아침부터 기분이 약간 풀리는 상태에서 강변 이곳저곳을 돌아다니며 어제 공사하다 덮어 둔 공사장의 이상 유무를 확인하고 식당으로 내려와 아침식사를 끝냈다. 11시 30분경 오전 일과를 다 마치고 외출을 하려고 다림질이 잘 되어 있는 작업복을 걸어 놓고 당번병이 가져온 식판을 앞에 놓고 막 식사를 하려는데 갑자기 병사들이 소리를 쳤다.

"소대장님. 시체 떴습니다."

나는 너무나도 놀라서 트레이닝복을 입은 그대로 병사들이 손짓하는 아래쪽으로 뛰어갔다.

"저기요! 저기!"

손으로 가리키는 곳을 보니 무언가 둥둥 떠내려가는 것이 보였다.

마침 아직 철수하지 않은 보트에 줄다리기줄 정도의 굵은 밧줄을 가지고 오라해서 한 쪽 끝은 육지 쪽의 병사들에게 맡기고 한 쪽으로 밧줄을 풀어 가며 소대병사 3명을 데리고 시체가 떠내려가는 아래쪽으로 빠르게 노를 저어, 천천히 떠내려가는 시신 옆으로 배를 대고 밧줄에 매듭을 만들어 어렵게 시신의 발에 끼워 넣었다. 그리고는 굵은 밧줄을 배에 묶어 강변의 병사들에게 주며 잡아당기라 소리소리 질러대는데 5~60명이 밧줄을 붙잡고 잡아당기는데도 힘겹게 이동했다. 어렵사리 강 상류에 시신을 올려놓고 확인해 보니 입고 있던 러닝셔츠 왼쪽 가슴에 달려 있던 명찰이 그대로 붙어 있어 김 병장임을 확인할 수 있었다.

처음 떠내려갔다는 곳에서 100여m 떨어진 아래쪽 반대편에 많이 굽어진 주상절리 계곡 깊은 곳에 묻혀 있던 시신이 어제 내린 비로 인해 상류쪽 물이 불어 상당히 많은 양의 물이 흘러 내려오는 바람에 소용돌이를 일으켜 시신이 떠내려온 것 같다며 보는 사람마다 이야기했다. 중대 인사계에게 군복 제일 큰 것으로 구해 입혀 놓으라고 한 후 대대장에게 보고를 하러 중대장과 함께 대대장실로 뛰어가 시신을 강변에 안치해 놓은 그간의 사정을 보고했다.

모든 내용을 듣고 있던 대대장이 지금 빨리 유가족에게 연락을 취하고 연대에 시신을 찾았다고 보고하라고 해서 대대인사계를 시켜 대대장의 말씀을 그대로 전달하라 하고 대대장을 모시고 김 병장 시신이 있는 곳으로 갔다. 중대 인사계와 1소대 선임하사가 군복 중에서 제일 큰 1호를 입히고 있었다. 하체의 바지는 어떻게 입혀 수습을 했으나 상의는 배가 부풀어 있어 단추를 잠글 수가 없었다.

"민 소위 오늘 저녁식사 이후 1개 분대를 배치시켜 시신을 철저히 지키도록 해."

어렵사리 힘을 가해 단추를 잠가 놓고 관이 오기를 기다리는데 대대장이 시신을 잘 지키라고 지시했다. 대대장도 시신이라도 찾으니 그나마 다행이라고 생각했던 것이다.

5시가 조금 넘은 시간에 관이 도착해 시신을 관에 넣으려고 하는데 상의를 입힐 때와 마찬가지로 관 뚜껑을 닫을 수가 없었다. 억지로 힘을 가해 관 뚜껑을 닫아 놓고 모래사장 쪽으로 관을 옮겨 바닥을 평평하게 만들어 그곳에 관을 올려놓고 유가족이 오기만 기다렸다.

저녁식사가 끝나고 7시 30분경 도착한 김 병장의 삼촌과 부인은 1시경 연락을 받고 출발해서 이제 도착했다고 하며 어떻게 된 일이냐고 물었다. 그동안의 상황을 이야기하니 삼촌과 부인이 관 뚜껑을 열어서 확인해 보자고 했다. 우리들은 서로가 얼굴들을 바라보며 어떻게 했으면 좋을까 생각하고 있는데 중대장께서 부인께서는 안 보시는 게 좋을 것 같다고 하며 삼촌이 확인하시고 부인은 저쪽에 가 계시라고 했는데 김 병장 부인이 막무가내로 울면서 자기도 꼭 봐야겠다고 해서 할 수 없이 모두가 지켜보는 가운데 뚜껑을 열었다.

그 순간 부인이 '아!' 하는 외마디 소리와 함께 뒤로 쓰러지고 아이는 그런 엄마의 모습에 놀라서 '앙…' 하고 울음을 터뜨렸다.

부인을 부축해서 겨우 앉혀 놓고 삼촌을 보자 돌아서서 눈물을 훔치고 있었다. 재빨리 관 뚜껑을 닫고 못을 박고는 내일 아침 일찍 덕소화장터에서 화장을 해서 11시경 도착할 것이라고 이야기하며 삼촌과 부인을 데리고 가려고 했는데 부인이 울기만 하고 일어나지를 않았다. 1시간여가 지난 밤 10시경 겨우 일어나서 전에 들었던 적성의 그 여관으로 갔으나 토요일이어서 병사들 면회 온 부모와 친지들이 많아 빈 방이 없었다.

이곳저곳을 들러 겨우 한 군데 먼 곳에 방을 잡을 수 있었다. 내일은 아침식사를 하시고 천천히 오셔도 될 것 같다고 말한 후 캄캄한 밤길을 운전병과 둘이서 터덜거리는 차를 타고 다시 야전숙소로 돌아와 김 병장 시신 안치된 곳으로 갔는데 중대장을 비롯하여 중대간부 대부분이 모닥불을 피우고 앉아 있었다.

그때 윤 소위가 소주병을 들고 다가왔다.

"민 소위 수고했다."

소주를 따라 주는 윤 소위의 목소리는 시신을 찾지 못했던 때보다는 가볍게 느껴졌다.

30여 분 정도 같이 앉아 있던 중대장이 일어나자 다른 소대장과 간부들이 따라 일어나면서 막사 쪽으로 들어가고 관을 지키는 경계병을 1시간 간격으로 2명씩 배치해 놓고 잠자리에 들었는데 그때가 12시를 넘고 있었다.

다음 날 나는 아침 6시경 기상했지만, 일요일이어서 병사들은 기상시키지 않고 김 병장 관이 있는 곳으로 가서 경계병 2명과 분대장을 들여보내고는 주변을 돌아보고 세면을 하러 강변으로 가서 흘러가는 강물에 세면을 하면서 어제 김 병장 시신이 떠내려 오던 상황을 다시 한 번 생각하며 건너편을 쳐다보았다. 세면을 끝내고 다시 관이 있는 곳으로 왔더니 대대인사계인 주임상사가 나를 기다리고 있었다.

"소대장님! 지금 출발해서 화장이 끝나는 대로 빨리 오겠습니다. 덕소화장터로 전화해 보니 2시간이면 충분하답니다. 그러면 지금이 7시니까 10시에 끝나고 11시경 도착할 겁니다."

"그래요. 윤 상사님! 수고 좀 해주세요!"

관을 3/4톤 트럭에 싣고 병사 넷을 뒤에 태우고 인사계는 앞의 선임탑승자석으로 올라가더니 트럭이 출발했다. 그렇게 한

많던 김 병장의 시신이 한줌의 재로 변하기 위해서 출발하고 있는 것이다. 인생 참 허무하다는 생각이 저절로 들었다.

아침식사를 끝내고 중대장실로 간 것은 8시 30분경이었다. "민 소위! 오늘까지 수고 좀 해야겠다.

이따 11시경 화장터에서 대대인사계가 오면 그 차에 장의 차량 표시를 하고 순직병사 유골함은 1소대 2분대장이 트럭 앞에 앉아서 무릎 위에 올려놓고 민 소위는 유족들과 함께 뒤에 타고 용산역까지 안내하고 와야 할 거야. 대전 가는 시외버스가 용산에 있다고 하니 용산까지 배웅하고 와."

중대장실을 나와 1소대장 윤 소위를 만나러 1소대 막사로 가는데 윤 소위는 소대 막사 뒤쪽에서 1소대 선임하사와 분대장들과 함께 오늘 할 일에 대해 이야기하고 있었다. 유골함이 대대에 도착하고 나서 3/4톤 트럭에 장의 차량 표시를 하고 2분대장이 해야 할 일과 전 대대 장병들이 장의 차량에 조의를 표하고 떠날 때까지의 일정을 자세히 설명하고 나서 윤 소위와 나란히 걸어오는데 부인과 삼촌이 아이를 데리고 부대 정문에서 내려 이쪽으로 걸어오고 있는 것이 보였다.

100m쯤 마중 나가 같이 걸어오면서 엄마와 할아버지 손을 잡고 같이 걸어오던 꼬맹이에게 '이리 오라'고 하며 팔을 벌렸더니 엄마를 올려다보며 머뭇거리더니 팔을 들어 안겨 오기에 오른쪽 팔에 안았다.

"이 녀석이 그동안 군인들을 많이 보아서 그런지 무서워하지 않는구나."

나는 이렇게라도 해서 그 적막을 깨고 싶었다.

그때 시간이 10시경이 되었는데 장의 차량 표시를 한 트럭이 부대 정문 막사 뒤쪽에 세워져 있는 것이 보여 그쪽으로 안내하며 잠시 후 유골함이 오면 이 차를 타고 용산역까지 가기로 돼 있다고 설명을 드렸다. 그리고 대대 막사로 안내하여 들어가니 마침 중대장들과 같이 있던 대대장이 우리를 보고 인사를 건넸다.

"시신을 못 찾고 끝나는 줄 알았는데 이렇게 시신이라도 인계하게 되어 그나마 다행입니다. 대장으로서 이렇다 할 면목은 없지만 그래도 시신이라도 인계해 드릴 수 있어서 조금은 안심이 됩니다."

아내와 삼촌이 말없이 고개를 숙이고 인사를 했다.

"민 소위, 차 올 때까지 근처 산책 겸 구경 좀 시켜 드려."

굳이 구경이라고 할 것은 없지만 딱히 시간을 보내며 할 일도 없어서 막사를 나와 부인과 삼촌을 모시고 강가로 올라가는데, 강물은 어제보다 더 많이 불어나 강가 모래사장을 덮고 반대편 쪽 주상절리 절벽 쪽은 1m 이상 높이로 불어나 있었다.

얼마 시간이 지나지 않아서 대대 막사 쪽에서 부르는 소리에 고개를 돌려보니 중대장과 같이 있던 윤 소위가 유골함을 가지고온 대대인사계와 같이 서 있었다.

내가 그쪽으로 발길을 돌리자 부인과 삼촌도 아이를 데리고 나를 따라 내려왔다.

유골함은 이미 1소대 2분대장이 흰 마스크를 쓰고 가슴에 흰 붕대 줄로 띠를 만들어 하얀 장갑을 끼고 차량 앞에 두 손으로 받쳐 유골함을 들고 서 있었다.

마침 그때 대대 막사 쪽에서 중대장들과 참모, 대대장이 함께 걸어와 부인과 삼촌에게 인사를 했다. 유골함을 가슴에 안은 김 하사가 차량 앞으로 가 있기에 차량 앞문을 열고 승차시킨 후 아이를 안아 트럭 위에 태우고 부인과 삼촌을 올려 보낸 다음 대대장과 함께 있던 참모·중대장에게 경례를 하고 트럭 뒤 발판을 밟고 승차했다.

차가 출발하자 누가 먼저랄 것도 없이 대대 간부와 병사들이 모두 차량을 향해 거수경례를 하고 있었다. 같은 부대원으로서 유명을 달리한 김 병장에게 보내는 마지막 인사인 것이다.

멍하니 앞만 바라보고 앉아 있던 부인이 아이를 안은 채 고개를 숙이며 눈물을 흘리고 있었고 삼촌도 부대원들의 거수경례에 답하듯 고개를 숙이고 있었다.

2km 정도 이동해서 아스팔트 도로에 올라서자 차량의 속도가 빨라지며 참호 공사장이 있던 임진강변의 부대천막이 멀어지고 있었다.

적성 헌병 초소를 지날 때도 헌병들이 거수경례로 영정차량에 정숙하게 인사를 했다. 아마도 공사현장에서 1주일 전 병사 한 명이 사고를 당한 것을 알고 있었을 것이다.

거수경례를 하고 있는 헌병들을 뒤로 하고 문산을 지나 구파발을 통해서 용산으로 가는 도중 어느 누구도 한마디 말이 없었다. 다만 지나가는 사람들이 영정차량임을 보고 안 됐다는 눈길을 보내고 있음을 느낄 수 있었다. 사고가 나고 10여 일 정도밖에 안 됐지만 여러 가지가 생각났다.

전곡에서의 참호 설치 교육, 차를 타고 먼지를 뒤집어쓰고 오가던 일, 임진강에 물고기 잡는다고 건너다 사고가 났던 일, 텐트 치고 줄다리기용 굵기 밧줄을 강 저쪽에서 이쪽으로 걸쳐 놓고 시신이 걸리기를 바라며 밤 세움 하던 일, 사단참모가 와서 참게를 잡던 일, 참호 설치를 위해 이곳저곳을 다니던 일 등 여러 가지 생각에 잠겨 있는데 앞에 앉아 있던 삼촌이 용산 시외버스터미널에 도착했다고 하는 바람에 정신을 차려 시계를 보니 오후 1시가 되어 있었다. 그날따라 일요일이어서 그런지 시외버스정류장 안팎이 무척이나 어수선한 모습이었다.

서둘러 내려서 차량 앞의 문을 열고 김 하사를 내리게 하고 유골함을 삼촌에게 건넸다.

"고향까지 모시지 못해 죄송합니다."

그러자 고향까지 모시지 못해서 진심으로 죄송해하는 내 마음을 알겠다는 듯이 부인이 의외의 말을 했다.

"민 소위님. 점심식사나 하고 가시죠?"

"아닙니다. 우리들 지금 출발해서 부대로 곧바로 돌아가야 합니다. 죄송합니다."

부인은 으레 하는 인사였는지 모르겠지만 나는 당황했다. 지금 저 유족들과 같이 앉아서 밥을 먹는다는 것은 상상도 못할 일이었다. 나는 얼른 시선을 아이에게 돌렸다.

"잘 가라!"

그리고 부인과 삼촌에게 거수경례로 작별인사를 하다 보니 주변의 사람들이 사태를 파악한 듯 말없이 두 사람을 바라보고 서 있었다.

20대 여자와 어린아이, 나이를 좀 먹은 사람이 군인으로부터 유골함을 보자기에 싸서 가방에 담고 있는 모습을 본 것 같았다.

운전병을 향해 차량을 출발시키고 바라보니 삼촌이 유골함을 가방에 넣으며 우리 차를 보고 있었다. 시외버스터미널을 빠져나오며 눈을 감으니 임진강변의 참호파기, 강변의 오르막 내리막 길, 강 상류의 물살, 모터보트를 타고 임진강을 오르락 내리락하던 것들이 영화의 장면들처럼 순간적으로 돌아가고 있었다.

그러다 언뜻 보니 부대 정문이 보였다. 아마도 그동안의 피로가 풀리며 졸고 온 것 같았다. 유골함을 어깨에 메고 갔던 1소대 김 하사와 대대장실에 갔더니 대대장이 안 보여 중대의 참호 공사를 하는 곳으로 올라가려다 보니 모든 작업장이 조용했다. 생각해 보니 오늘은 일요일이라 작업장은 쉬고 병사들은 외출을 하고 막사에 남아 있는 병사들은 얼마 되지 않았다. 정문에 들어올 때 분위기가 그랬는데 졸면서 오다 보니 그런 생각도 없었나 보다.

소대장 막사로 들어가니 다른 소대장들은 보이지 않고 1소대장 윤 소위만 앉아 있다 내가 들어가자 자리에서 일어나며 수고했다고 손을 내민다.

"김 병장 부인이랑 아이는 잘 보냈어?"

"응! 용산 시외버스터미널에서 헤어졌는데 애 엄마하고 삼촌하고 유골 가방을 사이에 두고 앉아 있는 모습이 보기에 너무 안됐더라."

대답을 하면서 윤 소위를 쳐다보자 윤 소위도 많은 생각을 하고 있었던 듯 내 얼굴을 바라보며 내가 이야기한 용산역에서의 삼촌과 부인의 모습을 상기하는 것 같았다. 자기 소대원이 전역 4일을 앞두고 사고를 당했으니 그냥 지나칠 일은 아닐 것이다. 군단에서 참호 공사 교육을 받고 돌아오자마자 생각지도 못한 사고를 당했는데 어느 소대장이 아무 일 없었던 것처럼 행동할 수 있을 것인가? 그간 윤 소위의 속마음이 어떠했을까?

같은 소대장으로 생각해 보니 참으로 안 됐다는 생각밖에 없었다.

마음도 답답한데 정 소위도 동행해서 셋이서 함께 외출이나 하자고 하면서 정문을 나서서 임진강 아래쪽으로 내려가다 보니 여전히 하늘은 파랗고 강물은 떠가는 구름과 하늘을 안고 언제 그런 엄청난 사고가 있었냐는 듯 말없이 유유히 흐르고 있었다.

살아간다는 것.

그것은 한치 앞도 모르기에 더 스릴 있고 재미있는 것인지는 모르겠지만, 이런 사고는 삶 중에 겪지 말아야 할 슬픔이었다. 이렇게 허무한 사고로 인한 무의미한 죽음은, 죽은 사람도 억울하지만 남은 사람들에게도 엄청난 허탈함을 남기는 슬픔일 뿐이다.

소대장이라는 젊은 나이에 너무나도 허무한 죽음을 마주하고 난 이후로 나는 병사들의 안전에 더 각별하게 신경을 쓰면서 군 생활을 했던 것이 사실이다.

만일 간첩이나 무장공비, 심하면 최전방에서 어떤 작전을 수행하다가 목숨을 잃었다면 그건 정말 군인으로서 당연히 해야 할 일을 한 것이다. 그런데 하필이면 제대 나흘 남겨 놓고 물고기 잡으러 갔다가 죽은 허무한 죽음이었다.

그리고 남편의 죽음 앞에서 아연실색하던 그 아내라는 사람의 모습을 보니 그것은 정말 말로 표현을 못 할 지경이었다.

만일 조국이 분단되지 않았다면 이런 일도 없었을 것이라는 생각을 하면서 바라보는 임진강은 야속하기조차 했다.

당시 4살이던 그 아이가 지금 어디선가 이 글을 읽고 있다면 50살의 중년 남성이 되었을 것이다. 부디 좋은 모습의 중년으로 살고 있기를 간절하게 기도드린다.

소대장, 그리고 행정학교 교관

25사단에서 소대장직을 마치고 육군종합행정학교 체육장교반 교육생으로 명받았을 때, 군 생활 중 그때처럼 즐거웠던 시절은 아마도 없었을 것이다.

그만큼 체육장교반 16주간의 교육생활은 나의 군 생활에 있어서나, 36년 교직 생활을 하는 데 있어서 없어서는 안 될 크나큰 목표를 달성할 수 있는 계기가 된 교육이 아니었던가 하고 생각한다.

16주간의 교육을 통해 그간 대학생활에서 배우지 못했던 갖가지 지식이나 기술을 습득할 수 있었던 것은 물론이고 교직생활에 필요한 군 장교로서의 예절, 특히 육군 5종 경기를 포함한 육상경기, 마루운동, 기계체조, 배구, 농구, 축구, 핸드볼, 테니스, 배드민턴, 복싱, 태권도 등 실기 과목에서 얻을 수 있었던 지식 등은 초·중·고는 물론 대학까지 16년간 배워 왔던 학교생활에서의 기초지식에 실제 지도자로서 나아가야 하는 길을 배웠고, 그에 대한 경험을 첨가한 매우 중요한 시간들이었다.

뿐만 아니라 그곳에서 훈련을 마칠 때는 체육장교반 평가에서 일등을 하는 바람에 그곳에서 교관으로 2년을 근무하게 되었으니, 훗날 학생들을 지도하는 데 많은 도움이 되었던 것은 더 말할 나위도 없는 일이다. 그것은 훗날 내가 교단에서 학생들과 함께 운동하고 연구하며 그들을 지도할 때 나를 지탱해주는 커다란 요소로 작용했다.

군 생활이 내게 남겨 준 것은 인생을 살아가는 가장 중요한 요소들이라고 해도 과언이 아닐 것이다. 육군종합행정학교 체육장교반 이야기를 먼저 해서 그렇지 실제로는 전방에서 근무하던 소위 시절부터 제대를 하던 날까지의 모든 것들이 쌓여서 결국은 훗날 교단에 서 있는 나를 만드는 중요한 요소로 작용하지 않았나 하는 생각이다. 그런 생각을 하면 군이라는 소중한 경험이 내 인생에서는 참 중요한 순간들이었다는 생각이 들면서 그 시절을 자꾸만 다시 떠올리게 된다.

대한민국의 남자라면 특별한 경우를 제외하고는 대개가 군 생활을 한다.

그리고 보통 군인이라면 얼마든지 겪을 수 있는, 근무 현장에서 일어나는 웃기에도 그렇고 그렇다고 울 수는 더더욱 없는 단편적인 이야기 몇 가지를 적어 보고자 한다. 지금도 전·후방 곳곳에서 벌어지고 있을지도 모르는 이야기들이다. 물론 그 시절에 비하면 지금은 우리 장병들의 근무 여건이 많이 개선되어 그 모습과 형태는 다를 수 있지만, 군이라는 그 본래의 모습은 비슷하게 갈 것이라는 생각에서 전·후방에서 국방의 의무를 다하는 장병들의 노고에 조금이라도 보답하는 의미에서 적어 보는 글이다.

⟨1⟩ 사격교육 하는 날, 하필이면 비가 와서

그날 아침은 날씨가 좋았다. 사격 훈련이 예정된 날인만큼 날씨도 중요했다. 대대 막사에서 2km 정도 떨어진 사격장에서 계획된 대로 사격훈련을 하기로 했다.

그 당시에는 중대장이 아직 부임해 오지 않아서 화기소대장인 내가 중대장 직무를 대신하여 사격훈련을 지휘하고 있는데 11시경부터 갑자기 비가 억수처럼 내리는 바람에 더 이상 훈련을 진행하기가 힘들었다. 사격장에서 철수를 해야 했다. 비가 올 것이라고는 전혀 예상을 하지 못했기 때문에 우의를 비롯해서 만일에 비가 올 경우를 전혀 대비하지 않았는데 자칫 병사들이 감기라도 들까봐 어쩔 수 없는 선택이었다.

어쩔 수 없이 도보로 행군을 하며 철수를 시작했다.

그 당시 우리 부대가 있던 곳은 우리 대대 정문에서 약 200m 아래쪽이 곰시라는 동네였다. 그리고 대대 철조망 끝자락에 다방이 하나 있고 옆으로 식당과 다방, 술집, 담배를 파는 상점 등이 도로를 가운데 놓고 양쪽으로 즐비하게 자리 잡고 있었다. 그러나 육군 보병학교에서 16주간 교육을 끝내고 부대 배치를 받아 화기소대장으로 근무한 지 석 달인가밖에 지나지 않았기 때문에 바로 부대 앞에 있는 동네에 한 번도 나간 적이 없어서 그곳의 사정에 대해 잘 몰랐었다.

비는 억수로 쏟아지지, 비에 대한 준비는 일절 한 것이 없지, 솔직히 걱정이 되면서도 그저 병사들이나 간부들이나 모두 탈 없기만 바라면서 행군을 하고 있을 때였다.

다행히 이렇다 할 사고는 없이 무사하게 부대에 거의 다 와서 부대 철조망 끝자락에 있는 다방 앞을 지날 때였다. 그 다방 아가씨들이 우리가 비를 맞고 걸어오는 것을 보더니 배꼽을 잡고 웃고 있었다.

"웃지 마. 뭐가 그렇게 웃을 일이야. 아가씨들이 보기에는 뭐가 그렇게 우스운지 모르겠지만 이게 웃을 일이야? 여기 있는 병사들 마음은 생각 안 해?"

4개 소대원이 비에 젖어 행군을 하는 모습이 우습다고 생각하는 그 자체가 괘씸했다. 얼핏 보기에는 우스울 수도 있는 일이기는 하다. 비에 쫄딱 젖어서 후줄근한 모습으로 그 많은 인원이 행군을 하니 우습다면 우스울 수는 있다. 그러나 한 발만 더 나아가서 생각을 해 보면 그들이 왜 비를 맞고 행군을 해야 하는지를 생각한다면, 결코 웃어서는 안 되는 일이다. 오히려 힘내라고 응원을 해도 시원찮을 판인데 웃음거리로 생각한다는 그 자체가 나에게는 화가 나는 일이었다.

그러나 화를 내는 내 모습을 보니 더 우습다는 듯이 아가씨들은 더 크게 깔깔대고 웃는 것이 아닌가? 4개 소대를 인솔하고 오는 나는 병사들의 안위가 걱정이 되어 죽겠는데 그런 것은 아랑곳도 하지 않고 박장대소를 하는 모습에 분노가 치솟았다.

도저히 참을 수가 없어서 가지고 있던 지휘봉으로 유리창 두 개를 박살내며 그 아가씨들을 향해 버럭 소리를 질렀다.

"여기에 있는 이 병사들이 당신들 오빠이고 동생이라고 생각해 봐. 그래도 그렇게 웃음이 나오겠어?"

유리창 깨지는 소리와 내가 버럭 지르는 고함에 아가씨들은 웃음을 거뒀지만 나는 분이 삭지 않았다. 그렇다고 더 이상 무엇을 할 수도 없어서 얼굴만 씩씩거리며 부대로 돌아왔다.

점심식사를 끝내고 각 소대 소대장들에게 점심식사 후에는 젖은 옷을 벗어서 세탁도 할 겸 오후에는 자유시간으로 하라 하고 지시한 후 중대장실에 앉아 있는데 대대 군수장교인 1년 선배 주○○ 중위가 중대장실로 들어섰다.

"민 소위. 아까 오전에 저 아래 은하다방 유리창을 깼다며?"

"예. 사격장에서 갑자기 비가 쏟아지기에 부대원들 인솔해서 들어오는데 그 다방 아가씨들이 우리가 비 맞은 모양을 보더니 막 웃지 않아요? 나는 부대원들이 혹시 감기라도 걸릴까 봐 걱정이 돼 죽겠는데 그게 할 짓이에요? 웃지 말라니까 더 웃고 난리들을 치잖아요. 너무 화가 나서 참지 못하고 유리창을 박살내 버렸죠."

"좋아. 그건 잘했는데 그 다방 주인여자가 보통이 아니야. 옛날에 보안대에 근무했는데 말썽 생기면 골치 아프니까 이따 가서 주인한테 사과하는 게 좋을 거야."

"뭐가 무서워 사과합니까?"

"민 소위가 유리창을 깼으니 하는 말이야! 사진 찍어 가지고 연대장실이나 보안부대에 보여 줘 봐? 어떻게 되겠어?"

생각해 보니 만에 하나라도 주인여자가 연대나 보안부대에 '3대대 민 소위가 대낮에 우리 다방 유리창을 이렇게 만들었다'고 하며 떠들고 다니면 나는 근무시간에 민가 영업장 기물

파손을 한 것이고, 설령 변명을 한다고 해도 내 입장에 좋을 것은 없을 것 같았다. 사람이 웃는 것 가지고 유리창을 박살내 버린 것은 엄연한 잘못인 것은 사실이다. 병사들이 비를 맞고 안 맞고는 우리 사정이지 그네들의 사정이 아니다. 적어도 유리창을 깬 것은 확실한 내 잘못이다.

"주 중위님. 그러면 어떻게 할까요?"

"이따 저녁 먹고 민 소위 혼자 가서 주인여자를 만나서 유리 창값을 물어주겠노라며 사과한다고 하면 괜찮을 거야."

주 중위가 돌아가고 나서 나는 혼자 생각했다.

'어차피 세상이라는 것이 그런 것이다. 잘잘못의 원인보다는 결과가 어떻게 이루어졌는가를 더 중요하게 생각하는 것이 세상 아니던가? 내가 깬 유리창 값이니 내가 물어주자. 좋은 게 좋은 거라고 하더라.'

그리고 1소대장 윤 소위를 찾아갔다.

"윤 소위. 아까 은하다방 유리창 박살냈잖아. 그런데 주 중 위님이 저녁에 가서 주인아주머니에게 사과하라고 하더라고. 그래서 말인데 저녁식사 끝내고 나하고 같이 좀 가자."

"웬 사과?"

나는 주 중위에게 들었던 이야기를 그대로 해주었다.

"그래? 그러면 정 소위와 같이 가자. 그런데는 한 사람이라 도 더 있으면 그만큼 해결이 쉬운 법이거든. 아무튼 더럽게 걸 렸네? 분명히 우리는 잘못한 거 없지만 상대가 그렇게 보통 내 기가 아니라면 공연히 불씨를 만들어서 키울 필요는 없지."

저녁식사가 끝나고 셋이서 천천히 걸어서 은하다방에 들어

갔다. 한낮에 억수로 퍼붓던 비는 오후 중반쯤 그치고 지금은 맑은 하늘이다.

다방에 들어서서 주인을 찾았다.

"언니! 손님 오셨어요."

아까 낮에 배꼽을 잡고 웃었던 그 아가씨들이 의자에 앉아 있다가 일어서서 안쪽에 고개를 돌리면서 주인을 불렀다.

안쪽에서 40 가까이 된 아주머니가 웃으면서 우리가 서 있는 곳으로 오면서 인사를 했다.

"안녕하세요! 제가 여기 주인 박○○이예요. 앉으세요."

그때까지 엉거주춤 하고 있던 우리들이 한 쪽으로 앉으면서 내가 먼저 입을 열었다.

"아까 낮에 있었던 일을 사과하러 왔습니다."

"사과는요? 괜찮아요. 낮에 우리 애들이 그런 결례를 저지르지 않았으면 민 소위님이 그럴 리가 있겠어요? 오히려 우리 애들이 사과를 드려야지요.

애들아. 너희들이 사과해."

주인여자는 생글생글 웃으면서 오히려 자기 다방 종업원들에게 사과를 지시했다.

"안녕하세요? 저는 미스 안이고요 얘는 윤이에요, 아까는 정말 죄송했어요. 호호호."

아가씨들이 돌아가면서 자기소개를 하면서 미안하다고 하는데 모두 끝에는 웃음을 날렸다. 별로 기분은 좋지 않았지만 티는 내지 않았다.

나는 웃으면서 사과하는 아가씨들에게보다는 주인아주머니

에게 빨리 용무를 마치고 돌아가고 싶었다.

"유리창 바꿔 끼우셨네요? 유리창값 얼마지요?"

"어머머! 무슨 유리창값이에요 그런 말씀 하지도 마세요. 저희 애들이 실수를 한 것인데 다 잊어버리시고 술이나 한잔하고 가세요. 윤 양아! 술이나 가져와라"

"그러지 마시고 얼마인지 모르지만 받으세요."

"우리가 잘못했으니 유리창값은 그냥 두세요. 그리고 어차피 오셨으니 술이나 한잔하고 가시라니까요."

그때 윤 양이라고 불리는 아가씨가 맥주하고 안주를 쟁반 가득 들고 와 테이블에 내려놓는데 주인아주머니가 물었다.

"민 소위님. 여기서 드시면 보는 눈도 있고 하니 방에서 드실래요? 안쪽에 방이 여섯 개나 있거든요."

내려놓던 술병과 술을 다시 거둬서 미스 안과 미스 윤이 앞장서며 눈짓으로 따라 오라고 했다. 그네들을 따라 안으로 들어가니 왼쪽이 부엌이고 방이 기역(ㄱ) 자로 여섯 개가 있었다. 넓은 마당이 있고 마당에는 화초들이 즐비하게 심어져 있는 것이 보이고 두 번째 방으로 들어가 우리들도 따라 들어가니 넓은 상이 두 개가 놓여 있고 별다른 장식품 같은 것은 보이지 않았다.

셋이서 자리에 앉자 접시와 안주를 상 위에 내려놓은 두 아가씨가 따라 앉았다. 그리고 잔에 술을 따른다. 어차피 벌어진 술판이라고 생각하는데 주인아주머니까지 와서 합석을 해서 잔은 더 빠르게 돌아가기 시작했다.

계속 마시다 시계를 보니 저녁 9시 30분이 지나고 있었고 빈 맥주병이 30여 개가 넘었다.

"미스 안. 여기 계산서 가지고 와."

주인아주머니가 나가더니 계산서를 가지고 왔는데 정 소위와 윤 소위가 계산서를 보더니 혼자서는 감당이 안 되겠다고 생각한 모양이었다.

"야, 민 소위. 오늘은 우리 더치페이하는 거야. 알았어?"

각자 얼마씩을 내서 술값을 계산했다.

"민 소위님, 윤 소위님, 정 소위님. 앞으로 자주 오세요."

주인아주머니와 옆에 앉았던 아가씨들이 고개 숙여 인사를 하며 합창을 했다.

부대로 돌아오면서 정 소위가 입을 열었다.

"저 여자 대단하기는 대단하다. 유리창값 안 받는다고 하면서 매상이나 올리라고 하더니 유리창값 몇 배를 빼먹는군. 하기야 그런다고 주저앉아서 술 처마신 우리들 탓이지 장사가 무슨 잘못이 있냐?"

"그럼. 그 여자가 그냥 안 받는다고 했을까? 공연히 시끄러운 것보다는 낫겠다 싶어서 모르는 척하고 주저앉은 거지."

윤 소위의 말이 정답일지도 모른다.

혼자서 중대장 의자에 앉아 낮에 있었던 일들을 하나하나 생각하다 조금만 참았으면 됐을 걸 하는 후회를 했지만 앞으로 이보다 더 많은 날들이 기다리고 있으니 차츰 잘해 보자고 생각하면서 소대장 막사로 올라갔다.

〈전방 소대장 시절(소위)〉

⟨2⟩ "예, 안 잤습니다."

며칠 있으면 우리 연대와 최전방 철책선 근무하던 연대가 임무교대를 하는 날이다. 부대원 모두가 철책선 근무를 하러 들어간다는 생각에 말은 안 하고 있지만 속으로는 두렵기만 한 모양이다. 그곳은 남방 한계선으로부터 4km 건너편 북방한계선에 아군과 북괴군이 마주보고 있는 곳으로 DMZ라고 하며 안쪽의 2km 지역을 선으로 나눈 곳이 휴전선이라는 곳이다.

휴전선을 기점으로 남, 북으로 2km 지역을 예전에는 목책이라하여 나무와 철조망으로 담을 만들어 남쪽은 아군인 대한민국이 담당하여 경계근무를 하는 곳이고, 북쪽은 북괴군이 담당하는데, 1953년 7월 27일 휴전 회담 이후로 지금까지 60여 년 동안 동·서로 155마일을 휴전이라는 글자를 달고 있는 곳이다. 전쟁은 끝나지 않고 지금도 쉬고 있는 중이다.

작년 10월에 철책선 근무를 마치고, 12개월을 훼바지역에서 근무한 후, 벌써 두 번째 철책선 근무에 들어간다고 하는 병사들이 우리 소대에만 병장은 물론이고 상병들도 절반이 넘었다. 우리 연대의 병사들이 모든 준비를 끝내고 전방의 철책선 근무지에 당도한 시간은 오후 4시경이었다.

일찌감치 저녁식사를 끝내고 5시경 병사들 개개인이 들어가 근무해야 하는 참호 안에 그간 근무했던 병사들과 새로 들어간 우리병사들이 합동으로 사흘간 근무를 하는데, 우리 화기소대는 세 개의 60mm박격포반과 두 개의 L.M.G 기관총반으로 나뉘어 있어, 60mm박격포반 3개 분대는 우리 중대가 책임 지고 있는 철책선 가운데 2소대의 책임지역 뒤쪽에 자리를 잡고, L.M.G 기관총 1분대는 중대 왼쪽의 1소대 쪽으로, 2분대는 오른쪽의 중간 쪽의 2소대 쪽으로 배속을 보내 근무하게 했다.

우리 중대의 왼쪽은 연대의 최전방 좌측 경계지역으로 ○○ 사단과 경계를 이루고 있는 지점인데 마침 미군 1개분대가 그 때만 해도 신형 장비인 레이더를 설치하여 레이더망으로 DMZ 철책선 안을 경계하고 있었다. 1개 분대 10여 명의 인원이 근무하고 있는데 콘셀 막사만한 크기의 대형텐트와 2분의 1톤 지프차 한 대, 4분의 3톤 트리쿼터 한 대가 배정되어 있어 식사 재료를 운반해서 식사를 해결하고 있었다.

우리 1소대 경계지역을 시작으로 200여m의 평평한 지점을 지나 2소대와 경계지역에 사미천이라고 하는 조그마한 강이 흐르고 있었다. 북쪽의 백학면 쪽에서 물이 내려와 연천군 위쪽에서 내려오는 임진강과 합류하여 문산 장단을 거쳐 다시 한강과 만나 서해 쪽 김포, 강화를 거쳐 바다로 흘러가는 것이다. 그런데 그곳은 철조망으로 고정시키지 않고 문을 열었다 달았다 하도록 잠금장치가 되어 있었다. 그 이유는 비가 많이 와서 물이 많이 내려올 때 북쪽에서 굵은 목재나 전봇대 등을 떠내려 보내 철조망을 파괴하는 것을 방지하기 위해서 특별히 만들었다고 한다.

그런 중요한 곳에 우리 중대의 1소대와 2소대가 경계근무를 맡고 있었다. 비가 많이 오면 사미천을 가운데 두고 오고 갈 수 없으니, 흘러가는 사미천을 따라 중대에서는 그곳의 철망으로 된 문을 얼어 놓고 약 200여m 가량 양쪽에 1소대와 2소대의 병력으로 보초를 세워 철통같은 경계근무를 했던 것이다. 예전에 철조망을 무거운 목재 등으로 파괴시키고 그곳을 통해 간첩들을 침투시켰던 적이 있었기에 더 긴장해서 근무를 하지 않을 수 없었다.

　오후가 되면 중대장과 나는 번갈아가며 중대방어진지를 순찰했다. 하루는 내가 해질 무렵부터 12시까지 또 하루는 밤 12시부터 아침 철수할 때까지 순찰 근무를 한다.

　중대본부에는 통신병과 중대장과 소대장 전령 2명, 소대선임하사와 중대 인사계 등 10여 명이 시간을 정해 놓고 근무했고, 화기소대원들은 중대본부 옆 막사에서 50여m 떨어진 아래쪽에 60mm 박격포 3문을 설치해 놓고 그곳에서 경계근무를 하며 숙식을 해결하고 있었다. 우리 경계지역의 왼쪽은 인접 ○○사단이 경계근무를 하는 곳인데 우리 경계지역과 중간지역에 미군 1개 분대 병력이 철조망으로부터 50m 정도 후방에 레이더를 설치하여 경계근무를 하고 있었다. 68년도 1·21사태 때 청와대 폭파를 목적으로 한 북괴군 31명이 철조망을 뚫고 통과한 지역이어라 그곳을 중요시하여 미군의 레이더 부대를 배치한 것이다.

　그런 지역을 우리 중대가 책임지고 경계하는 범위는 왼쪽의 1소대 경계지역부터 오른쪽의 3소대 경계지역까지 1.6km다. 왼쪽으로 내려갔다 올라와서 오른쪽으로 내려가서 다시 올라

오면 총 3.2km가 된다. 경계지역을 한 번 순찰하는 데 걸리는 시간은 약 1시간 40분 정도 소요되어 해가 긴 여름에는 두 번 정도 순찰을 하고 반면에 밤이 긴 겨울에는 네 번 정도 순찰을 해야 그날의 일과가 끝이 난다. 그러니까 여름에는 하루에 두 번 6.4km, 겨울에는 네 번 12.8km를 순찰하는데, 겨울 추위 때는 방한복으로 몸을 보호하고 비가 올 때는 비옷으로 참호를 덮어 물이 들어오지 못하도록 신경을 많이 써야 한다.

참호 1~2m 뒤에 허리높이로 순찰로가 있다. 그런데 비가 많이 오는 날은 순찰로가 물이 가득 차서 물이 있는 곳을 지날 때는 순찰로 밖으로 나갔다가, 물이 없는 곳에서는 다시 순찰로를 따라서 순찰을 해야 했다. 문제는 그런 곳이 한두 군데가 아니었다. 따라서 비가 오면 순찰로가 진흙탕이 되는 여름보다는 오히려 바람이 불고 춥기는 해도 순찰로 다니기가 용이한 겨울이 더 문제가 없었다.

순찰자가 순찰을 할 때, 참호 속에 있던 병사는 순찰자가 자신의 뒤로 지나가는 순간, '졸면 죽는다!'라는 구호를 순찰하는 사람만 들을 수 있는 목소리로 복창해야 한다. 그것은 지금 졸지 않고 당신이 순찰을 하고 있는 것을 내가 인지하고 있다는 신호다.

그러던 어느 날이었다.

새벽 4시경 순찰을 나와서 왼쪽으로 어느 참호를 지나가는데 '졸면 죽는다!'라는 구호가 들리지 않았다. 참호에 앉아 있는 병사를 이리저리 보는데 눈을 감고 자고 있었다. 그래서 철모를 살짝 똑똑 두드렸다.

"예, 안 잤습니다."

분명히 복창도 안 하고 졸고 있어서 철모를 두드렸는데 '예, 안 잤습니다.'라고 하는 대답이 너무 황당했다. 엉겁결에 자신은 자지 않았다는 것을 변명하고 싶었던 것이다. 그 추운 겨울의 혹한 속에서 누구라도 졸릴 새벽 4시인데 오죽했으랴 싶지만 임무는 임무다. 그래서 뒤에서 조용히 말했다.

"네가 여기서 경계근무를 열심히 하고 있으니까 후방의 네 부모님들과 가족을 비롯한 국민들이 안심하고 편안하게 자고 있는 거야. 알았어?"

"소대장님 죄송합니다."

"그래, 수고해!"

병사의 곁을 떠나 끝까지 갔다가 다시 돌아오니까 아까 그 병사가 속삭이듯이 말했다.

"졸면 죽는다!"

"그래, 수고한다."

규정에 의하면 그런 병사는 영창에 보내고 벌을 주라는 것이다. 하지만 솔직히 말해서 그런 병사들을 모두 영창에 보낸다면 전방에 있는 병사들 중 상당수가 영창에 다녀왔어야 했다.

만일 그 병사가 내가 부모님과 국민들이 안심하고 편히 쉬게 하기 위해서 네가 경계근무를 서는 것이라고 했을 때까지 자지 않았다고 변명을 했거나, 다시 돌아올 때에도 복창을 안 했으면 어떤 벌인지는 몰라도 나도 벌을 내렸을 것이다. 그러나 단 한 번의 내 말에 자신의 잘못을 시인하고 반복하지 않는다는 것이 그 당시의 나로서는 기특했다. 물론 전쟁의 승패와 적의 침략은 순간을 어떻게 경계를 해서 방어하느냐, 아니면 공격을 당하느냐에 달려 있다는 것을 모르는 바는 아니다. 하지만 당시 군대의 열악한 근무 환경을 생각한다면 내 말을 이해할 수도 있을 것이다.

앞에서 잠시 언급한 바 있지만 우리 경계지역과 ○○사단의 경계지역 사이에 미군 1개 분대 10여 명이 레이더 경계를 하고 있었다고 했다. 그네들은 낮에는 그저 놀고먹고 탁구를 치며 시간을 보낸다. 그리고 밤에도 따뜻한 곳에서 레이더 탐지만 한다. 그런데도 부식이며 보급품이 엄청나게 좋다.

가끔 미군 지휘자가 장교인 나를 초대해서 같이 점심을 하자고 해서 가면 그네들은 항상 스테이크를, 그것도 엄청난 양의 스테이크를 잘라 주면서 먹으라고 한다. 솔직히 부대에 있는 장병들 생각이 나서 목에 넘기기 미안할 정도다.

웃기는 이야기 하나 하자면 처음에 나를 초대했을 때, 꿩 사냥을 하는 것이다. 그것도 실제 총으로 했다.

"여기는 최전방인데 이러다가 누가 총성을 듣고 오해라도 하면 어떻게 합니까? 이건 옳지 않습니다."

"그래요? 나는 그런 생각까지는 안 했는데요? 아무튼 알겠습니다. 그리고 이것은 기왕 잡은 것이니 가지고 가서 요리해 드십시오. 한국 사람들 꿩고기 좋아한다던데요?"

내가 가기 전에 잡은 것까지라고 하면서 세 마리를 건네주었다. 나는 그 꿩을 받아들면서 다시는 사냥을 하지 않겠다는 다짐을 받았지만, 솔직히 미국 사람들이 꿩고기를 먹는지 안 먹는지도 모르고, 그저 자신들은 부식이고 모든 것이 풍부하니까 요리하기 귀찮아서 주는 것 같다는 생각을 금할 길이 없었다.

물론 그 꿩은 우리 소대원들이 맛있게 구워 먹었다.

그런 미군들과 비교를 하면 너무 심한 비교라고 생각할지 모르지만, 전방에서 목숨을 걸고 그 혹한과 싸워 가면서 근무를 했던 당시 병사들의 열악한 근무환경이나 처우는 지금 생각해도 가슴이 아프다. 물론 지금은 얼마나 좋은 환경에서 근무를 하는지는 모르겠지만 아무리 환경이 좋아졌다고 해도 최전방은 최전방이다.

육체적인 피로는 물론 심적 부담 역시 그 어느 곳보다 더 심한 곳이다.

지금도 조국의 안녕과 평화를 위해서 근무하고 있을 병사들만 생각하면 나는 가끔 너무 고마워서 그들의 안녕을 위해 기도드린다.

〈3〉 한글타자반 중대장 때 이야기

지금은 없어졌지만 예전에 내가 근무할 때인 1970년대에는 한글타자를 중점으로 교육시켰던 한글타자반이라는 교육생 중대의 중대장으로 근무했을 당시 이야기이다.

어느 날 한글타자반과 헌병교육대가 같이 이용하는 연병장을 가로질러 체육관으로 가는 중이었다. 마침 헌병교육중대에서 교통정리교육을 받던 중 휴식시간인지 연병장 여기저기서 쉬고 있던 병사들 중 하나가 내 앞으로 뛰어나왔다.

"통일!

중대장님. 저 모르시겠습니까? 저 이태원 성당구장 둘째아들 맹○○입니다. 저희 아버지는 맹○○이시고요."

나는 깜짝 놀라서 햇볕에 까맣게 그을린 얼굴을 자세히 보니 성당구장에서 몇 번 보았던 얼굴이었다.

"오! 그래 네가 맹○○ 씨 둘째구나!"

"네! 그렇습니다!"

동네에서 목욕탕과 당구장을 운영하시며 동네 분들과 교분이 두터웠던 맹○○ 씨와 목욕탕에 가면 항상 입구에서 돈을 받던 병사의 엄마가 생각났다. 나는 그 병사를 잠깐 기다리게 하고 교통정리교육 중인 교관에게 갔다.

"교관님. 맹○○ 훈련병 한 시간만 제가 데리고 있다 오겠습니다."

"그래요? 무슨 일 있습니까?"

"아니요? 아는 병사인데 우연히 여기서 만났습니다."

"아, 그러시다면 편의를 봐 드려야지요."

나는 당구장 사장의 둘째를 데리고 내 방인 한타반 중대장실로 데리고 들어가 우선 시원한 물을 한 잔 마시게 하고는 군대는 언제 들어왔고 어디서 전반기 교육을 받았는지, 어떻게 해서 이곳까지 오게 됐는지, 배는 고프지 않은지 등 여러 가지를 물어보고 애로사항도 들어 준 후 인내심을 가지고 열심히 훈련 받으라고 격려해 주었다.

"알겠습니다. 중대장님 말씀 명심하고 열심히 하겠습니다. 집에 가시거든 엄마, 아빠께 안부나 전해 주십시오."

병사는 내 이야기를 차분히 듣고 나서 내게 부모님께 안부 전해 줄 것을 부탁하고 나갔다.

당시 나는 이태원에서 성남으로 출퇴근을 하고 있었기 때문에, 퇴근버스를 이용해 동네에서 내려 평소에 자주 가던 성당 구장으로 갔다. 카운터를 보는 선배에게 맹○○ 엄마를 불러 달랬더니 왜 그러느냐 묻기에 낮에 있던 이야기를 했더니 그 선배가 연락을 하자 맹○○ 엄마가 바로 당구장으로 올라와 인사를 했다.

"아주머니 둘째 맹○○이 육군종합행정학교에서 헌병교육을 받고 있어요. 낮에 만났는데 부모님께 안부 전해 달라고 하기에 안부 전해 드리는 겁니다. 건강하게 잘 있습니다."

그러자 아주머니는 내 손을 잡아끌었다. 그리고 맹○○ 훈련병 아버지가 계시는 안집으로 나를 안내하여 들어가며 맹○○ 아버지에게 말했다.

"여보. 오늘 이 양반이 둘째 ○○을 보고 왔대요."

그 말을 하는 아주머니의 눈에는 벌써 눈물이 글썽이고 있었다.

요즈음에는 군대 면회도 쉽고 어디에서 무엇을 하고 있는지 안내해 주기도 하지만 당시에는 일단 군에 가면 편지나 받을까 면회가 그리 쉽지 않던 시절이었다.

"아니! 우리 둘째 ○○을 보고 왔다니?"

맹○○의 아버지 역시 반가움과 놀라움에 어쩔 줄을 모르며 나를 소파에 앉게 하면서 물었다. 나는 다시 한 번 낮에 있었던 이야기를 하고, 내가 현재 근무하고 있는 곳을 이야기하니 그때서야 아버지 어머니 두 분 다 이해를 확실하게 한 것 같이 둘째 아들의 이것저것을 물어보았다. 나는 건강하게 잘 있으니 아무 걱정 안 하셔도 된다고 하면서 부모님의 마음을 위로해 드렸다.

요즈음처럼 소식도 잘 접하고 군대도 민주군대로 자리 잡은 세상에도 자식을 군에 보내고 나면 부모 마음은 한시도 편하지 못한데 그 시절을 생각하면 충분히 이해가 가는 일일 것이다.

내 이야기를 다 듣고 나더니 그래도 안심은 되는지 두 분 표정이 밝아진 것 같았다.

"그런데, 중대장님!

저…. 우리 아들 좀 보고 오면 안 될까요?"

어머니가 아주 어려운 부탁을 한다는 것을 안다는 듯이 힘들게 말을 꺼냈다.

"에이 그건 안 되죠!"

나는 단번에 완강히 거부했다. 그러나 안 된다는 내 대답과는 상관도 없이 어머니가 눈물까지 비쳐 가면서 몇 번인가 부탁하는 것을 결국 안 된다는 대답으로 마무리 짓고 집으로 가려고 돌아서서 나오는데도 어머니가 계속 따라오면서 눈물까지 흘리는 것이 아닌가? 가슴이 저렸다. 어찌 부모님 마음을 모르겠는가? 그렇다고 섣부르게 대답할 일도 아니기에 시간을 두고 생각하자는 말로 얼버무리고 집으로 돌아왔다.

다음 날 중대장실에서 여러모로 생각을 하다가 편법을 이용해 모자를 상봉시키기로 생각을 굳혔다. 규칙을 위반하는 것을 몰라서가 아니다. 하지만 동네에서 잘 알고 지내는 나를 만나러 왔다가 아들 얼굴 잠깐 보는 것으로 하면 규칙 위반을 하는 것이지만, 그리 크게 규칙을 위반하는 것도 아니라는 생각이 들었다. 자신의 목숨 이상으로 귀중한 아들의 소식을 듣더니 눈물을 흘리며 만나게 해달라고 하는 어머니의 마음을 규칙을 앞세워 뿌리치기에는 너무 야속한 것 같았다.

퇴근 후 당구장으로 가서 아주머니를 만났다.

"다음 주 토요일 오전 12시경 행정학교 정문에 오셔서 체육학처 민경대 교관을 만나러 오셨다고 하시면 정문에서 전화로 저에게 연락이 옵니다. 제가 나가서 아주머니를 안내하여 체육관으로 모시고 가서 맹○○ 훈련병을 체육학처 교관실로 오라고 하겠습니다."

"아이고! 민 중위님. 고맙습니다."

몇 번이고 반복해서 고맙다는 인사를 하며 필요한 게 뭐 있느냐 묻기에 아무것도 필요 없다고 하면서 절대 아무에게도 이야기하지 말라는 당부를 했다.

토요일은 11시 50분에 수업이 끝나고 바로 점심식사를 한 후 오후에는 내무반 정리정돈으로 시간을 보내다 저녁식사 시간에 맞춰 식사를 한다. 그래서 12시경 오시면 체육관으로 모셔서 만나게 할 작정이었다.

약속된 토요일 12시가 조금 지났을 때 정문 수위실에서 연락이 왔다.

"민 중위님 정문 수위실에 어떤 아주머니가 한 분 오셔서 민 중위님을 면회하러 왔다는데요?"

"조금 기다리시라고 해. 일단 내가 나갈게."

전화를 끊고 체육관에서 정문까지 갔더니 맹○○ 엄마가 앉아 있다가 나를 보더니 일어났다. 나는 인사를 한 후 앞장서서 체육관으로 가려고 하는데 주차장에 차가 있다기에 같이 주차장으로 가서 차를 타고 체육관으로 왔다. 그리고 헌병교육대로 전화를 해서 맹○○ 훈련병을 체육관으로 내려 보내 달라 하고는 교관실에서 기다렸다.

"엄마!"

맹○○ 훈련병이 노크를 하며 교관실로 들어오면서 어머니가 앉아 있는 것을 보더니 깜짝 놀라며 외마디로 어머니를 부르고는 서로가 눈물을 흘리며 부둥켜안고는 어쩔 줄 몰라 했다.

"훈련은 받을 만하니?"

부둥켜안고 울던 울음을 그친 후 엄마가 아들 얼굴을 이리저리 만져 보면서 묻자 아들은 고개만 끄덕이며 엄마를 마주

본다. 그제야 아주머니도 정신이 드는지 조금 전에 운전기사가 갖다 놓고 간 박스와 냄비 중에서 냄비 뚜껑을 열더니 통닭 두 마리를 내놓으며 권했다.

"민 중위님도 좀 드세요."

"아니요, 저는 점심식사를 했어요. 아들하고 두 분이 드시면서 이야기 나누세요. 대신 시간을 많이는 못 드립니다. 한 20분 정도 있으면 올려 보내야 합니다."

나는 교관실 밖으로 나왔다. 모자지간에 할 이야기를 방해하고 싶지 않아서였다.

20여 분 뒤 엄마에게 인사를 하고 헌병교육대로 올라가는 맹○○ 훈련병에게 엄마 이야기는 절대 비밀이라 하고는 한타반 중대장께서 동네 선배님이라 체육관에서 만나고 왔다고만 이야기하라고 했다. 그리고 아주머니가 해온 것 중 박스에 들어 있는 것이 떡이라고 하기에 그것도 저녁에 올려 보냈는데 동네 선배인 내가 보내 준 것으로 하라고 당부를 했다.

"중대장님. 퇴근 안 하셔요? 퇴근하시면 저희 차로 같이 가시죠?"

아들이 멀어져 가는 모습을 보면서 아주머니가 퇴근을 할 것이면 함께 가자고 했다. 나는 조교를 불러서 떡 박스 중 하나는 헌병교육중대로 보내고 하나는 우리 중대에서 나누어 먹으라고 지시한 후 아주머니와 함께 자가용을 타고 퇴근하기로 했다.

"민 중위님. 오늘 너무 고마웠어요."

"글쎄요. 오늘 일을 잘한 건지 못한 건지 저도 판단이 서질 않습니다. 그러나 피는 물보다 진하다고 했는데 천륜을 막을 수 없어서 규칙을 어기고 말았습니다. 하지만 오늘 일은 절대로 누구에게도 말씀하시면 안 됩니다. 정말 큰일 납니다"

"그럼요. 아무에게도 말 안 할게요."

더 이상 다른 대화 없이 차가 이태원에 도착해서 나는 집으로 갔다.

차를 타고 오는 동안 여러모로 생각해 봤지만 잘한 일이라고 할 수는 없다. 그러나 부모의 자식사랑은 그 무엇과도 바꿀 수 없다는 생각 때문인지 그렇게 찜찜한 기분도 아니었다.

모름지기 요즈음 군대는 아무리 면회가 자유롭게 허용이 된다지만, 여러 가지 이유로 그렇지 못한 환경에서 근무하고 있는 병사들도 있을 것이라고 생각한다. 그런 병사들을 생각하는 부모님들에게 이 글이 조금이나마 위안이 되었으면 좋겠다.

내가 군에서 규칙을 어긴 사건을 스스로 밝히는 것은 아들을 군에 보내고, 아들 걱정을 하고 있는 모든 어머니들에게 이 말씀을 드리고 싶어서이다.

"당구장 아주머니가 그렇게 보고 싶어 하셨지만 그 아주머니가 보지 않아도 아들은 잘 있었습니다. 물론 사랑하는 아들이 얼마나 눈으로 보고 싶으시겠습니까? 그러나 아들은 지금 엄마가 걱정하시는 그 이상으로 늠름한 대한민국의 군인이 되어 조국을 지키고 있습니다. 걱정하는 대신 아들을 자랑스럽게 생각하시라고 부탁드리고 싶습니다."

혹시라도 아들이 군에 있는 모든 분들에게 조금이나마 위로
가 되셨기를 바란다.

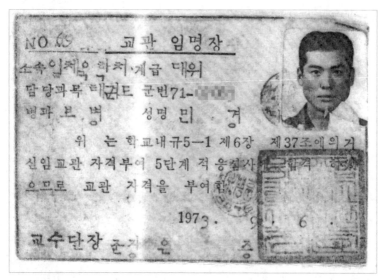

〈교관 임명장〉

〈4〉육군종합행정학교 체육교관 시절 이야기

육군종합행정학교에서는 여러 병과의 교육생들을 교육시킨다. 어학, 정훈, 헌병, 한글타자, 심지어는 장군반까지 각각의 교육을 시키는 것이다. 체육학처에서는 사병들 반만 빼고 장교 반은 모든 병과가 체육수업을 이수하게 되어 있어 일주일에 한 번, 2시간을 체육수업을 하여야 한다.

장군반도 예외는 아니어서 중위 때 전체 인원이 22명인 장군반 수업을 배정받았다. 장군반 역시 그중 계급이 제일 높은 장군이 반장을 맡아 인솔을 한다. 그리고 수업을 시작하기 전에는 수업 참여 인원 현황을 교관에게 보고하게 되어 있다. 그러나 장군반은 일반적인 다른 장교반들과 보고하는 순서가 다르다. 다른 장교반은 반장이 오와 열을 잘 맞춰 놓고 교관에게 구호와 함께 거수경례를 한 후 보고를 한다.

"○○반 총원 ○○명, 사고 ○○명, 현재원 ○○명, 사고는 응급실 ○○명 또는 외출 ○○명 등의 사고 내용, 교육준비 끝!"

그렇게 보고를 한 후 교육을 시작하는데, 장군반은 반장을 향해 교관이 먼저 구호와 거수경례를 하고 나중에 반장이 경례를 받고 수업 참여 인원 현황을 보고한 후 교육을 시작한다. 장군은 장군이다. 그래서 하늘의 별따기라고 했는지도 모른다.

그런데 어느 여름날이었다. 교육 시작을 위해서 보고를 마치고 난 후 그날 수업에 관해서 내가 설명을 했다.

"오늘 이 시간은 교육계획표에 의해 운동장에서 축구 수업을 하시겠습니다."

"어이, 교관. 날씨가 이렇게 더운데 축구는 무슨 축구야? 체육관에 가서 배구나 하지 안 그래?"

"그래, 체육관에 가서 배구나 합시다."

반장이 배구를 하자고 하자 뒤에 있던 장군들이 하나같이 배구를 하자고 했다. 이곳이 행정학교가 아니라 일반 사단이었다면 중위 계급으로는 얼굴도 쳐다보기 힘든 장군들이 하는 말인데 안 된다고 할 수도 없어 인솔을 하고 체육관으로 들어 갔더니, 이미 체육장교반이 배구 교육을 하고 있었다. 담당교관에게 장군반 이야기를 했더니 교관이 심판대에서 내려오며 장군반 반장에게 경례를 하고 정중하게 말했다.

"장군님들! 여기를 사용하시죠? 저희들이 다른 곳으로 가겠습니다."

교관이 체육장교반을 데리고 나가려 하자 장군반 반장이 다급하게 말렸다.

"어이, 교관. 나가지 말고 이왕 하는 배구, 우리하고 반반 나눠서 같이하지?"

결국 택한 것이 장군반과 장교반이 배구시합을 하자는 것이었다.

체육장교반 교육생들은 별을 달은 장군님들과의 시합이라 그저 좋아서 박수를 치고 배구를 제일 잘 하는 9명을 선수로 뽑아 한쪽 코트에서 연습을 하고 있는데 장군반도 9명의 선수를 뽑아 코트 한쪽에 자리 잡았다. 평상시 같으면 장군들과 이렇게 허심탄회하게 몸을 가까이 할 수도 없음은 물론, 감히 시합이라는 말도 꺼낼 수 없는데 이건 행운이라고 생각을 했을 것이다.

"민 중위, 장군님들은 10명을 5명씩 나누고 우리가 8명으로 4명씩 하자."

　아무리 생각해도 장군들 입장을 생각해 주어야 했는지 체육 장교반 교관이 인원을 조정하자고 해서 그렇게 합의를 하고 시합을 시작했다.

　그렇게 반반 나누어 시합을 했는데 어느 팀이 이기고 지고 할 것 없이 모두 즐겁게 2시간을 보내고 점심시간까지 재미있게 시합을 하고 장군반 수업을 끝냈다.

〈행정학교 교관 시절(대위)〉

사람은 욕심이나 격식이 없어질 때 가장 아름답다고 한다.

장군들이 자신들의 권위를 내세우고 승패에 연연했거나 자신들만의 시간을 가지려고 했었다면 그렇게 즐거운 수업이 되지 못했을 것이다.

비록 그 순간만이라도 장군들 스스로 자신들이 가지고 있는 지위와 권력을 내려놓고 수업이라는 생각으로 임했기에 재미있는 수업이 되었던 것이다.

우리네 삶이라는 것이 모두 그런 것이라고 생각한다.

우리는 요즈음 종종 소통의 필요성을 강조하고 나라 경제를 이야기하면서 서로에게 배려하는 경제를 이야기한다. 좋은 말이다.

그러나 소통은 더 많이 가진 사람이 갖지 못한 사람을 배려할 때 비로소 이루어지는 것이라고 생각한다. 힘 있는 사람이 약한 사람의 이야기를 들어주고 그 말이 원하는 것을 이루어주려고 노력할 때 소통이 이루어지는 것이지, 서로 대화만 한다고 소통이 이루어지는 것은 아니다. 또한 힘 있는 사람이 약한 사람에게 이야기하는 것은 대개가 요구나 명령이지 소통이라고 보기에는 거리가 있다.

배려라는 단어 역시 마찬가지다.

조금이라도 더 소유한 사람이 부족한 사람에게 나눌 때 배려가 이루어지는 것이다. 내가 필요하지 않은 것을 주는 것은 나눔이 아니라 쓰레기 처리하는 것일 뿐이다. 진정으로 배려

하는 것은 나도 필요하고 더 많이 소유하면 좋지만, 나보다 부족하게 갖은 사람이 나누어 가질 수 있도록 하는 것이 배려가 아닐까 생각하는 바이다.

소통과 배려가 이루어질 수 있는 사회라면 그곳이 바로 천국이 아닐까 싶다.